MERCI SUÁREZ
SE PONE LAS PILAS

MERCI SUÁREZ SE PONE LAS PILAS

MEG MEDINA

CANDLEWICK PRESS

Copyright © 2018 by Margaret Medina
Translation by Alexis Romay, copyright © 2020 by Candlewick Press

First Spanish edition 2020

Library of Congress Catalog Card Number pending

ISBN 978-0-7636-9049-6 (original hardcover)
ISBN 978-1-5362-1258-7 (original paperback)
ISBN 978-1-5362-1257-0 (Spanish hardcover)
ISBN 978-1-5362-1259-4 (Spanish paperback)

20 21 22 23 24 25 LBM 10 9 8 7 6 5 4 3 2 1

Printed in Melrose Park, IL, USA

This book was typeset in Berkeley Oldstyle.

Candlewick Press
99 Dover Street
Somerville, Massachusetts 02144

www.candlewick.com

A JUNIOR LIBRARY GUILD SELECTION

A LA MEMORIA DE DIEGO CRUZ SR.

CAPÍTULO 1

Y PENSAR QUE TAN SOLO AYER, yo andaba en chancletas, bebiendo limonada y mirando a mis primos, los mellizos, atravesar a la carrera la lluvia artificial de las mangueras del patio. Y ahora estoy aquí, en la clase del señor Patchett, sudando a mares en mi *blazer* escolar de poliéster y esperando a que termine esta tortura.

Solo estamos a la mitad de salud y educación física cuando se ajusta el apretado cuello de su camisa y dice: «Hora de irse».

Me levanto y pongo mi silla en su sitio, como se supone que hagamos siempre, agradecida de que el día de la foto signifique que la clase termine un poco más temprano. Al menos así no tendremos que comenzar a leer el primer capítulo en el libro de texto: «Yo soy normal. Tú eres normal: sobre las diferencias en nuestro desarrollo».

Qué asco.

—¿Viene, señorita Suárez? —me pregunta mientras apaga las luces.

Ahí es cuando me doy cuenta de que soy la única que todavía está esperando a que nos diga que nos pongamos en fila. Todos los demás ya van rumbo a la puerta.

Ya estamos en *sexto* grado, así que no habrá ninguna madre de la Asociación de Padres y Maestros que nos lleve a la fotógrafa. El año pasado, nuestra escolta nos animó con un torrente de cumplidos acerca de lo bellos y hermosos que lucíamos todos en nuestro primer día de escuela, lo que es una exageración ya que varios de nosotros teníamos las bocas llenas de aparatos o grandes brechas entre nuestros dientes delanteros.

Pero eso ya pasó. Aquí en Seaward Pines Academy, los estudiantes de sexto grado no tienen al mismo maestro todo el día, como a la señorita Miller en quinto grado. Ahora tenemos un salón principal y taquilleros. Cambiamos de clases. Por fin podemos hacer una prueba para entrar en equipos deportivos.

Y sabemos muy bien qué hacer y adónde ir el día de la foto… o al menos el resto de mi clase lo sabe. Yo agarro mi nueva mochila y apuro el paso para unirme a los demás.

Afuera hay un muro de calor. No será una caminata larga, pero agosto en la Florida es brutal, así que no hace falta mucho para que se me empañen los espejuelos y para que los rizos de mis patillas se pongan más acaracolados. Hago lo posible por caminar a la sombra del edificio, pero ni modo. El sendero de losas que serpentea al frente del gimnasio atraviesa el patio interior, en donde no hay ni una palma flacucha que nos pueda escudar. Me hace suspirar por uno de esos pasillos con techos de guano que mi abuelo Lolo construye con las pencas de las palmas.

—¿Cómo luzco? —pregunta alguien.

Me seco los lentes con el borde de la blusa y echo un vistazo. Todos tenemos puesto el mismo uniforme, pero noto que algunas de las niñas se hicieron peinados especiales para la ocasión. Algunas incluso se plancharon el pelo; lo puedes notar por las pequeñas quemaduras que tienen en el cuello. Qué pena que no tengan mis rizos. Eso no quiere decir que a todos les gusten, por supuesto. El año pasado, un niño llamado Dillon dijo que me parecía a un león, lo que me viene muy bien, porque a mí me encantan esos gatos grandes. Mami siempre me da la lata con que me quite los mechones de enfrente de los ojos, pero ella no sabe que esconderme detrás de mi pelo es la mejor parte. Esta mañana me encasquetó un cintillo aprobado por la escuela. Hasta ahora, lo único que ha hecho ha sido darme un dolor de cabeza y hacer que mis espejuelos luzcan torcidos.

—Oye —digo—. Esto es un horno. Yo me conozco un atajo.

Las niñas se paran en un pegote y me miran. El camino que señalo está claramente marcado con un letrero que dice:

SOLO PERSONAL DE MANTENIMIENTO.
NINGÚN ESTUDIANTE MÁS ALLÁ DE ESTE PUNTO.

A nadie en este grupo le hace mucha gracia violar las reglas, pero el sudor ya se está acumulando por encima de sus labios pintados, así que a lo mejor se animan. Se miran las unas a las otras, pero sobre todo miran a Edna Santos.

—Anda, Edna —digo, decidiendo ir directo a la que manda—. Es más rápido y nos estamos derritiendo aquí afuera.

Me frunce el ceño mientras considera las opciones. Ella será la consentida de los maestros, pero he visto a Edna saltarse las normas una que otra vez. Nos hace muecas desde afuera de la clase cuando le dan permiso para ir al baño. Le cambia la respuesta a una amiga cuando tenemos que autoevaluar nuestras pruebas. ¿Cuánto peor podría ser esto?

Me le acerco un paso. ¿Ahora es más alta que yo? Echo

los hombros hacia atrás, por si acaso. De algún modo, luce mayor que en junio, cuando estábamos en la misma clase. ¿A lo mejor es el colorete en sus mejillas o el rímel que le hace esos pequeños círculos de mapache bajo los ojos? Trato de no mirarla fijamente y me lanzo con la artillería pesada:

—¿Quieres lucir toda sudada en la foto? —le digo. *Abracadabra.*

En un santiamén, guío a nuestro grupo a través del sendero de gravilla. Atravesamos el parqueo del personal de mantenimiento, esquivando escombros. Aquí es donde Seaward esconde las podadoras mecánicas y el resto de las descuidadas herramientas necesarias para hacer que el campus luzca como en los folletos. Papi y yo parqueamos aquí el verano pasado cuando tuvimos que trabajar como pintores a cambio del precio de nuestros libros. Eso no se lo digo a nadie, por supuesto, porque mami dice que es «un asunto privado». Pero más que nada, no lo menciono porque quiero borrármelo de la memoria. El gimnasio de Seaward es una enormidad, así que nos tomó tres días completos para pintarlo. Además, los colores de nuestra escuela son rojo-bombero y gris. ¿Tienes idea de lo que pasa cuando miras fijamente al rojo brillante por mucho tiempo? Empiezas a ver bolas verdes frente a tus ojos siempre que miras a otra parte. *Pfffff.* Vete a ver si puedes dar los retoques finales en *esas* condiciones enceguecedoras. Por eso nada más, la escuela debería darnos a mí y a mi hermano Roli toda una biblioteca, no tan solo unos cuantos míseros libros de texto. Papi tenía otras cosas en mente, por supuesto. «Hagamos un buen trabajo aquí», insistió, «para que sepan que somos gente seria». Detesto cuando dice eso. ¿Acaso la gente piensa que somos payasos? Es como si siempre tuviéramos algo que demostrar.

En cualquier caso, llegamos al gimnasio en la mitad del tiempo. La puerta trasera está entreabierta, como yo lo suponía. El jefe de los custodios deja puesto un cajón de la leche en el umbral para poder leer su periódico en paz cuando nadie lo está mirando.

—Por aquí —digo con mi voz de mandamás. He intentado perfeccionarla ya que nunca es demasiado temprano para comenzar a practicar las habilidades de liderazgo corporativo, según dice el manual que le envió por correo la cámara de comercio a papi, acompañado de unas instrucciones de qué hacer en caso de huracán.

Por el momento, funciona. Las conduzco a través de habitaciones traseras e incluso pasamos por al lado del vestuario de los muchachos, que huele a blanqueador y a medias sucias. Cuando llegamos a un par de puertas dobles, las abro orgullosamente. He salvado a todas de la ardua y horrible caminata bajo ese calor.

—*Ta-rá* —digo.

Por desgracia, tan pronto como entramos, es obvio que hemos llegado a territorio hostil.

Los grados mayores se han reunido a este lado del gimnasio para el día de la foto y el ruidoso chirrido de la puerta ha hecho que todos se viren en nuestra dirección y nos miren fijamente. No lucen contentos de tener a "los niñitos" entre ellos. Se me seca la boca. En primer lugar, son bastante más grandes que nosotras. Al menos los de noveno. Busco a mi hermano por todas partes, con la esperanza de encontrar protección, pero entonces recuerdo que Roli ya se tomó su *sofisticada* foto de estudiante del duodécimo grado en julio, en un estudio con aire acondicionado en el centro comercial. Hoy él no se aparece por aquí ni por nada. Seguro estará de asistente en el laboratorio de ciencia, como es usual, y haciendo sus solicitudes de ingreso a las universidades mientras tanto.

Así que aquí estamos, atrapadas gracias a mí.

—Por Dios, pero si son monísimas —dice una muchacha alta, como si fuésemos gatos o algo por el estilo. Incluso da un paso al frente y me pasa la mano por la coronilla. Me miro a los zapatos, con las mejillas ardientes.

Edna se abre paso más allá de mí, como si no estuviésemos rodeadas. Con un volteo de su pelo negro, se hace cargo de la situación, como acostumbra.

—Síganme —dice.

Este no es momento para entrar en tiquismiquis. La sigo, pisándole los talones mientras nos guía hacia el otro extremo del gimnasio.

Por fortuna, la señorita McDaniels, la secretaria de la escuela, no notó que vinimos por la puerta equivocada. Ella por lo general es una quisquillosa de cuidado, pero está demasiado ocupada recogiendo los sobres con el pago de los estudiantes de sexto grado y ocupándose de controlar al grupo. Aun así, nota que todas soltamos resoplidos y risitas nerviosas como si acabáramos de sobrevivir una de esas vueltas espeluznantes en la montaña rusa.

—Silencio, por favor, niñas —nos regaña sin levantar la vista de su carpeta portafolios cuando llegamos a ella—. Las damas a la izquierda. Los caballeros aquí. Las camisas metidas por dentro, por favor. Tengan los formularios y el dinero listos.

Me pongo en la cola detrás de una niña que se llama Lena, que lee mientras espera, y hago un gran esfuerzo en no mirar a la señorita McDaniels que revisa las selecciones de todos. Mami solo marcó el paquete básico más barato y resulta que yo sé (porque lo decía en letras gigantes en la carta que nos enviaron a casa en el verano) que el día de la foto en Seaward es uno de nuestros eventos más grandes para recaudar fondos para la escuela. Se supone que deberías comprar muchísimas, como para tu familia en Ohio que apenas te conoce y cosas por el estilo. Pero casi toda mi familia vive en mi misma cuadra, una casa al lado de la otra. Nos vemos todos los días.

Además, mis retratos tampoco es que salgan tan buenos. Es mi ojo izquierdo el que es el problemático. Aún a veces se extravía y se fuga, como si quisiera ver algo distante, por su propia cuenta. Cuando era pequeña, tenía que ponerme un parche en mi ojo bueno para hacer que los músculos en el ojo malo se fortalecieran. Y cuando eso no funcionó, me lo operaron para corregirlo. Pero incluso ahora, el ojo todavía me da guerra cuando menos lo quiero.

Como en el día de la foto.

Si tan solo, en lugar de esto, la señorita McDaniels me dejara tomarme mi propia foto. La cámara de mi teléfono es estupenda. Además, me bajé PicQT, así que es muy divertido editar las fotos que tomo. Lo que más me gusta es transformar a la gente en su animal favorito. Cachorritos, caimanes, patos, osos, lo que se te ocurra... incluso mejor que Snapchat. Esas sí serían buenas fotos para un anuario. Le echo un vistazo a Rachel, que está detrás de mí. Con sus grandes ojos y su naricita pequeña, sería una lechuza espectacular.

Avanzo en la cola y le doy una ojeada al set de la fotógrafa. Hay un fondo verde, sábanas en el piso y esas grandes sombrillas para filtrar la luz. La pobre, tiene pinta de cascarrabias, pero ¿quién puede culparla? Esto es apunta y dispara todo el día, nada de diversión. Cuando soñaba con ser fotógrafa, seguro que no soñó con *esto*. Es decir, si yo fuera una fotógrafa, estaría en un safari en alguna parte, encaramada encima de un *jeep* y tomándoles fotos a los rinocerontes para *National Geographic*. No aquí, en este caluroso (aunque expertamente pintado) gimnasio.

—La próxima —dice.

La señorita McDaniels le indica con un gesto a Edna, quien, en el acto, comienza a posar en la banqueta con facilidad, como si fuese una supermodelo de retratos escolares. Le doy una ojeada al formulario de Edna en la mesa. Como me lo imaginé, su sobre dice: «Paquete Dorado Supremo». Doy un suspiro y cambio de postura. Le va a tardar un rato a la fotógrafa tomar fotos de cinco poses con fondos distintos. Al terminar, Edna tendrá fotos de cada tamaño también, incluidas suficientes fotos de bolsillo para asegurarse de que todo el mundo en esta escuela tenga una. Juro que lo único que le falta a su paquete es una valla publicitaria. Y lo más descabellado de todo es que cuesta cien pesos. Por esa cantidad de dinero, yo tendría la mitad del adelanto para una bicicleta nueva.

—¿Irás mañana en la mañana, Merci?

La voz de la señorita McDaniels me toma por sorpresa. Me doy la vuelta y veo que está junto a mí, mirando a Edna también. La veo complacida. Edna es el tipo de cliente de fotos por quien la administración se desvive.

—Sí, señorita, iré.

Mi estómago da un vuelco incluso cuando lo digo. Amigos del Sol tiene su primera reunión mañana y yo no tengo *ningún* deseo de ir. Fui miembro obligatorio el año pasado cuando me cambié de escuela. A los nuevos estudiantes los emparejan con sus nuevos amigos (también conocidos como falsos amigos) desde agosto hasta diciembre, mientras se acostumbran a Seaward. La señorita McDaniels, la consejera de nuestro club, espera de mí que continúe «la cadena de favores» y que sea la nueva amiga de alguien nuevo este año. Supongo que es chévere si te toca un buen amigo, pero requiere mucho tiempo y yo quiero hacer la prueba para entrar al equipo de fútbol. Todo este rollo de la amistad me va a quitar tiempo de práctica después de la escuela.

De todos modos, me he pasado el día buscando una manera de salirme del programa, y ahora aquí está ella, arrinconándome antes de que haya perfeccionado mi excusa.

—A las siete y cuarenta y cinco en punto —dice—. Y sé puntual. Tenemos muchísimo que hacer.

—Sí, señorita.

—La próxima —dice la fotógrafa en voz alta.

Edna se pone de pie, pero cuando está a punto de entregar la banqueta, le da una mirada a Hannah Kim y se detiene.

—Un minuto —le dice a la fotógrafa. Saca de su mochila una botellita de espray y rocía un pañuelo de papel. Entonces aplasta los pelitos que sobresalen como antenas por la raya al lado del peinado de Hannah—. Así es como una se deshace de esos revoltosos —dice.

Hannah se queda quieta; luce complacida.

Saco discretamente mi cámara y le tomo una foto a Hannah mientras la fotógrafa la acomoda. Con dos clics le estiro el cuello y la convierto en una adorable jirafa, con cuernos y todo. Hannah escribió un informe sobre las jirafas el año pasado cuando estudiábamos la planicie africana. Son elegantes y nobles —y un poco flojas de rodilla—, tal como Hannah.

«Sonríe» escribo debajo y aprieto «enviar» a su teléfono. Un segundo más tarde, escucho su mochila vibrar.

—Merci Suárez.

Desaparezco mi teléfono en el preciso instante en que la señorita McDaniels levanta la vista de su portapapeles. Ella mantiene un registro de las cosas que confisca y no quiero que mi teléfono caiga en esa lista. Me galopa el corazón y las mejillas se me enrojecen cuando doy el paso al frente.

Por suerte, tan solo llamó mi turno. Los niños de mi clase comienzan a hacer muecas y a ensanchar las fosas nasales para intentar hacerme reír. Normalmente no me importaría un pepino, especialmente porque nadie sabe hacer muecas mejor que yo. El año pasado, solíamos competir durante el almuerzo y yo siempre ganaba. Mi mejor mueca es cuando me aplasto la nariz con los meñiques a la vez que me halo hacia abajo los párpados inferiores con los índices. La llamo «la fantasma».

Pero Jamie, que está detrás de mí, niega con la cabeza mirando a los varones y suspira. «Idiotas», dice.

Ahora que me toca a mí, los ignoro lo mejor que puedo.

Me siento en la banqueta exactamente del modo en que la fotógrafa me dice: tobillos cruzados. El torso vuelto hacia la izquierda e inclinándome hacia adelante. Las manos en el regazo. La cabeza inclinada como un cachorrito confundido. ¿Quién se sienta así? Parezco una víctima de la taxidermia.

—Sonríe —dice la fotógrafa, sin una onza de alegría en su voz.

Justo en el momento en que intento decidir si voy a enseñar los dientes o no, un *flash* enorme se dispara y me encandila.

—Espere. No estaba lista —digo.

Me ignora y revisa las tomas. Deben ser realmente malas

para que detenga la cola de este modo. Las segundas oportunidades representan tiempo y en los negocios todo el mundo sabe que el tiempo es oro.

—Intentémoslo otra vez —dice mientras me ajusta los espejuelos—. Esta vez sube el mentón.

¿El mentón? ¿Me estará tomando el pelo? Ya yo sé que ese no es el problema. Mi ojo está revoloteando y siento el suave tirón hacia la izquierda.

—Mira *a la cámara*, corazón —dice la fotógrafa.

Parpadeo con fuerza y fijo los dos ojos en su lente, lo que siempre me hace lucir enfadada, pero es lo mejor que puedo hacer. Toma y vuelve a tomar fotos en una explosión de clics del obturador. Debo lucir tan rara como me siento, pues escucho las risitas a escondidas de los niños.

Al terminar, me bajo de un salto de la banqueta y me encamino a la gradería, donde están sentados los demás. Tengo un martilleo en la cabeza por cuenta de este tonto cintillo. Me lo arranco y dejo que el pelo me caiga en la cara.

Edna baja unos peldaños mientras me siento a esperar a que suene el timbre.

—Ya cállense —les dice a los niños que están detrás de nosotros, mientras les sonríe de todos modos.

—Gracias —murmuro.

Me da una mirada y se encoge de hombros.

—No te preocupes por las fotos —dice—. Al fin y al cabo, seguro que no compraste muchas.

El timbre final suena y todos se dispersan.

CAPÍTULO 2

ROLI SOLO HA TENIDO SU licencia de conducir por unas pocas semanas y ya hemos perdido el buzón de correo y dos tachos de reciclaje, producto de sus destrezas al volante. Incluso nuestro gato, Tuerto, ha aprendido a esconderse cuando escucha el tintinear de las llaves del carro. Aun así, mami le ha prometido a Roli que le va a permitir que nos maneje a la escuela para que pueda practicar. Pero hoy, mientras Roli da tumbos entre los charcos de nuestra entrada, veo que tenemos problemas más graves en casa.

Hay un patrullero estacionado frente a la casa de abuela.

—Para el carro —le ordena mami.

Roli da un frenazo que les pega un susto a los ibis

blancos que picotean en busca de gusanos en la hierba húmeda. Mami ni siquiera cierra la puerta de lo apurada que sale.

El corazón se me hace un puño. La última vez que la policía vino a nuestra cuadra fue porque doña Rosa, la de la acera de enfrente, se había muerto. Doy un vistazo nervioso a los alrededores, pero no veo una ambulancia por ninguna parte.

—¿Qué pasa? —le pregunto a Roli.

—Silencio, mocosa. Estoy tratando de escuchar. —Me indica con la barbilla a abuela y a un policía que hablan cerca de nuestra higuera de Bengala. La cara de abuela está contraída por la preocupación, cosa que por otro lado no es tan inusual. Ella es la gerente del Departamento de Preocupaciones Catastróficas en nuestra familia, después de todo, así que esa es, en cierto modo, su cara en estado de reposo. Si quieres saber cuáles son todas las maneras en las que puedes resultar herido en tu vida diaria, solo tienes que hablar con abuela. Ella tiene una larga lista... y no tiene reparos en compartir los detalles contigo.

—Aléjense del canal —nos grita cuando alguno de los niños se acerca demasiado a la cerca detrás de nuestra casa—. ¡Un caimán los va a agarrar con las fauces y los va a arrastrar hasta el fondo!

—¡Ponte los zapatos! —dice siempre que ando

descalza—. Se te van a meter en la barriga unos gusanos del tamaño de espaguetis.

No puede ver a nadie encaramarse a una escalera sin mencionar una caída capaz de romperte la crisma. O afilar los cuchillos sin recordar a una fulana de tal que se rebanó un pulgar. Y olvídate del pobre Lolo. Anda todo el tiempo detrás de nuestro abuelo, ya sea por esto o por lo otro: un resbalón, un desmayo por exceso de calor, incluso un patatús, aunque yo ni sé qué cosa es eso.

—¿Hay algún problema, agente? —dice mami cuando llega a donde están ellos. Su voz es súpereducada y da jalones nerviosos a su bata blanca. Roli y yo ya estamos fuera del carro y también miramos. Ahí es cuando noto que Lolo está en el asiento trasero de la patrulla.

¿Tenía razón abuela, después de todo, cuando dijo que algo malo le iba a pasar? La idea hace que el corazón se me ponga a dar brincos.

—No, señora. Tan solo hubo una pequeña confusión durante la hora de la recogida de los estudiantes de kindergarten en la escuela primaria… eso es todo. Pensé que lo mejor sería traer a sus hijos y su abuelo a casa.

—*Ese* es mi hijo —dice mami y señala a Roli, quien se yergue un poco más y saluda con la mano—. Si se refiere a los mellizos, ellos son mis sobrinos.

«Buena jugada, mami», pienso. Con todo y lo encantadores que son, nunca es muy seguro reclamar el parentesco con esos dos hasta que has escuchado el informe completo. Incluso las amistosas bibliotecarias en el centro de la ciudad les han prohibido asistir a la hora de los cuentos a no ser que vayan con dos escoltas… y arreos.

Aun así, no veo qué tiene que ver Lolo con todo eso… o por qué está en un carro de la policía. ¿Qué pudo haber ido tan mal en una caminata de la escuela a la casa? Son solo cinco cuadras. Si te paras al final de la entrada, puedes ver el mástil de la bandera. Además, desde que tengo uso de razón, Lolo ha estado a cargo de recogernos y regresar a pie a casa. Lo hizo con Roli y conmigo. De hecho, esta solía ser mi parte favorita del día cuando aún estaba en Manatee Elementary. Dábamos un paseo, lento y agradable, para que yo pudiese contarle todo lo que había pasado cada día, especialmente las partes más notables del receso. Entonces hacíamos un alto para una merienda, aunque mami decía que me echaba a perder el apetito. Solo dejé de caminar con él de vuelta a casa en tercer grado porque esa era la edad en la que todos comenzaban a ir a la escuela en bicicleta. Solo los bebés mimados caminaban a casa después de eso.

—¿Crees que Lolo va a asumir la culpa por algo que

hicieron los mellizos? —le susurro a Roli. Estiro el cuello para ver mejor. La idea no es tan descabellada. Lolo nos quiere a los nietos con locura. A mí me llama «preciosa», y Roli y los mellizos son sus «compadres del alma». Lolo nunca permitiría que algo malo les ocurriese a los mellizos. Un día escolar entero les habría dado a mis primos tiempo suficiente como para buscarse problemas, como sabemos los aquí presentes. A lo mejor los está salvando de comenzar antes de tiempo sus carreras en la penitenciaría estatal.

—Shhh —dice Roli y me mira con dureza. Eso es lo que dicen todos por estos lares cuando hago demasiadas preguntas, como si todavía fuese una niñita.

El policía revisa su libreta de notas y mira de arriba abajo la entrada de gravilla que conecta las tres casas.

—Pero, ¿sus sobrinos viven aquí, con usted?

—Sí... bueno, no —dice mami.

El modo en que vivimos confunde a mucha gente, así que mami comienza su explicación de costumbre. Nuestras tres casas de techo plano son trillizas rosadas exactas, y están una al lado de la otra aquí en la calle Seis. La que está a la izquierda, con la camioneta de Sol Painting parqueada enfrente, es la nuestra. La del medio, con los canteros de flores, es donde viven abuela y Lolo. La que está a la derecha, con la explosión de juguetes en el piso de tierra, es de tía Inés y los mellizos. Roli lo llama el Complejo Suárez, pero mami detesta ese nombre. Dice que suena como si fuéramos el tipo de gente que almacena comida y espera que el fin del mundo llegue en cualquier momento. En vez de eso, ella las llama Las Casitas. Para mí son simplemente mi hogar.

Me acerco sigilosamente al patrullero mientras mami habla y presto especial atención a no hacer ningún movimiento brusco en todo el trayecto. Los policías ayudan a la comunidad y todo eso, pero una porra y una pistola nunca lucen para nada amigables. De hecho, hacen que se me pongan los pelos de punta en todo el cuerpo.

Sin embargo, me ve, y me quedo congelada, con los ojos que se mueven a toda velocidad en busca de Lolo, quien *todavía* no se ha bajado del carro. Sea lo que sea, le hace falta mi ayuda.

—¿Podríamos hablar en privado? —le dice el policía a mami, indicándole a ella y a abuela que se le unan en la sombra. Me inclino hacia ellos, con la intención de escuchar, pero mami se da la vuelta y me suelta esa mirada de piedra.

—Merci, esta es una conversación de adultos —me dice—. Cuida a los mellizos, por favor. Acaban de entrar a la casa. Yo vengo enseguida.

Siento que las mejillas se me ponen del color de mi *blazer*. ¿Estoy en sexto grado o no? Soy lo suficientemente grande como para ser niñera de los mellizos, limpiar el cuarto de costura de abuela, comenzar la cena y ahorrar dinero para comprar las cosas que quiero. Pero, ¿de pronto soy demasiado joven para saber por qué mi abuelo se ha metido en problemas? Figúrate tú.

—Veré qué puedo averiguar —susurra Roli dándose aires de importancia, mientras le paso por al lado.

—Diecisiete *no* es adulto —digo, pero él se hace el que no me escucha y no me responde.

Sé que debería ir a ver en qué andan los mellizos, pero en su lugar doy una vuelta al patrullero. Me inclino a través de la puerta abierta. Las manos de Lolo están cruzadas en su regazo y su pelo canoso está despeinado, del mismo modo que le pasa en días de mucho viento.

—¿Qué fue lo que hicieron, Lolo? —susurro—. Me lo puedes decir. ¿Activaron la alarma de incendios? ¿Comenzaron una pelea de tirarse comida? ¿Amordazaron al maestro?

Lolo me mira y niega con la cabeza.

—Merci. ¡Las cosas que se te ocurren! Esos angelitos son inocentes —dice—. Te lo juro.

El amor es ciego, como dicen, así que ¿para qué discutir? Con la mente a toda carrera, examino los aparatos centelleantes que están instalados en la pizarra del carro.

—Entonces, ¿por qué estás sentado en un carro patrullero?

Hay una larga pausa.

—Nada —dice por fin—. Fue un pequeño malenten-
dido.

¿Nada? Todo el mundo sabe que los policías son
como los maestros. No llaman a tu familia para hablar de
malentendidos o para decirles lo bien que te va.

—Lolo —digo.

Se quita los espejuelos con el marco de metal y los limpia en su pulóver.

—Está bien. Es por cuenta de estos espejuelos,
—dice disgustado—. ¡Son terribles! Le he dicho a abuela
que me coordine otra cita con el oftalmólogo. A lo mejor
ahora me va a hacer caso.

—¿Y qué tienen que ver tus espejuelos con nada? —le
digo—. ¡Lo que dices no tiene ningún sentido!

Lolo me mira con cara de carnero degollado.

—No, supongo que no. —Vira la cara y mira fijamente
a través de la ventana—. He ahí el problema —dice entre
dientes.

Doy un vistazo por encima del techo del patrullero.
Mami y abuela siguen hablando con el policía; Roli está
a unos pasos de ellos y observa tranquilamente, como el

científico que es. Abuela, por otro lado, fulmina con una mirada a los vecinos que han salido a curiosear. Esta es su peor pesadilla: que chismeen sobre nosotros. Lolo se ha metido en tremendo problema con ella, tenlo por seguro. Quizá *por eso* es que no se ha movido de su sitio. La semana pasada abuela formó tremendo alboroto porque Lolo volvió a perder su billetera. Él estaba seguro de que lo habían cartereado en la panadería e incluso llamó a tía Inés para advertirle de unos criminales que comen en la cafetería en la que ella trabaja. «No les pierdas el ojo a los ladrones», le dijo. «El mundo ha cambiado; ¡no confíes en nadie!». Y resulta que nadie le había robado la billetera en lo absoluto. Cuando abuela la encontró en el matorral que él había desyerbado esa tarde… ¡Ay, ay, ay! ¡Qué escándalo! Su volumen se atascó en el nivel más alto y toda la cuadra oyó sus gritos de que Lolo tenía que prestar más atención.

Los mellizos salen disparados por la puerta trasera en sus ropas de mataperrear. En un abrir y cerrar de ojos, pegan las narices contra el cristal empañado del patrullero para hacer esos hocicos de cerdo. Son la candela, como de costumbre. Tomás también le ha echado el ojo al sistema móvil radiofónico en la pizarra. Lo interrumpo antes de que abra la puerta de un tirón y agarre el transmisor.

—Basta ya —le digo, mientras lo agarro por la cintura— y dime qué pasó.

Se desentiende de mí tan pronto lo pongo en el suelo.

—¡Montamos en el patrullero! —me dice.

—Eso escuché. ¿Pero por qué?

Axel se entromete con el resto.

—Lolo, por accidente, por poco se lleva a los mellizos equivocados a casa, los que están en la clase de la señorita Henderson. A ellos no les hizo ninguna gracia. Gritaron bien alto, tal como nos dicen que debemos hacer.

—¡No! ¡Suéltame! ¡Auxilio! ¡Socorro! —grita Tomás a todo pulmón.

Reconozco ese estribillo de inmediato. Es lo que nuestros viejos maestros nos decían que teníamos que gritar si alguien intentaba secuestrarnos. Tuvimos asambleas dedicadas al tema y todo.

—Shhh —siseo, pero demasiado tarde. Abuela y mami ya los han escuchado.

—Merci, te dije que cuidaras a los niños. Estamos ocupados aquí —me regaña mami—. Solo unos minutos más.

Me vuelvo hacia Lolo.

—¿Es verdad lo que dicen? ¿Te llevaste a los mellizos equivocados a la hora de la recogida?

Sé exactamente quiénes son esos muchachos, por supuesto. Estaban en el mismo preescolar de Axel y Tomás y eran generalmente considerados como «los buenos». Además, son vietnamitas. ¿Cómo los pudo haber confundido con los nuestros? Miro fijamente a los espejuelos de Lolo y me pregunto si tiene razón con respecto a la receta de sus lentes.

Lolo no me mira a los ojos. Mira fijamente a través de la otra ventana y las mejillas se le ponen más rojas que un tomate.

—Toda esa gritería por un simple error, —mascula—. Y luego los padres apuntándome con el dedo y arrebatándomelos como si yo fuese un criminal. Ya aquí no se respeta ni a un anciano. ¿A dónde ha ido a parar este país?

—¡Llamaron a la policía! —añade Tomás con entusiasmo—. ¡La mamá de Eric filmó un video con su teléfono!

El aire está pesado y caluroso y me doy cuenta de que estoy sudando de nuevo en este ridículo uniforme, a pesar de que tengo el *blazer* atado a la cintura. En el cielo, las nubes de la tarde se congregan en su acostumbrada formación de palomitas de maíz negro. En cualquier momento nos va a caer un aguacero, lo que no va a hacer que la temperatura refresque en absoluto.

—¿Por qué no entras a merendar con nosotros, Lolo? —digo—. La frente te brilla por el sudor —bajo la voz—. Quiero contarte cómo me fue en la escuela hoy. No eres el único que la pasó mal. Hoy fue el día de la foto escolar.

Si alguien me puede hacer sentir mejor será él. Lolo y yo siempre hablamos después de la escuela. Compartimos las galleticas danesas de la lata que él esconde en la caseta de herramientas. Y cuando hablo, Lolo no es como mami, que dice que «le dé una segunda oportunidad» o «que mire el lado positivo» o «que ignore las cosas insignificantes» y toda esa basura que me hace sentir como si fuese mi culpa que mi día fuese un pedazo de queso apestoso.

Pero ahora mismo, Lolo no parece interesado en lo que me pasó hoy. En su lugar, sacude la cabeza.

—No tengo mucha hambre, Merci. Ve tú, preciosa.

—¡Merci! —me llama mami otra vez. Me lanza una mirada exasperada y señala a los mellizos que están dándole con un palo a un hormiguero de hormigas bravas, prácticamente rogándoles que se los coman vivos.

Voy en su dirección y ellos salen corriendo para que yo los persiga, fingiendo que todo está bien.

Cuando llego a nuestra puerta de tela metálica, me doy la vuelta con la esperanza de que Lolo haya cambiado de parecer. A lo mejor me dice: «Espérame, Merci» y me pide que comparta con él mi pudín en la mesa de la cocina y me cuenta cómo fue que se equivocó de esa forma tan extraña y me pregunta por mi día del modo en que se supone que lo haga para que yo pueda volver a respirar tranquilamente.

Pero no. A lo mejor hablar en las tardes es algo que ya no haremos, como cuando dejamos de ir a pie a la escuela.

Un retumbar de truenos estremece el suelo y una ráfaga de viento sacude las pencas de las palmas. Dentro, Tuerto está en el mostrador, maullando para que le den la comida. Los mellizos dan gritos de miedo y diversión mientras hacen Dios sabe qué. Cuando caen las primeras gotas de lluvia, Roli da una carrerita hasta nuestro carro para subir las ventanillas.

Y aunque mami y abuela intentan persuadirlo, Lolo todavía sigue sentado en el caluroso patrullero, con los ojos fijos en algo en la distancia que no puedo ver.

CAPÍTULO 3

SEAWARD PINES ACADEMY, establecida en MCMLVII, siempre me ha recordado a un cementerio, aunque es una sofisticada escuela privada. Fue lo primero que noté de este sitio cuando empecé aquí el año pasado en quinto grado. Seaward tiene una gran entrada de piedra y todas esas begonias perfectamente plantadas como las que están en la iglesia de Nuestra Señora Reina de la Paz en Southern Boulevard. Y también siempre hay un gran jarrón con flores en la oficina administrativa, con un olor que pone la piel de gallina. Es igualito al olor del funeral de doña Rosa, que, por todas partes, entre las cuatro paredes del recinto, estaba lleno de apestosas coronas de claveles. Doña Rosa se murió en su casa en la acera de enfrente a la nuestra, mientras miraba *Wheel of Fortune*, como hacía cada noche. Abuela y yo solíamos ir a mirar el programa con ella para acompañarla, ya que su sobrina vivía en Miami y no la visitaba mucho. Doña Rosa no hablaba suficiente inglés como para ser buena resolviendo los acertijos; por lo general, a ella solo le gustaban los vestidos de noche de Vanna White y los premios. En cualquier caso, creo que estábamos ocupadas esa semana y no se nos ocurrió ir. Pasaron tres días con sus noches antes de que alguien llamara a la policía y la encontraran en su silla. Hasta hoy, abuela se persigna cuando pasamos por su bloque de apartamentos, por si doña Rosa todavía está brava con nosotras porque nos tomó tanto tiempo darnos cuenta de lo que había pasado. Papi, sin cobrar por ello, le dio una mano de pintura a su casa para que la sobrina pudiese venderla, pero tú nunca sabes. «Rosa siempre fue rencorosa», dice abuela.

Roli conduce despacio por la verja de entrada y saluda a su profesora de ciencias, a quien le tocó dirigir el tráfico matutino.

—Buenos días —nos responde.

Roli se da la vuelta para sonreír en una clásica demostración de lo que es conducir distraídamente, lo que siempre es su talón de Aquiles. Mami se lanza al volante (de nuevo), en esta ocasión a tiempo para evitar que le aplaste los pies a la señora con nuestros neumáticos. Las muletas y las botas ortopédicas que mami tiene en el carro para sus pacientes de rehabilitación se caen al piso del carro, junto a sus carpetas, que estaban amontonadas a mi lado. No sé por qué le dejó sentarse al volante esta mañana. «La práctica conduce a la perfección», dice mami siempre, pero sospecho que esto va a tomar su tiempo.

—¿Le puedes poner el pie al acelerador? —digo y señalo al velocímetro. La aguja está sobre las siete millas por hora—. Yo camino más rápido que esto.

—Falso —dice y mira la pantalla—. La velocidad promedio a la que camina un ser humano es 3.5 millas por hora.

Mi teléfono dice que son las 7:41 a.m. Mi recordatorio de mensajes tintinea una y otra vez que mi reunión con la señorita McDaniels es exactamente en cuatro minutos. No puedo llegar tarde; la cosa que más la irrita es la impuntualidad. Eso no quiere decir que sea la única. El largo del uniforme, masticar chicle, el volumen de la voz… y lo que se te ocurra, ella lo vigila mejor que el doctor Newman, el director de nuestra escuela. Si lo sabré yo. El año pasado, cuando yo no sabía ni dónde estaba parada, la señorita McDaniels me puso una detención escolar por ponerme mis tenis de la buena suerte, en lugar de los mocasines aprobados en el código de vestuario.

—Apúrate, Roli. ¡Voy a llegar tarde!

Roli me fulmina a través del espejo retrovisor.

—Pues ve a hablar con tía. Fue su idea que llevara a los mellizos primero —me dice—. Y quítate esa cosa de la cabeza, hazme el favor. Luces como una idiota.

—De ninguna manera. —No le gusta que tenga puesto mi casco de montar bicicleta en el carro con él, pero no está de más ser demasiado precavida.

—Basta ya, los dos —dice mami—. Estamos buscando otras soluciones para que los mellizos vayan a la escuela en las mañanas, pero tendrán que ser pacientes hasta entonces.

Pongo los ojos en blanco sin dejarle que me vea. Desde el enredo con Lolo de ayer —y todo el tiempo que hizo falta para que abuela se tranquilizara—, mami ha estado un poquito cascarrabias e impaciente también. Esta mañana le pedí el permiso firmado para poder hacer la prueba para entrar al equipo de fútbol y no lo tenía, aunque lo puse en el refrigerador para que no lo pudiese pasar por alto.

—Ahora no puedo pensar en eso —dijo mientras me indicaba que me fuera de la habitación.

Mami se vuelve hacia mí ahora y frunce el ceño al cambiar de tema.

—¿Y, de todos modos, ¿tú por qué no mencionaste tu reunión con la señorita McDaniels?

Achica los ojos con sospecha, a lo mejor pensando en mi incidente con el calzado de contrabando. Desde ese día, se me ha prohibido provocar más ninguna llamada a casa a no ser que yo esté volada en fiebre o con un vómito explosivo.

Me encojo de hombros.

—Tenemos asuntos pendientes —digo con vaguedad.

—¿Asuntos pendientes?

—Sí.

—¿Sobre qué?

—Ayer dio las tareas de servicio comunitario.

—¿Y?

Me encorvo en el asiento trasero. Tenemos una política estricta en nuestra familia de decir siempre la verdad, así que no tengo más remedio que soltarla.

—Y mi tarea es el Club de Amigos del Sol.

Roli me mira a los ojos en el espejo retrovisor y se ríe por la nariz.

—¡Los amigos de quienes no tienen amigos! —dice.

—Eso no suena tan mal —dice mami—. A ti te ayudó el año pasado, ¿no?

Miro fijamente a través de la ventana. El entusiasmo

ciego de mami es una de sus cualidades más predecibles y fastidiosas.

—No en verdad —digo. Lo cierto es que lo detesté, pero solo Roli sabe eso. Mami estaba tan emocionada porque me habían aceptado en Seaward que no habría escuchado mi lista de quejas. En su lugar, me habría dado sus charlas para motivarme.

Como ahora.

Mami suspira.

—Tú sabes, Merci, que con una buena actitud se llega muy lejos. La mitad de mis pacientes jamás caminarían si no pensaran de manera positiva. —Se da la vuelta—. Y a esta familia le vendría bien un poco de pensamiento positivo en estos días.

—¿Por qué? —digo—. ¿Qué hay de malo con nuestra manera de pensar?

No me responde.

En su lugar, apunta a la señal para ceder el paso a los estudiantes.

—Por ahí, Roli —dice—. Y cuidado con los niños más pequeños.

Me inclino hacia atrás y miro por la ventana mientras pasamos por la escuela primaria. Me pregunto cuándo Seaward comenzará a hacerme sentir que pertenezco. Muchos de los estudiantes de mi clase empezaron aquí el kíndergarten, como estos pequeñines, pero Roli y yo no. Él vino cuando comenzó la secundaria y yo me le uní el año pasado porque una plaza por fin se desocupó luego de que un estudiante de quinto grado se mudara a otra parte durante el verano. Mami casi se desmayó de la alegría cuando la oficina nos llamó. A ella lo que más le importa es una buena educación, a cualquier costo. Quiere que Roli solicite entrada a las mejores universidades y que pida todas las becas. Y cuando me quejo —incluso un poquito— por la tarea, me recuerda cómo papi aceptó más trabajos de jardinería para que ella pudiese ir a la universidad por las noches. Mientras yo era una bebé, fue durante tres años más para convertirse en fisioterapeuta. Gracias a su trabajo, pudimos comprar Las Casitas, incluso cuando el negocio de pintura de papi no andaba sobre ruedas. Por eso yo tengo un teléfono nuevo y Roli tiene una computadora portátil. Por eso también podemos ayudar a tía o a abuela y a Lolo si a veces les hace falta un poco de dinero.

Lo cual quiere decir que mami no piensa que hacer servicio comunitario sea *una gran cosa* si eso significa que yo pueda asistir a Seaward. Ella fue quien aceptó la beca incluso sin preguntarme si me importaba. «¡Es una oportunidad de oro!», dijo y estampó su nombre sin haber leído la letra pequeña. Resulta que Roli y yo tenemos que hacer sesenta horas enteras de trabajo gratis cada año, y a la vez mantener un promedio de B+. Eso es veinte horas más que los demás estudiantes. Además, se te dificulta mucho hacer toda la tarea, que fue una de las cosas más difíciles al venir aquí el año pasado. De repente tenía muchísima más tarea que en mi antigua escuela, y sin importar lo mucho que estudiara, no era lo suficientemente rápida. No tenía las respuestas a los problemas de matemáticas tan rápido como la chica que se sentaba a mi lado. «Ten paciencia», me dijo la señorita Miller cuando se me aguaron los ojos después de recibir una D en una prueba. «Aún te estás adaptando». Y, de hecho, me adapté, supongo, porque no me expulsaron. Pero, este año, con nuevos maestros y con los cambios de salones de clase, se supone que la cosa sea incluso más difícil.

Roli no tiene este problema, por supuesto. Él nunca ha visto una B manchar su inmaculado boletín de notas en toda su vida, ni siquiera aquí en Seaward, donde nos llevan a pan y agua y a paso de conga. Ese tipo de estatus de genio significa que, para su servicio comunitario, a él le toque una cómoda plaza en el laboratorio de ciencias como auxiliar de maestro. Puede que sea un chofer terrible, pero no puedo negar que es un cerebro —todo un cerebro—, que es la razón por la que ha recibido invitaciones a solicitar entrada en universidades desde hace años. De hecho, es probablemente la persona más inteligente en la historia de Seaward. Y si no, échale un vistazo a la vitrina que está afuera de la oficina de la administración. El trofeo más grande ahí es por un proyecto para una feria de ciencias que hizo en noveno grado. Era sobre cómo crear plástico de la cáscara de los plátanos en lugar del petróleo. Casi le puedes oler el futuro Premio Nobel.

Por fin, la zona en la que nos podemos bajar aparece a la vista.

—Frena —advierte mami, pero es demasiado tarde. No tengo otra opción que prepararme para el impacto.

Una de nuestras gomas delanteras se monta en el contén antes de que Roli se las arregle para parar en seco. Suelto mi casco y salto rápidamente, por si acaso se le olvida poner el carro en la posición de parqueo como hizo la última vez.

—¡Me tengo que ir!

Mami luce un poco pálida en lo que se pasa al asiento del conductor. Las notas de sus pacientes se desparraman por la acera.

—¡Súbete las medias! —me grita.

¿Pero quién tiene tiempo para medias caídas, incluso si *está* contra las normas del uniforme? Tengo que salir a la carrera si quiero llegar a tiempo a la reunión con la señorita McDaniels. Ella no soporta las excusas. Se supone que hagas planes anticipando los contratiempos —es lo que siempre le dice a la gente— en lugar de reaccionar cuando ocurren. La impuntualidad es un síntoma de la mala planificación y todo eso.

Por suerte, estoy a la altura del momento. No en balde gané cada carrera en la primaria. Atravieso un mar de *blazers* rojos como si fuera un corredor de fútbol americano, con los brazos como aspas y la cabeza bien protegida. No tardo mucho en sentir el sudor en las axilas, gracias al calor, incluso a esta hora. No puedo recordar si me puse desodorante y ahora es demasiado tarde para preocuparse por ello. Sin embargo, tía Inés se va a poner como una cafetera —echando humo— si llego a casa otra vez medio apestosa. Ella es quien se ocupa de la lavandería de toda la familia y siempre se queja de mi ropa pestilente. Este verano armó un rollo para llevarme de compras a Walgreens por las repetidas quejas de Roli con respecto a mi supuesta *bromhidrosis*. (Eso quiere decir olor corporal, si hablamos, ya sabes, como gente común y corriente). Gracias a él, el próximo día, tía Inés me llevó del principio al fin de cada pasillo en la farmacia, en lo que llenaba una cesta de plástico con espráis y talcos para lugares que yo ni sabía que los necesitaban. Mientras tanto, los mellizos estaban en el pasillo de las golosinas, probando sus favoritas.

—No se supone que huelas bien cuando juegas a la

intemperie —protesté, pero tía Inés no me hizo caso. Desembolsó en el mostrador de la cajera la cesta completa con los talcos, las cuchillas de afeitar y los desodorantes.

—Merci, una jovencita se tiene que cuidar —dijo, mientras entregaba los cupones de dos-por-uno—. Te guste o no, ya es hora.

«¿Hora de qué, exactamente?», quise saber, pero no me atreví a preguntarle.

Doblo la esquina y acelero rumbo a la oficina de la administración. Son exactamente las siete y cuarenta y cinco cuando llego a la puerta más cercana al parqueo de las bicicletas. Trago bocanadas de aire para aliviar la punzada en el bazo, pero aun así siento como si me estuviesen apuñalando. Las medias me dan al piso, justo encima de mis mocasines y el cintillo se me ha corrido en la cabeza. Es muy aparente que no usé la crema *anti-frizz* que me compró tía Inés.

Entonces es cuando escucho una voz familiar en mi oído.

—Apártate, por favor, Merci.

Edna está montada a horcajadas en su lujosa bicicleta, obviamente a la espera de parquear en el espacio que estoy bloqueando. No puedo evitar quedarme boquiabierta de admiración por su bici. Tiene una Electra de un rosado imponente con troqueles de colores brillantes en las defensas que me recuerdan una de las pinturas de arte moderno que vimos en la excursión escolar de nuestra clase el año pasado al Museo Norton. La bicicleta de Edna tiene frenos de mano, una luz plateada y neumáticos blancos, como esos Cadillacs chapados a la antigua que tanto le gustan a Lolo. Detesto lo mucho que me gusta. Mi bicicleta es un tareco. Es la de diez velocidades, que antes era de Roli y que (por desgracia) es para mi tamaño y funciona gracias (o no) a Lolo, que puede arreglar cualquier cosa, incluso nuestra vieja lavadora de 1996. Los manubrios están oxidados (óxido de hierro, según Roli) y el relleno sale volando del asiento cuando pedaleo fuerte. Los mellizos dicen que parece que me tiro pedos de algodón.

Los ojos de Edna se detienen en mí. Lo observa todo detenidamente, desde el pelo hasta mis zapatos desgastados. Es como si me dieran una mano de pintura de fealdad para que me dure todo el día.

—Sin ánimo de ofender, Merci, pero eres un despojo humano.

Cierro los ojos con fuerza, intentado que mi ojo extraviado no haga de las suyas. Esto es Edna en estado puro. Yo ya debería estar acostumbrada a estas alturas. «Sin ánimo de ofender, Merci, pero estás desafinando. Sin ánimo de ofender, Merci, pero quiero estudiar mis palabras de vocabulario con otra persona» Me tomó algo de tiempo entender a Edna el año pasado, pero por fin la comprendí. «Sin ánimo de ofender» es lo que dice Edna antes de caerles a hachazos a tus sentimientos.

—Déjame en paz. Acabo de atravesar el campus a la carrera —digo entre bocanadas de aire.

Pero esto no parece conmoverla.

Edna pasa la pierna por encima del sillín y mete su bicicleta más allá de mí hasta alcanzar un espacio desocupado. Jamie también está con ella y —sorpresa— tiene casi la mismísima bicicleta, con la excepción de que la suya es de un amarillo pálido y los troqueles son de cachemira. Esto es el hechizo de Edna nuevamente, supongo, la magia negra capaz de convertir a gente perfectamente común y corriente en espejos. Jamie siempre termina hechizada. Si Edna lleva el pelo en un moño, Jamie también se recoge el suyo así. Si Edna se enoja, Jamie te lanza una mirada desagradable de respaldo. Si Edna va a alguna parte, Jamie siempre es invitada, incluso si no invitan a nadie más. El año pasado, cuando Edna tuvo la gripe y estuvo ausente por una semana, pensé que había esperanza de que pudiéramos romper el encantamiento. Jamie se sentó conmigo y Hannah en el almuerzo y jugó *kickball* en mi equipo durante el receso. Pensé que nos estábamos haciendo amigas. Pero cuando Edna regresó unos días después, pálida y con la nariz irritada, volvimos a la vieja usanza. «Hazte a un lado, por favor, Merci», dijo Jamie. «Edna quiere sentarse aquí».

Gracias al cielo que Lolo me dio un azabache para protegerme. Mami dice que el mal de ojo es una tontería, que nadie puede hacerle daño a nadie tan solo con el mal de ojo. Pero yo sí lo creo. El mundo no es todo lógica del modo que ella y Roli piensan. Tiene misterio, como dice Lolo. Así que me pongo mi protección en una cadena junto a la cruz que me dieron por la Sagrada Comunión. A lo mejor luce como una piedra negra común y corriente, pero quién sabe lo que me habría pasado a manos de Edna si no la hubiese tenido. Lolo dice que no hay mal que se le escape.

Decido ignorarla y camino rumbo a la puerta de cristal, pero cuando comienzo a abrirla, Edna también agarra la manilla y ella y Jamie se cuelan delante de mí. No hay tiempo para discutir, por supuesto. Un grupo de niños —los otros miembros del Club de Amigos del Sol, supongo— ya están reunidos alrededor del escritorio de la señorita McDaniels. La oficina es una colmena por todas partes. Los maestros llegan y firman el arribo. Los estudiantes esperan a recibir sus nuevos horarios y unos cuantos padres que se habían inscrito para las visitas guiadas conversan en los sofás mientras esperan. Los niños hacen la solicitud para estudiar aquí con un año entero de antelación, así que siempre hay gente de visita, incluso en la primera semana de la escuela.

La fetidez de las flores se me mete tan adentro de la nariz que tengo que respirar por la boca. Deambulo en busca de un espacio lejos del jarrón.

—Muy bien —dice la señorita McDaniels por encima del estrépito—. Los miembros del Club de Amigos del Sol para el sexto grado han llegado, así que podemos empezar.

—Su voz es aguda, como zapatos de tacón alto repiqueteando en un piso de losas.

Edna gira la cabeza en mi dirección. Jamie también se da la vuelta. Te lo juro que puedo ver la burbuja del pensamiento —como en un cómic— sobre sus cabezas, más clara que el agua.

—¿*Tú* eres miembro del Club de Amigos del Sol este año? —pregunta Edna.

La señorita McDaniels se interpone.

—En efecto, lo es. ¿Qué mejor amigo que alguien que sabe lo que es ser nueva en nuestra escuela?

Puede que yo no quiera ser parte de este club, pero casi vale la pena quedarme de miembro tan solo para ver la expresión en la cara de Edna. Si solo pudiese sacar mi cámara y captar a Edna boquiabierta. Le encontraría un filtro que la convirtiera en un camaleón verde con la boca rosada abierta de par en par de la pura conmoción.

Por suerte, la señorita McDaniels no dice ni esta boca es mía respecto a que esto es parte de mi servicio comunitario obligatorio. Eso le pondría la tapa al pomo: otra razón para que Edna piense que es mejor que yo. Ella no está aquí con una beca financiera, por supuesto. *Su* papá es un podólogo, no un pintor de brocha gorda como papi, y ella nunca deja que se nos olvide. «Mi papá el doctor *tal cosa*. Mi papá-que-le-salvó-el-pulgar-a-no-sé-quién». Estoy segura de que lo que más hace es curar hongos de los pies y verrugas plantares. ¿Y a qué viene tanto revuelo con eso? A lo que me refiero es que mami ayuda a la gente a que aprenda a caminar de nuevo después de un infarto o de accidentes terribles. Se lo mencioné a Edna una vez, pero no le impresionó. «Sin ánimo de ofender», dijo, «incluso así, ella no es médico».

La señorita McDaniels entrega carpetas de un rojo brillante a cada uno.

—Espero que ayer todos hayan tenido un muy buen primer día de regreso a la escuela y que estén listos para un año escolar productivo, especialmente en el programa del Club de Amigos del Sol. —Me da un vistazo y, si no me lo imagino, frunce un poco el ceño. Me acomodo la falda y noto que el dobladillo está por fuera—. Dentro de estas carpetas están los horarios de sus amigos asignados, así como un párrafo con un poco de información acerca de la persona que les tocó. Quiero que establezcan el primer contacto esta semana, por favor. Tendrán que venir a verme cada viernes durante el resto del semestre y me pondrán al tanto de cómo van las cosas. Recuerden que son embajadores de la escuela. Su trabajo es hacer que los nuevos estudiantes se sientan bienvenidos y cómodos en su entorno.

Entonces, el teléfono suena y la señorita McDaniels se vuelve para contestarlo.

—Me excusan un momento.

Todos abren sus carpetas. A mí no debería importarme porque ya he decidido que le voy a pedir a la señorita McDaniels que me cambie a otro tipo de servicio comunitario. Yo ni siquiera me siento cómoda en esta escuela. ¿Cómo voy a poder ayudar a alguien más? Aun así, la curiosidad me domina. O sea, ¿la señorita McDaniels en verdad tiene la más mínima idea de lo que hace con esto de emparejarnos? Para comenzar: Edna volverá a ser la amiga asignada de alguien, que es como conectar a un ratoncito con una boa constrictora. Si lo sabré yo. Ella fue mi amiga asignada el año pasado.

Aún recuerdo nuestro primer día. En el almuerzo, me contó la historia del viaje en crucero de su familia a Newport (Rhode Island) y que durmió en un faro real en el que contaban espeluznantes cuentos de fantasmas y todo. «¿Y tú dónde pasas las vacaciones?», quiso saber. «¿Al norte o al sur?».

Le pude haber dicho la verdad. Nosotros no nos vamos de vacaciones. Pero he visto a Roli venir a esta escuela por bastante tiempo, así que incluso una novata como yo sabía que esa no era la respuesta correcta, no en Seaward. «Al este», dije, embelleciendo nuestras escapadas de un día a la playa. Le conté de nuestra fogata favorita en el lago Worth, a donde vamos en las noches de primavera y de verano después de que papi regresa del trabajo.

—Oh —dijo—. Nosotros no vamos a esa playa.

Almorzamos en la misma mesa por un tiempo. Nuestros casilleros estaban el uno al lado del otro. Estábamos en la misma clase todo el día. Pero de algún modo, no comenzamos a compartir secretos o a quedarnos a dormir en nuestras respectivas casas como ella hace con Jamie. Lo que me hace pensar que a lo mejor este brete de emparejarnos es una estafa. Podría ser como el servicio de citas románticas que le presentó a tía Inés al tipo con los anillos en los meñiques y el tupé. Tal vez tenía sentido en teoría, pero —solavaya— qué metida de pata.

Edna y Jamie comienzan a leer sobre sus nuevos amigos asignados. No quiero levantar sospechas, así que busco entre mis papeles y leo el nombre. Dice Michael Clark. Bueno, ahora estoy convencida de que la señorita McDaniels no tiene idea de lo que hace. Es el nuevo estudiante de Minnesota, un sitio frío… y yo detesto el frío. Le gusta pescar en el hielo. No tiene un color favorito (sospechoso). Solo tenemos en común las clases de estudios sociales y educación física. Absolutamente nada de él hace que tenga sentido emparejarlo conmigo, excepto que nuestros nombres comienzan con M.

Una mano me arrebata el papel. Antes de que pueda impedírselo, Edna lee mis documentos y suelta su sonrisa estúpida.

—Dámelo —le digo.

Enarca las cejas.

—Uhhh… Te tocó Michael Clark.

—¿Te emparejaron con un muchacho? —pregunta Jamie.

—Sin ánimo de ofender —dice Edna y me entrega la planilla— pero es un poco embarazoso.

Podría decirle que probablemente no me voy a quedar en el programa, pero todavía estoy disfrutando su sorpresa ante el hecho de que me hayan escogido.

—¿Y a qué viene ese alboroto? —digo—. Jugamos con muchachos en el receso todo el tiempo, ¿no?

Edna me mira con lástima.

—Esto es sexto grado, Merci —dice como si yo no lo supiera—. Ya no tenemos receso como en la escuela primaria.

«Bebita», quiere decir, y así como así siento que el párpado me comienza a pesar y siento que da un tirón.

La señorita McDaniels cuelga el teléfono y se vuelve hacia nosotros.

—Entonces, ¿dónde nos quedamos? ¿Hay alguna pregunta o preocupación?

Nadie dice nada, pero siento que Edna me está mirando, como si fuese un desafío para nada amistoso.

—Bueno, en ese caso, si no hay nada más, pueden retirarse. —La señorita McDaniels mira su reloj—. El primer timbre es en exactamente tres minutos y no tengo ningún plan de escribir notas de excusas por tardanza para ninguno de ustedes. Que tengan buen día.

Todos salen apresuradamente, pero mis pies de algún modo se han convertido en un lastre. Miro a las paredes y las cenefas y noto que pronto les hará falta una nueva mano de pintura, especialmente a esa zona con los arañazos cerca de la fotocopiadora. A lo mejor, para cumplir con mi servicio comunitario, yo podría pintar un sábado, cuando nadie esté por aquí.

Espero a que los demás se hayan ido para acercarme un poco más a su escritorio. Le toma un segundo a la señorita McDaniels levantar la cabeza del papeleo para notar que todavía estoy de pie frente a ella. Me mira por encima de sus gafas de media luna.

—¿Sí, Merci? ¿Hay algún problema?

Trato de no respirar por la nariz. La peste de las flores muertas me está dando náuseas. Mi mente hace piruetas con todas las maneras en las que podría responder. Roli dice que uno siempre debe presentar su argumento de manera cuidadosa, con frialdad y lógica, como un vulcaniano. Así que respiro profundamente y comienzo despacio, del modo en que he estado practicando.

—Hay tantos problemas, señorita McDaniels —digo, intentando entrar en calor—. Problemas de matemáticas, problemas sociales, problemas de dinero...

Cruza los brazos y me mira con severidad. A la señorita McDaniels no le hacen ninguna gracia las tonterías. Ni una pizca. Nunca hay tiempo para las tonterías.

—Merci Suárez, sácate los dedos de la nariz y dime por qué estás todavía parada aquí.

No me queda otra opción que lanzarme a la parte difícil de las negociaciones. Pongo la carpeta en su escritorio.

—Me gustaría que me diera otro tipo de tarea para mi servicio comunitario, por favor —digo.

—Ya veo.

—Algo que tome menos tiempo durante la temporada de fútbol. A lo mejor podría pintar... —mis ojos se deslizan hacia la canasta de mimbre en la esquina. El año pasado ayudé a limpiar la cesta de los objetos perdidos. Rápido y fácil. Así fue como me hice con algunas cosas que nadie reclamó, como varios bolígrafos de gel y también un collar que le di a abuela por su cumpleaños.

Echa la cabeza hacia un lado.

—¿Sabes que es un honor ser seleccionada como embajadora del Club de Amigos del Sol?

—Entonces no tendrá ninguna dificultad para llenar mi puesto —le digo con una sonrisa—. Qué bueno.

Niega con la cabeza.

—No todo el mundo es lo suficientemente afortunado como para que lo escojan para representar a nuestra escuela de este modo —dice.

Siento que se me enrojecen las mejillas. ¿Afortunada? ¿Se supone que así es como me debería sentir? Recuerdo a Edna cuando nos conocimos el primer día. «Eres afortunada de estar aquí», dijo mientras me mostraba el bufé de ensaladas en el comedor. En el centro había sillas de un mismo estilo acomodadas alrededor de mesas de color de arce. «Podrías estar en esa escuela que tiene un perro antidrogas y que huele a moho». Hizo una mueca y se rio.

Y era verdad: yo podría haber estado ahí, que es lo que siempre les había preocupado a mami y papi, especialmente después de lo que pasó en la escuela secundaria a la que yo debía asistir de acuerdo a nuestra zona de residencia. Un niño trajo un cuchillo porque a otro le gustaba su novia. Por suerte, alguien lo vio en su casillero y avisó antes de que nadie resultara herido, pero el suceso estuvo en las noticias de la noche.

Y, aun así. Sería más fácil ir a la escuela que está al doblar de la esquina. Muchos de los muchachos de mi escuela primaria van ahí y les va bien. El moho no podría oler peor que las flores en estado de putrefacción.

Y, lo más importante de todo, nadie se burlaría de mí porque me hubiesen asignado a un muchacho en el Club de Amigos del Sol.

El primer timbre me sobresalta. No tengo mucho tiempo.

—No es que no esté agradecida —comienzo—. Lo estoy. Por todo.

La señorita McDaniels me mira y considera las cosas.

—Eso pensaría yo. Hagamos la prueba por unos días. Ven a verme el viernes luego de que se hayan relacionado un poco. Podemos hacer los ajustes necesarios después de eso.

Se sienta y regresa a su trabajo para darme a entender que nuestra conversación ha terminado. Cuando no me muevo, se da unos golpecitos en el reloj y frunce el ceño.

Me queda un minuto y medio para el momento en que meto mi carpeta en la mochila y salgo de la oficina. Todos están desperdigados a los cuatro vientos, como dice Lolo. Me apuro hacia la clase de inglés y leo los nombres en los ladrillos al pasar por el baño de las chicas. El nombre de nuestra familia no está aquí, por supuesto. Tienes que dar muchísimo dinero para que te inscriban con cincel de modo permanente por estos lares.

Intento pensar en un modo que no sea soso de presentarme luego de manera formal a Michael. A lo mejor me tomo una foto y se la envío al teléfono listado en su carpeta.

«Hola, soy tu amiga de mentiritas por un par de semanas».

«Hola, estoy aquí para asegurarme de que no vayas a vomitar porque nadie te habla».

«Hola, ¿fuiste a una escuela mohosa en Minnesota»?

Por desgracia, no avanzo mucho antes de escuchar una risita detrás de mí. Alguien ha salido del baño de las chicas.

—*Uhhhh, Michael, seamos amiguetes.*

No me doy la vuelta. Ya sé quién es.

CAPÍTULO 4

LOS NUEVOS ESPEJUELOS DE LOLO son redondos y enormes, pero parece que lo han alegrado un poco. Los fue a buscar esta mañana con tía Inés, quien todavía está molesta porque tuvo que faltar al trabajo para llevarlo. Le tocaba a papi llevar a Lolo a su cita, dice ella, lo que es uno de sus argumentos favoritos entre hermanos. No lo entiendo. Si dependiera de mí, yo aprovecharía cualquier oportunidad que tuviera para pasar tiempo con Lolo. Pero, con ellos dos, siempre hay una pelea de por medio.

De cualquier modo, los lentes gruesos magnifican los ojos de Lolo, así que en verdad lucen grandes y verdes desde ciertos ángulos.

—¿Te gustan? —pregunta.

Su voz suena tan emocionada que no tengo corazón para decir la verdad.

—Los círculos son mi forma favorita —digo.

—Él insistió en comprar el par más grande en la tienda —dice tía Inés, como si él no estuviese sentado ahí mismo en el mostrador de la cafetería que ella está limpiando—. Es la misma receta que la última vez, pero él jura que ve mejor.

—Porque es verdad —dice Lolo—. Ahora no se me va a escapar ni una mosca. Ya verás. —Toma otro sonoro sorbo del batido de frutas tropicales que está bebiendo. El trozo de piña del borde del vaso ya fue reducido a cáscara—. Siéntate y merienda, Merci —dice.

Me subo a la banqueta junto a Lolo, que está posado en su sitio habitual en la esquina, actuando más o menos como él mismo otra vez, gracias a los cielos.

Vine en bicicleta a El Caribe tan pronto llegué a casa de la escuela. La cosa está tranquila por aquí hoy, nada en comparación a las mañanas de domingo, cuando la cola serpentea más allá de la puerta de entrada y la gente grita a tía sus pedidos para llevar de café, pastelitos y barras de pan caliente. Todo el mundo sabe que esta es la mejor panadería entre Miami y Tampa, así que esto se pone que parece un manicomio.

Tía Inés está ocupada llenando los vasos de palillos de

dientes decorados con banderas cubanas en miniatura.

—No se puede quedar mucho tiempo, viejo —le dice a Lolo—. Hoy Merci tiene que echarle una mano a abuela con los niños.

Los dos la miramos fijamente.

—Oh, a la abuela le hace falta ayuda, ¿no? —dice Lolo. Todavía está amargado por el nuevo método. Abuela también será quien vaya a pie con los mellizos a la escuela. Se compró zapatos nuevos en Foot Locker solo para esta faena: unos tenis Chucks que a lo mejor tendré que tomar prestados de vez en cuando sin que ella tenga que enterarse.

Pero él no es el único que está enojado.

Yo debería mencionar que 1) nadie nunca me *pregunta* si quiero ser niñera de los mellizos, 2) Roli casi siempre se lo saca de encima gracias a su trabajo de tutoría y que tiene que concentrarse en sus solicitudes a las universidades y 3) a mí me pagan exactamente nada por impedir que se traguen monedas o que salgan corriendo a ciegas en medio del tráfico. ¿Cómo se supone que me vaya a comprar una bicicleta si nadie me paga por nada?

—A mí me gustaría que encontraras a otra persona, tía —digo—. Hay estudiantes en la escuela que tomaron la clase de la Cruz Roja y que de hecho quieren ser niñeros. Yo te puedo conseguir los nombres. Contrátalos. De todos modos, yo no podré cuidarlos cuando comience la temporada de fútbol.

Me frunce el ceño.

—Pero, ¿quién en su sano juicio iba a contratar a un desconocido para que le cuide a sus hijos cuando tiene parientes a su disposición?

Suspiro. No tiene sentido discutir. Cuando de ayudar se trata, el lema aquí es *la familia es lo primero*.

—¿Al menos podría merendar antes de irme? —digo—. He tenido un día largo, en caso de que te interese. Y me va a hacer falta fuerza para los mellizos.

Me mira de arriba abajo y me pasa un pastelito de guayaba, todavía caliente, en un plato.

—Diez minutos y después te vas.

—Ponlo a mi cuenta, Inés —le dice Lolo.

—Ya lo hice, Lolo —dice—. Junto con los tres batidos.

—Le quita el vaso—. ¿Le estás prestando atención a tu azúcar del modo que te dijo el doctor la última vez? Repite conmigo: coma diabético.

Lolo la ignora. En su lugar, se vuelve hacia mí.

—Bueno, ¿y qué me dices? ¿Qué hay de nuevo con el sexto grado?

—Ya quería yo saber si alguna vez me ibas a preguntar —le digo—. Malas noticias. Edna Santos (¿te acuerdas de ella?) está en la mayoría de mis clases y me han metido en un club que no soporto.

—Oh. A mí también. El Club de los Viejos. —Se ríe de su propio chiste.

—Estoy en el Club de Amigos del Sol —digo, poniendo los ojos en blanco—, lo que quiere decir que tengo que estar de amiguita de un niño nuevo en lugar de prepararme para las pruebas para entrar al equipo de fútbol. Y es un varón, lo que a Edna le parece comiquísimo. Me va a fastidiar con eso todos los días, es que lo veo venir.

Le doy una mordida feroz a mi pastelito.

Tía Inés deja lo que está haciendo y me mira con sus ojos pardos.

—Bueno ¿y qué? ¿Por lo menos es lindo el niño?

Le lanzo una mirada cortante como el acero. Esto es casi tan malo como tener que lidiar con las burlas de Edna. A tía le encanta la idea del amor y el romance.

—Es lindo si te gustan los gigantes —digo—. No lo puedes perder de vista. Michael Clark es casi del tamaño de papi.

—¿Mide dos metros? —dice Lolo con un silbido.

—Ah. Alto, moreno y apuesto —dice tía—. A mí siempre me han gustado de ese tipo.

La fulmino con la mirada para que sepa que no me

hace ninguna gracia. Luego reviso mis fotos hasta que llego a la que busco. Para matar tiempo mientras esperábamos a que vinieran a buscarnos a la escuela, me puse a convertir a los estudiantes en animales. Le saqué una foto a Michael y lo convertí en un alce en honor a Minnesota, pero me acobardé antes de que pudiera enseñársela. ¿Y si pensaba que le estaba diciendo que se parece a un alce?

—Es el niño más alto y más *blanco* que yo haya visto jamás. —Muestro la foto original de Michael como evidencia—. O no hay sol en Minnesota o este muchacho es un vampiro.

Lolo le da una ojeada a la foto.

—Tú todavía te pones tu azabache, ¿no?

—A veces los vampiros son buena gente —dice tía, subiendo y bajando las cejas una vez más.

Pongo mi teléfono en el mostrador.

—La solución es irme —digo.

—¿De la escuela? —pregunta Lolo.

—Quería decir del Club de Amigos del Sol, pero ahora que lo pienso, ¿por qué no del brete completo? Total, tú sabes que ya yo tengo un plan para mi carrera.

—¡Por supuesto! Directora ejecutiva de Sol Painting —dice Lolo y me da una palmadita en la espalda.

—Ave María —dice tía Inés—, de nuevo con lo mismo.

La miro con dureza.

Sol Painting es la compañía de papi, pero es solo cuestión de tiempo hasta que sea yo quien tenga el sartén por el mango. No hay modo de que Roli vaya a dar el paso al frente cuando papi se retire. Detesta pintar y, ya que estamos, es un desastre cuando tiene que rellenar con masilla. Definitivamente debería dedicarse a cosas más sencillas, como coserle extremidades desprendidas a la gente o inventar sustancias nuevas.

—Ya verás —le digo a tía—. Voy a ser rica. Si fuera tú, comenzaría a ser más agradable conmigo si quieres que pague para que los mellizos vayan a la universidad.

—Pero ¿y si cambias de idea? —pregunta Lolo—. Eres joven. Eso pasa, tú sabes.

—Oh. *Yo* sé —interrumpe tía Inés—. Ella será una camarera aquí en la panadería. —Mueve los brazos abarcando el mostrador—. Contempla tu imperio. Limpiar migajas de pan de un mostrador y oír los mismos chistes sin gracia de clientes que no pagan.

—A la gente siempre le gustan mis chistes —dice Lolo.

—Mira, Merci, lo único que tienes que hacer es ser agradable con el nuevo muchacho y olvídate de Emma.

—Edna —digo.

Pone los ojos en blanco.

—Como se llame. Y *tú* —le dice a Lolo—, deja de incitarla a que se vaya. Ella va a terminar la escuela e ir a la universidad como su madre. Todos lo van a hacer, incluso los mellizos… eso si no tengo que enviarlos primero a un reformatorio. —Le da un vistazo al reloj y me retira el plato—. Llegó la hora. Te tienes que ir.

Me deslizo de mi asiento, pero Lolo acerca su banqueta hacia mí. Pone sus grandes manos cálidas y llenas de callos sobre las mías. De repente, recuerdo aquel día cuando me enseñó a abrocharme los cordones, dos orejitas de conejo que se tuercen entre sí, esos dedos cuarteados que guiaban a los míos.

—Te tengo una propuesta de trabajo que puede hacer que no pienses en tus problemas. Hay dinero de por medio.

—Entonces ya te escucho.

—Tu papi contrató un trabajo importante en estos días y la paga es muy buena. ¿Qué te parece si vienes también con nosotros y echas una mano?

—¿Dónde es el trabajo?— pregunto.

Se ajusta los espejuelos y suelta una risita.

—¿Dónde es que es eso, Inés?

—En la sede del club de la playa. —Tía está parada al lado de la cafetera mientras le recuerda. Su voz es suave, pero él la escucha de todos modos.

—Exacto. En la sede del club de la playa —repite Lolo—. Vamos a pintar los baños.

Me estrujo la nariz.

—¿Todo el día frente al inodoro? La última vez que ayudé a pintar las cenefas en la marina en Singer Island, olí a carnada durante días. Esto podría ser peor.

Lolo se da una palmada en la barriga.

—Te garantizo veinte dólares más un delicioso perro caliente y un refresco si dices que sí.

Lolo estaba a cargo de la nómina antes de que mami lo reemplazara en la contabilidad. Por suerte para mí, todavía Lolo está a cargo de dinero para gastos menores.

Pongo mi cara de póker. Lolo me ha enseñado todo cuanto sé del arte de negociar. La regla número uno: nunca aceptes la primera oferta.

—No sé. Es posible que tenga planes. ¿Qué tal si mejor decimos treinta dólares?

Las cejas se le disparan.

—¡Eso es un robo, Mercedes Suárez!

—Estoy ahorrando para una bicicleta nueva. —Me quito del *jean* un poco del relleno del asiento y se lo muestro—. Por razones obvias.

Hace un puchero, como si se hubiera comido un limón. Todo el mundo sabe que Lolo camina con los codos.

—Dale, Lolo —lo persuado—. A tu única nieta le hace falta una bici nueva. Este año, niñas como Edna Santos se aparecen en Cadillacs de dos ruedas ¿y yo qué es lo que tengo?

Le da un vistazo a mi bicicleta, que estacioné junto a la que él ha montado durante años.

Son casi máquinas del tiempo.

—Eres una negociadora implacable —dice por fin—. Eso me gusta. —Me extiende la mano—. Treinta dólares.

—Entonces cuenta conmigo. —Nos damos la mano y luego me voy.

CAPÍTULO 5

—SUS CEJAS SON MEDIO RARAS —susurra Edna—. ¡Pálidas, pero tan pobladas!

Finjo que no la escucho… como he hecho toda la semana siempre que trae a colación otra tontería acerca de Michael Clark. Hasta ahora, vamos por dieciséis menciones, que han incluido comentarios sobre sus tenis (de una marca de hacer montañismo), el color de sus ojos (como la piel de un tiburón), lo chillona que es su voz (un tanto adorable) y bla, bla, bla. No entiendo. Edna armó tremendo alboroto por el hecho de que yo tengo a Michael como mi amigo asignado, pero ahora *ella* es quien parece que no le puede quitar los ojos de encima. En serio, cualquiera pensaría que él es un mango como, eh, digamos, Jake Rodrigo, la estrella de las películas del Iguanador. *Ese* sí que es un sueño. Una trenza larga que le cae por la espalda. Piel morena. Músculos. Y esos ojazos verdes con pupilas de reptil, y eso sin mencionar el aparato que le permite sobrevolar y planear por los aires. En mi taquillero tengo un cartel suyo que tomé de una revista. Edna lo vio y puso los ojos en blanco. «Tú sabes que él es falso», me dijo. «A lo mejor, pero aun así es mejor que los muchachos de verdad que tenemos por aquí», dije yo.

Incluido Michael Clark.

Además, ¿a quién le importa el pelo encima de los párpados de otra persona, excepto a Edna? Apuesto a que ella ha notado sus cejas porque ella se sacó las suyas en el verano. Todavía no la puedo mirar sin sentir dolor. Tía me intentó convencer de que me afinara las mías al principio del verano. «Solo encima del tabique», dijo y se me acercó con una pinzas. Cuando me arrancó el primer pelo, yo habría jurado que mi cerebro también se aflojó. No, gracias. Me escondí en mi cuarto toda la tarde.

—*Mira* —dice Edna de nuevo.

Todas las demás niñas de nuestro grupo se dan la vuelta hacia la mesa de Michael y se quedan boquiabiertas. Y quién lo iba a decir, la maga vuelve al ataque.

Me acomodo en mi silla e intento seguir lo que dice

la señorita Tannenbaum acerca de nuestro primer paquete de instrucción de estudios sociales. Es una señora delgada con un pelo indomable y ropas de hippie que le llegan a las sandalias.

Es la maestra favorita de todos. Ahora comenzamos una unidad sobre culturas de la antigüedad que nos va a durar hasta diciembre. La primera parte, que es la más aburrida, es sobre un sitio llamado Mesopotamia, así que requiere un esfuerzo de mi parte aparentar que me interesa. El proyecto número uno: vamos a hacer un mapa a relieve de la cuenca de los ríos Éufrates y Tigris.

Estoy un poco preocupada. No por el mapa en sí. A la señorita Tannenbaum le encantan los proyectos, lo que va a ser divertido. Pero el problema es que le encanta aun más crear habilidades de trabajo en grupo. «El mundo está conectado. La colaboración es una habilidad clave del futuro» dice. Lo que quiere decir que por lo general no vas a trabajar sola y en paz, del modo que a mí me gusta. En su lugar, ella quiere que aprendas mientras resuelves problemas con los demás. Así que, aquí viene la lección número uno, que nada tiene que ver con los ríos. Cuando ella dice: «Reúnanse en grupos», más te vale moverte rápido o te vas a quedar sobrando y te van a poner en un grupo en donde te mirarán como si tuvieras la plaga. Por ejemplo: yo buscaba un bolígrafo cuando ella dio la voz esta mañana. Me quedé ahí parada como una huérfana hasta que la señorita Tannenbaum me llevó al piquete de Edna y dijo que me les iba a unir, aunque el grupo ya estaba lleno.

—¿Y tú le has dicho al menos hola a tu amigo del Sol, Merci? —susurra Edna en lo que la señorita Tannenbaum explica los parámetros de calificación—. Es viernes. Ya deberías haberlo hecho a estas alturas. La señorita McDaniels dijo que tenemos que ponerla al tanto cada semana, ¿recuerdas? Te vas a meter en un lío.

—Shh.

—Solo intento ayudar —dice.

—Chicas, ¿hay algo que quieran decirle a la clase?

La señorita Tannenbaum nos fulmina con la mirada desde el frente del aula.

—No, señorita. —Le lanzo una mirada brusca a Edna. ¿Cómo se supone que pueda prestar atención con todo su cuchicheo?

De todas mis clases, esta es la que más deseo que no tuviese que compartir con Edna. He esperado con ansias a que la señorita Tannenbaum fuese mi maestra desde que Roli estuvo en su clase hace un montón de años. Su mayor motivo de fama es el Proyecto de las Tumbas. Cada año, su clase entera y el pasillo que la rodea son convertidos en una tumba de tamaño real. La construyes durante todo el semestre y luego vienen tus padres a verla. Sale hasta en los periódicos y todo. Pero ahora no sé cuán divertido va a ser esto junto a la señorita Edna, la Jefa del Universo.

—Les invito a que piensen con profundidad. ¡Atrévanse a ser creativos! —dice la señorita Tannenbaum.

¿Con mapas?

—Sean receptivos a sus compañeros mientras planifican su proyecto —dice—. Sus habilidades de grupo serán reflejadas en la nota.

Se escuchan gemidos, pero ella ni se inmuta.

Reviso su sistema de puntuación. Precisión con respecto a los hechos: 60 puntos. Originalidad: 20 puntos. Cooperación: 20 puntos.

—Si no tienen ninguna otra pregunta, pueden comenzar.

Las niñas de mi grupo vuelven al cuchicheo y las risitas sobre Michael mientras que la señorita Tannenbaum empieza a pasearse por el aula. Le doy un vistazo con remordimiento. Lo que dice Edna es cierto. No lo de sus cejas, sino el hecho de que, en realidad, todavía no le he dicho ni hola, aunque se esperaba que lo hiciera. ¿Pero cómo lo voy a hacer? Si me le acerco a Michael, Edna va a empezar con la cantaleta de lo embarazoso que es. O peor, podría comenzar a hacerme un millón de preguntas sobre él. Además, a Michael obviamente no le hace falta que yo lo contacte. A los varones de nuestra clase ya parece que les cae bien. Le hablan como si hubiese estado aquí toda su vida en vez de tan solo cinco míseros días. Él es el tipo de gente que es siempre popular. O a lo mejor le tienen miedo. Un muchacho así de grande probablemente te puede hacer un daño considerable.

—¿Otra vez mirando a tu novio? —pregunta Edna.

—Ya basta.

—¿Novio? —Rachel se queda boquiabierta y sus ojos azules se ponen más grandes. Parece que se va a orinar en los pantalones—. ¿Tú estás saliendo con Michael Clark o algo por el estilo?

A Rachel le gusta sorprenderse por todo. *¿Sacaste una B?* (Te pone los ojos del tamaño de un plato). *¿Vives en Green-acres?* (Se cubre la boca con la mano). Pero no hay nada que la emocione más que el amor. El año pasado, cuando vio a dos estudiantes de octavo grado besándose detrás del gimnasio, yo estaba segura de que iba a explotar de forma espontánea. Casi no podía recuperar el aliento para contarnos. Yo había visto al mismo par de tortolitos detrás del estacionamiento en el que mami a veces nos espera si nos quedamos después de la escuela. A mí me parecía como si se estuvieran chupando las caras mutuamente, como en una película de ciencia ficción. Había efectos especiales y todo. No estaba segura de que ninguno de los dos fuese a sobrevivir. En verdad, fue espeluznante.

—No, él no es mi novio —digo.

—¿Novio? —Hannah suspira y hace un puchero—. Mi mamá no me deja ir ni siquiera al centro comercial si no es con ella.

Edna tiene ese brillo diabólico en los ojos. Hace una bola de papel y la tira a la mesa de Michael. Tiene muy mala puntería, por supuesto, así que ni le pasa cerca y, en vez de eso, le da a Lena.

—¿Correo aéreo? —pregunta Lena y lo abre—. ¿En tinta invisible?

—Uy —dice Edna—. ¡Michael! —dice en voz alta—. Merci tiene que hablar contigo hoy.

—Para —digo y la pellizco.

—¡Ay!

Michael levanta la cabeza de su trabajo y nos mira. Eso me hiela la sangre. Por suerte, los muchachos de su grupo hoy no están de humor para Edna. Algunos nos hacen muecas feas, igualitas a las que me hacen los mellizos en casa. Luego se dan la vuelta.

—¡Qué groseros! —los desafía Edna con una risita—. Los odio a todos. —Esa risita es nueva este año, y de ningún modo dice *te odio*. Es más un *mírame, mírame, mírame*. Lo único que sé es que va a ser difícil escucharla todo el año. A lo mejor tendré que invertir en un par de tapones para los oídos, como los que se pone Lolo cuando abuela mira sus telenovelas.

—¡Enfóquense, estudiantes! —dice la señorita Tannenbaum en alta voz.

Edna toca el ícono del paquete de instrucción en su tableta y le echa un vistazo rápido a las instrucciones para el proyecto.

—Bien, Merci, haz un documento para las notas. Vamos a empezar con los suministros. ¿Quién va a comprar la arcilla?

—¿Arcilla? —pregunto.

—Para hacer el mapa a relieve. ¡Obvio!

Edna piensa tan rápido. Si no fuera tan insufrible, a lo mejor eso sería una ventaja.

—Yo la compro —dice Rachel.

Creo un nuevo documento para nuestro grupo, pero no escribo nada bajo el encabezado «Materiales». Un mapa de arcilla no está mal, pero yo también tengo otras ideas de cómo hacer un mapa. La señorita Tannenbaum nos dice que quiere que usemos materiales fuera de lo común. Ayer mismo, ayudé a abuela a organizar su cuarto de costura. Es como un baúl de los tesoros, ya que ella no bota nada. «Todo tiene más de un uso en este mundo», siempre dice, aunque se trate del más pequeño broche o de una banda elástica. ¿Y qué tal con esas cosas? Podríamos usar el satén azul que sobró de una blusa. Además, las latas de café están llenas de botones de todos los colores. Los de vidrio que parecen ojos de pescado los podríamos usar para hacer un río fenomenal... y nadie más va a tener algo así.

—Tengo otra idea —digo.

Pero nadie me escucha.

—¿Estás segura de que él está en sexto grado? —susurra Hannah mientras mira a Michael—. ¿Lo hicieron repetir un grado o algo por el estilo? Es un mastodonte.

—Pregúntale a Merci —dice Jamie—. Ella es su novia, ¿no es verdad, Edna?

La miro con frialdad.

—Su *amiga asignada* del Club de Amigos del Sol, y no tengo la menor idea. ¿Y por qué tenemos que usar arcilla?

—¿Te asignaron a Michael Clark para el Club de Amigos del Sol? —La voz de Rachel es casi un grito. Los muchachos nos miran y nos fruncen el ceño otra vez.

Edna se inclina hacia adelante con una sonrisa.

—Verdad, qué raro, ¿no? En cualquier caso, a él no lo pueden haber hecho repetir un grado. En Seaward no admitimos brutos. Obvio.

Claro que los admitimos, pienso.

—Puedo imprimir buenas fuentes tipográficas para la leyenda y cosas por el estilo —dice Jamie. Su papá es dueño de un negocio de imprenta y de diseño.

—Perfecto —dice Edna—. Merci, ¿estás tomando notas o qué es lo tuyo? Tenemos que tenerlas en la carpeta del trabajo de clase antes de que termine la hora. No nos metas en un lío.

—Aguanta un momento. ¿Y por qué tengo que ser *yo* la secretaria? —pregunto.

Edna echa una miradita en la dirección de Michael otra vez.

—Tiene el pelo largo —dice de repente.

Diecisiete menciones y la bola pica y se extiende.

Las demás lo miran y no saben qué decir. Le doy otro vistazo. El pelo rubio de Michael le cae por encima de uno de los ojos mientras trabaja. Es un pelo fino, lacio y brillante.

Justo en ese momento, la señorita Tannenbaum, que ha estado caminando en círculos en el aula, se detiene en nuestro grupo. Le miro a los pies. Hay un pequeño tatuaje en su tobillo, cosa que abuela detestaría.

—He oído mucho parloteo por aquí, señoritas. Espero que sea productivo.

Hay una pausa incómoda. Me ajusto los espejuelos y pongo un brazo por encima de mi pantalla en blanco.

—Lo tenemos todo organizado —dice Edna y nos salva. Se pone un mechón de pelo detrás de la oreja y se sienta erguida—. Vamos a hacer un mapa de arcilla. Nuestro grupo está a punto de repartirse las lecturas.

La señorita Tannenbaum asiente con consideración y se hala uno de los aretes. Noto que son momias pequeñitas de metal. Además, tiene un olor agradable. Como detergente de ropa y talco de bebé.

—Me gustan los grupos decididos —dice—. Eso es una señal inconfundible de fuerza. Pero me pregunto: ¿han colado este café lo suficiente?

La miramos con los ojos en blanco.

—¿Han considerado todas las posibilidades para su proyecto o solo la primera? ¿Han dejado que las ideas burbujeen y hagan espuma como es debido?

Nadie dice nada al principio, pero yo sé a lo que ella se refiere. Siempre me demoro un poco en pensar en cómo hacer un proyecto. Así que me la juego.

—Yo, en vez de eso, pensé en un mapa estilo collage —digo en voz baja.

La señorita Tannenbaum levanta las cejas.

—Ah —dice.

—Podemos usar retazos de tela y botones —continúo, cerciorándome de no mirar a Edna a los ojos y perder la compostura—. Yo puedo conseguir muchas de esas cosas gratis.

—Ese es un concepto muy interesante —dice la señorita Tannenbaum con una sonrisa. Hay una pequeña brecha entre sus dientes frontales—. Reciclar materiales con otro objetivo. Muy oportuno. ¿Qué piensan las demás? —Sus ojos azules se mueven rápidamente con optimismo.

¿Pensar?

Pobre señorita Tannenbaum. Todos estos años de maestra y todavía no sabe que *pensar* es el problema con los grupos. A veces no está permitido, especialmente cuando hay alguien como Edna alrededor.

Aun así, un globito de esperanza me llena el pecho mientras miro a las demás. Es posible que la señorita Tannenbaum les infunda valentía. Tiene una foto suya en un neblinoso puente peatonal en Perú. Fue a las islas Canarias para aprender cómo hablan en silbidos en las montañas. Fue a África a proteger a los gorilas. Es, en esencia, una máquina de valor en todos los sentidos.

—Los botones giran en espiral, como el agua —añado.

La señorita Tannenbaum vuelve a sonreír y espera pacientemente en el silencio que nos rodea. Si le molesta que no hablemos, no lo muestra. Por fin, se cruza de brazos.

—A través de los años, he notado que desarrollar ideas por lo general toma tiempo. A veces hay que reflexionar un poco hasta dar con lo que en realidad buscabas.

Edna y las demás la siguen mirando como si fuesen pescados en tarima.

—Aquí tienen una idea. ¿Qué les parece si comienzan con las lecturas este fin de semana y piensan respecto a los materiales para el mapa el lunes? Todavía tienen tiempo antes de entregar el proyecto.

Camina hacia el siguiente grupo y nos deja su olor dulce en el aire.

—Mira qué lindo —murmura Edna, claramente enojada—. Mi familia tiene planes para el fin de semana. ¿Qué les parece si votamos ahora y liquidamos el asunto?

—Pero…

Me interrumpe.

—Esto es solo un mapa, Merci. ¿A qué se debe tanto alboroto? Y, de todos modos, es la única manera justa de decidir. —Nos mira a todas—. Quienes estén a favor de los botones para el agua, levanten la mano.

Levanto la mano y miro al otro extremo de la mesa a Hannah, Jamie y Rachel. Hannah hace ademán de unírseme, pero termina moviendo la mano en señal de más o menos y se encoge de hombros.

—¿Arcilla?

Por supuesto, el encanto de Edna ha funcionado como un hechizo. Las manos de Rachel, Jamie y Edna se disparan.

—Tres contra uno y medio —dice.

—Pero no es original. —Incluso mientras lo digo escucho la súplica en mi voz y me detesto por ello.

—Cooperación —dice Jamie intencionadamente.

—Sin ánimo de ofender, pero los botones *no* son tan originales —dice Edna—. Te los encuentras, eh, ¡en todas partes! —Señala a mi blusa—. ¿Ves?

Por un segundo pienso en dar mi brazo a torcer. Después de todo, todas las notas de Edna son A, todo el tiempo. Pero entonces pienso en papi. Su inteligencia no es de libros, pero nadie tiene mejores ideas que él sobre cómo pintar las cosas. Así que uso una técnica de ventas que abuela ha perfeccionado. Ella dice que por eso nunca ha perdido un argumento con ninguno de sus clientes con respecto a lo que les debería coser. Presenta tu idea serenamente, dice, y encuentra a alguien más que diga que es brillante. Lolo es por lo general a quien le toca esa labor.

—Es del modo en que los *usamos* lo que es diferente, Edna —digo—. ¿Qué les parece si usamos los botones solo para el agua? —Miro a Hannah, ya que Lolo no está por aquí. A ella le gustan las cosas con brillo. Todos los días se pone hebillas relucientes en el pelo—. Un poquito de blin-blin nunca está de más, ¿verdad? —digo.

Hannah mira a Edna.

—Me gusta como suena —dice suavemente—. ¿Qué hay de malo en encontrar un punto medio?

Edna suspira y pone los ojos en blanco.

—Está bien. Merci puede traer sus estúpidos botones.

Recoge sus cosas y arrastra su escritorio de vuelta a

su sitio, mientras se queja de que yo soy una patada en el hígado. Me apuro y termino las notas de nuestro grupo antes de que suene el timbre.

El sol del mediodía parece lo suficientemente resplandeciente como para derretirme los ojos cuando salgo del aula. Camino a la clase de matemáticas e intento sentirme mejor. Le doy una patada a un pedazo de papel estrujado en una pelota, como si fuese un balón de fútbol, y practico rotar el pie al frente mientras lo hago.

«No es gran cosa», me digo. «Y como que gané, más o menos». Pero, de algún modo, siento como si hubiese hecho algo malo con las chicas de mi grupo. A lo mejor yo *soy* una patada en el hígado. A lo mejor los botones son una estupidez. O a lo mejor yo soy estúpida. Si le hubiera seguido la rima, habría sido más fácil y Edna no se habría enfadado. Y, además, de todos modos, ¿a quién le importa ese mapa tonto?

Los estudiantes de primaria acaban de terminar el almuerzo y ahora juegan afuera en el pequeño terreno, igual que hacíamos nosotros en quinto grado. La señorita Miller está sentada en el banco leyendo un libro, de la misma manera que hacía siempre cuando estábamos en su clase. Hago una pausa por un segundo para mirar a sus nuevos niños, y me entran ganas de poder lanzar unas cuantas pelotas en su juego de *kickball*, en lugar de tener que resolver ecuaciones durante la próxima hora o recordar la combinación del candado de mi taquillero, o incluso llegar a clase antes de que suene el timbre. El año pasado me costó un poco acostumbrarme, pero yo siempre encajaba en el recreo… más que Edna, que es una patosa total. Yo pateaba esa pelota roja más allá del campo corto: duro y con precisión. Supongo que es por cuenta de lo mucho que practico. Papi a veces me deja jugar de sustituta en su equipo de fútbol en el último cuarto del partido. Cualquiera pensaría que unos hombres adultos me llevarían suave, pero la única concesión que me permiten es que no me derriban, cosa que papi dijo que estaba prohibida. En cualquier caso, esas patadas son la razón por la que siempre me escogen de primera para los equipos en el gimnasio y nunca tengo que esperar y esperar, fingiendo que no me molesta no escuchar que digan mi nombre.

Pero entonces todo cambió la primavera pasada cuando algunas de las niñas dejaron de ponerse de pie cuando formábamos los equipos. En su lugar, se ponían a deambular y a mirar desde las gradas, susurrando detrás de las manos mientras yo corría las bases con los brazos en alto.

—Tienes que crecer, Merci —me dijo Edna cuando me senté a su lado en clase una tarde, todavía sudada por el partido.

Tomo la ruta más larga rumbo a clase, con la esperanza de ver a Roli en el laboratorio de ciencia, que está en el trayecto. Él detesta cuando hago eso, sobre todo si le hago una mueca cómica pegada a la ventana. Pero a veces solo quiero verlo, aunque no se lo diga.

No está ahí, así que le paso por al lado a *Sierpiński Sonnet,* un tipo de escultura espeluznante hecha de resina blanca. A mí se me parece a un trozo grande de coliflor al que le cortaron la parte de arriba. Pero el año pasado, Roli me enseñó un secreto... y por qué él la adora casi tanto como al laboratorio de ciencia. Habíamos tomado un receso mientras pintábamos el gimnasio. Nos trajo a papi y a mí hasta aquí y me dijo que me encaramara en sus hombros para que pudiera ver la escultura desde arriba. Desde ahí podías ver que el toldo formaba triángulos, muchísimos triángulos, uno dentro del otro. Todo era parte de un diseño. «Son fractales», me dijo, mientras me sostenía parada en sus hombros como si fuese una porrista. «Triángulos que se repiten en versiones más y más pequeñas, hasta el infinito».

Me quedo mirando fijamente las ramas en forma de bucle y me doy cuenta de que no soy lo suficientemente alta como para ver la magia desde aquí abajo. Pero entonces noto a alguien al otro lado, a través de las ranuras. La cara es tan pálida que está camuflada perfectamente.

De pie al otro lado está Michael Clark, solito en alma.

—La tal Edna dijo que tenías que preguntarme algo —dice—. ¿De qué se trata?

La boca se me reseca. Por un segundo, ni estoy segura de que es a mí a quien le habla, así que me doy la vuelta para cerciorarme de que no es a otra persona a quien se dirige.

—Oh. No es nada en verdad —digo. Espero que nadie nos vea. No quiero oír más a Edna burlarse de mí con la cantaleta de que es mi novio.

—Oh. —Sus cejas pobladas se juntan. (¡Maldigo a Edna por hacerme notarlas!).

Estoy segura de que el ojo se me está desviando, así que me acomodo los espejuelos y se lo suelto de sopetón.

—Es que yo soy tu amiga asignada en el Club de Amigos del Sol. Me asignaron que fuese tu amiga en la oficina.

Inclina la cabeza.

—¿Mi qué?

—Tu amiga asignada del Club de Amigos del Sol. Es una especie de amigo temporal que la escuela te da, si eres nuevo.

—Oh —dice y se sonroja.

—Es un poco tonto —le digo.

Pestañeo fuerte y me encojo de hombros. Podría decirle que no quiero tener nada que ver con eso, pero podría herir sus sentimientos. Y tampoco le puedo decir con exactitud que lo hago porque tengo que cumplir mi deuda por la beca financiera. O que preferiría jugar fútbol a ser su amiga.

—No es *tan* malo —digo.

Entonces suena el primer timbre. El doctor Newman, que está de guardia en los pasillos, le indica a la gente con la mano que hay que ir a clase.

—Yo sé que a ti no te hace falta un amigo —le digo—. Obviamente, le caes bien a todo el mundo. —Siento que la cara me arde al decir eso y la lengua me parece el doble de gruesa—. Me refiero a los varones. —Entonces, como el doctor Newman se nos acerca, apuro el paso rumbo a mi clase.

Esa tarde, la señorita McDaniels me mira desde detrás del jarrón de flores. Es el fin del día y la mayoría de los estudiantes ya se han ido a casa. La única que está todavía en la oficina además de ella es una señora que espera para ver al doctor Newman. La señorita McDaniels deja de cortar unas cuantas flores mustias cuando entro.

—Por fin —dice y se vuelve hacia mí—. Me estaba empezando a preocupar. —Guarda las tijeras en la gaveta de su escritorio y abre un archivo en su computadora titulado «Club de Amigos del Sol». Incluso desde aquí puedo ver un espacio vacío en la columna al lado de mi nombre. Supongo que soy la última en entregar su informe del progreso de esta semana.

—¿Y cómo le va a tu amigo? —pregunta.

—A Michael Clark le va de lo más bien —digo cuidadosamente—. Ya se ha hecho amigo de los varones. A lo mejor preferiría que un chico fuera su amigo asignado —digo, con la intención de dejarle caer una pista.

Pero no. Me mira por encima de los espejuelos.

—¿Ya has establecido el contacto inicial? ¿Has sido amistosa y hospitalaria?

Saco la planilla y se la entrego rápidamente. Me tomé ciertas licencias creativas a la hora de llenarla. Miro por encima del hombro, como si alguien pudiera escucharme a punto de mentir.

—Bueno, hoy pasamos por el *Sierpiński* —le digo.

—Ah. Muy bien. —Escribe una nota y cierra la carpeta—. Estoy segura de que vendrán más cosas.

Me quedo parada ahí en silencio, con los ojos pegados a las nuevas pantallas planas que están empotradas cerca de su escritorio. Es un sistema de seguridad como si fuera algo salido de un salón de controles de la NASA. Veo a estudiantes y padres entrar y salir de la imagen, sin tener la más mínima idea de que están siendo observados.

La señorita McDaniels da un vistazo por encima del hombro y luego frunce el ceño un poquito.

—¿Hay algo más? —pregunta.

Me pregunto si estoy perdiendo un tiempo valioso. Eso es otra cosa que a la señorita McDaniels no le gusta. Cada minuto de su día laboral parece ser muy valioso. Pero ella dijo que «reconsideraríamos» este acuerdo, ¿no?

—Es que... Bueno, ¿usted está segura de que Michael Clark quiere tener un amigo asignado? —pregunto—. Ya se ve bastante feliz. No tiene sentido echar a perder el éxito, ¿no?

Me mira hasta que el ojo me empieza a temblar.

—A todos los estudiantes nuevos en Seaward Pines Academy se les asigna un amigo. Es nuestra norma... y, huelga decirlo, de buenos modales.

Con eso, se levanta y se vuelve a la señora que espera en el cómodo sofá a nuestro director de la escuela.

—El doctor Newman la atenderá en este momento, señora. Sígame.

Las veo atravesar las elegantes puertas de madera. Lo que quieren los niños no es parte de la fórmula, como es de costumbre, ni aquí ni en ninguna parte.

Miro a la cámara que está montada cerca del techo y le saco la lengua. Luego me doy la vuelta y salgo de la oficina.

CAPÍTULO 6

NO SÉ CÓMO SUCEDIÓ.

Un minuto, Lolo y yo pedaleábamos de El Caribe a casa en la acera de la sombra y al minuto siguiente desapareció.

Al principio ni siquiera noto que ha desaparecido porque estoy inmersa en mi anécdota más reciente.

—… y entonces dijo: «Está bien. Merci puede traer sus estúpidos botones», como si ella fuese la reina y me estuviera haciendo un favor. ¿Lo puedes creer? Dijo que yo era una patada en el hígado.

Como de costumbre, hemos tomado el camino más largo de regreso a casa para poder ponernos al día sin que nadie tenga que escuchar nuestra conversación o nos diga qué tareas tenemos en la lista para ese día. Pero cuando no dice nada, miro por encima del hombro.

Entonces es que lo veo despatarrado en la calle.

—¡Lolo! —Suelto la bicicleta y corro hacia él—. ¿Qué pasó? ¿Estás bien?

Él luce tan confundido como yo mientras trata de desenredarse de su bicicleta. En todos los años que hemos montado en bici, jamás se ha caído. De hecho, Lolo fue quien nos enseñó a todos a montar bicicleta, incluidos papi y tía Inés cuando eran pequeños. Fue quien me enseñó a equilibrarme sin usar las manos, quien ajustaba la cadena cuando se salía de la rueda dentada y quien engrasaba los piñones para que la cosa anduviera sobre ruedas.

Un hilo de sangre le gotea por encima de la ceja en donde los nuevos espejuelos se han encajado. Ahora están jorobados y los lentes están todo rayados. También tiene piedrecitas incrustadas en la palma sangrante de la mano.

—No es nada, no es nada. —Hace un gesto de dolor y se pone de rodillas—. Patiné con un poco de arena, eso es todo. Los neumáticos de esta cosa están un poco gastados.

Miro alrededor en busca de la marca del patinazo, pero no hay ninguna. Tampoco hay arena por ninguna parte. De hecho, solo hay los mismos bachecitos en la acera sobre los que hemos montado cada domingo desde que tengo memoria.

Lo ayudo a ponerse de pie y recuerdo tímidamente que esta mañana en verdad lucía un poco inestable cuando salimos de la entrada de la casa. Debí haber prestado más atención, pero a Lolo nunca le da ni siquiera un catarro. Además, él siempre ha sido un fanático empedernido de los deportes, igual que yo. Béisbol, natación, ciclismo: los hace todos.

Toda la pastelería que compramos en El Caribe está desperdigada por el suelo.

—Vamos a recoger todo esto antes de que las hormigas se den banquete —dice Lolo—. A lo mejor podemos recuperar algo si nos apuramos.

Lolo y yo siempre vamos a El Caribe en las mañanas de domingo a buscar pan y postre para luego. Es la única tarea que no me importa hacer porque es nuestro tiempo juntos en privado. Salimos de casa cuando el cielo aún está rosado y llegamos a las siete de la mañana, cuando tía está sacando las primeras barras de pan del horno. Las compramos para nuestra cena del domingo, que es la ocasión en la semana en que todos comemos juntos. Aunque, puestos a ser precisos, tampoco es una cena. Es un almuerzo-cena, que pienso que debería llamarse *almucena* o *cerzo*, pues comemos a eso de las tres de la tarde… y solo tomamos una merienda antes de acostarnos.

Sin embargo, esto no sería cena del domingo sin pan ni postres. No hay manera de que nos vayamos a aparecer en casa con las manos vacías sin que abuela se ponga a dar gritos.

Les sacudo el polvo a las barras de pan. Por suerte, la segunda barra se quedó dentro de su envoltura de papel y está intacta.

Lolo recoge la caja de dulces y echa un vistazo adentro.

—Hay algunos rotos, pero no es una catástrofe total. Ponemos los malos al fondo de la caja antes de que abuela los vea.

—Pero tenemos que limpiarte esa herida —le digo. La sangre ha hecho un hilo largo en su mejilla. Saco mi botella de agua del cuadro de mi bicicleta y le apunto con la boquilla—. ¿Listo?

Se guarda los espejuelos desbaratados en el bolsillo y estruja la cara.

—Dispara.

Lo salpico con al agua hasta que los dos nos reímos. Entonces retrocedemos unos pasos en la calle para buscar mi bicicleta. La camisa de Lolo está empapada, así que señalo a la parada de autobuses de la esquina.

—¿Qué te parece si descansamos en aquel banco en lo que te secas? —le digo—. Te voy a revisar los neumáticos.

Lolo se sienta mientras yo pongo manos a la obra. Lo reviso absolutamente todo, pero la bicicleta luce perfecta… para tratarse de una reliquia.

—Los neumáticos se ven bien a mi juicio —le digo—. Tienen bastante banda de rodamiento.

—Mmmmmmm —dice, ignorándome. Rebusca dentro de la caja de dulces y saca uno roto—. Seguro que un poquito de azúcar me va a levantar. ¿Quieres uno?

Me le uno en el banco y juntos miramos un rato el tráfico tempranero en lo que comemos. No hay casi nadie en la calle a esta hora, así que todavía se siente una quietud, con solo el sonido que hacemos al masticar las golosinas rotas.

—¿Tú crees que Edna tiene razón con respecto a mí? ¿Soy una patada en el hígado? —Detesto como suena esa expresión. En lo único que puedo pensar es en las ocasiones en las que los mellizos se ponen imposibles. *Ustedes son una patada en el hígado*, les digo. Pero hay algo en el modo en que Edna me habla que me hace sentir como si yo no fuese tan buena como ella, como si hubiese algo malo en mí.

Lolo se limpia las migajas de los labios.

—¡Una patada en el hígado! Eso es ridículo —dice—. En lo que respecta a la gente, a veces es cuestión de gusto, como estas galleticas. Algunas nos gustan más que otras. Eso no es malo. Eso solo es humano.

Pienso un poco en eso y suspiro.

—Y yo que pensaba que sexto grado sería diferente, Lolo. Yo en verdad quería que fuese divertido, o al menos mejor que quinto grado. Pero tengo que estar al tanto de todas estas clases. La señorita Miller nos dijo que cambiar de clase sería divertido, que eso quería decir que conoceríamos a más gente. Creo que nos mintió. Veo a Edna todo el tiempo y ella no es más agradable que el año pasado.

Asiente, pensativo.

—Bueno, todavía es temprano, preciosa. Veamos qué pasa.

Nos sentamos un largo rato hasta que se aparece el autobús del domingo.

—Tenemos que irnos, o el chofer va a parar a recogernos —digo.

Me siento a horcajadas, pero Lolo no se sube a su bicicleta, se queda a su lado y agarra el manubrio.

—¿Qué te parece si *tú* montas por ahora, preciosa? —dice—. Yo voy a llevar la mía a pie el resto del trayecto y voy a disfrutar el paisaje.

Le lanzo una mirada dudosa.

—¿El paisaje de los centros comerciales? ¿Estás seguro de que te sientes bien?

—Te digo que estoy bien. No es culpa mía que mis huesos no estén hechos de goma como los tuyos. Ahora, vayámonos. Les prometí a los mellizos que íbamos a colorear.

Así que pedaleo en retroceso y practico montar sin manos y hago grandes números ocho como un payaso de circo para mantener un paso lento mientras avanzamos.

Cuando por fin llegamos a nuestro garaje, recuesta su bicicleta a la casa y me pone la palma grande de su mano en la cabeza.

—Óyeme. No le digas a abuela que me caí —susurra—. Ni una palabra de esto en la cena, ¿entendido? A nadie.

—¿Por qué no? —Pienso en la regla de nuestra familia de no guardar secretos.

—Tú sabes cómo abuela se preocupa —dice—. No va a tener para cuando parar. ¿Y si decide que ya no podemos montar más bicicleta los domingos?

La idea de no montar más bicicleta con Lolo me entristece. Y es verdad. Abuela es capaz de volvernos locos con sus miedos.

Así que hago como que me pongo un candado en los labios y boto la llave.

—Gracias, Merci. Yo siempre puedo contar contigo.

Me da una palmadita en la mejilla y entra. A través de la ventana, lo veo abrir la caja de pasteles en el mostrador. Me pregunto por un minuto sobre su caída y lo de no decírselo a abuela. No me parece correcto. Pero entonces Lolo levanta la cabeza y me sonríe, igual que siempre, y la idea se desvanece. Me saluda con la mano y se da la vuelta para acomodar la galleticas más lindas en la parte de arriba.

CAPÍTULO 7

ROLI ES EL PRIMERO EN abrir la boca y yo habría deseado estar más cerca de él para darle una patada durísima por debajo de la mesa.

—¡Vaya! ¡Con el ojo ponchado! —El chichón cerca del ojo de Lolo se ha convertido en un moretón para la hora de la cena. Lo hace lucir como un mapache—. ¿Peleaste unos cuantos *rounds* en el cuadrilátero de boxeo?

—Acércate un poco y te enseño lo que es bueno —dice Lolo desde la cabecera de la mesa. Lanza un par de *jabs* al aire, lo que hace que los mellizos comiencen a comportarse como luchadores dementes. Agitan los puños hasta que tía Inés los manda a callar.

—¡Niños! ¡Estamos en la mesa!

Abuela chasquea la lengua y se sienta a mi lado.

—El viejo abrió una de las gabinete de la cocina y se dio un golpe en la cara esta mañana —dice—. Quiero que revises las bisagras luego, Enrique.

—Les echo un vistazo después de comer —dice papi—. Probablemente las bisagras están demasiado apretadas.

—No te molestes —le dice Lolo tranquilamente—. Ya lo arreglé. —Señala los trozos de pollo—. Pásame eso, por favor, Inés.

El ojo me empieza a dar guerra. Una cosa es guardar un secreto. Pero Lolo acaba de decir una mentira y me hace sentir como si tuviera ratones que me corren en el estómago.

—Así que la gabinete, ¿no? —Tía Inés pasa el plato y enarca las cejas del modo en que lo hace cuando interroga a los mellizos. Hay un silencio que no me gusta y una larga mirada entre ella y papi, pero al final, ella desiste.

Mami me toca el hombro y yo me sobresalto.

—¿Merci? —Sostiene la cesta con el pan rebanado y está a la espera—. ¿No quieres un poco? Es tu favorito.

Miro fijamente las barras de pan que dejamos caer en la calle y busco la más mínima huella de polvo que a lo mejor se nos pasó. Pero todas tienen buena pinta.

—Gracias —digo y, luego, con las manos un poco temblorosas, paso la cesta.

El teléfono de papi suena mientras mami y tía recogen la mesa. Estoy en el cuarto de costura de abuela, escogiendo botones verdes y azules para el mapa de la señorita Tannenbaum.

—Hombre, ¿qué me dices? —dice papi. Lo escucho alto y claro en la habitación contigua. Ya sé que habla con Simón, quien a veces pinta para papi y vive en Davie. Siempre se saludan de ese modo. Así que entro a la habitación a escuchar. La cara de papi se ilumina, así que espero que sean buenas noticias.

Y así mismo es.

Hay un terreno disponible para un partido de fútbol, si no nos importa la manejada. Y lo mejor de todo: van a jugar contra Manny Cruz, el archienemigo de papi.

—Estaremos ahí a las seis —dice papi y cuelga. Me mira y mueve las cejas de arriba abajo.

—¡Sí! —le digo.

Lo sigo hasta la cocina.

—Tengo bien practicados los nuevos trucos, papi —le digo—. Ya verás.

Todo el verano, me ayudó a dominar cómo hago el pivoteo y el cambio de ritmo. Ahora puedo aguantar una pelota con el empeine y darme la vuelta tan rápido que nadie va a poder seguirme el paso.

Mami no está tan emocionada con nuestros planes.

—Pero es noche de escuela, Enrique, y te va a tomar una hora llegar hasta allá —dice mami mientras lava los platos en el fregadero de abuela—. Merci tendría que hacer su tarea en lugar de ponerse a jugar con un montón de hombres hechos y derechos. —Se vuelve hacia mí—. ¿Y tú no tienes que hacer un mapa?

Le muestro los botones.

—Yo solo tenía que traer los materiales. Lo vamos a construir en clase. Y ya terminé el resto de mi tarea —digo.

—No la he revisado —dice ella.

—Mami, estoy en sexto grado —le digo—. Ya no tienes que revisarlo todo.

Mira a papi, que se encoge de hombros y le sonríe.

—Los muchachos siempre la llevan suave cuando la pongo en el equipo —dice, y yo le hago una de mis muecas.

Resulta que yo soy capaz de driblar y evadir a varios de sus amigos sin problema, especialmente a los fumadores. En cualquier caso, yo soy quien los lleva suave *a ellos*.

—Dale, mami —digo—. Me hace falta practicar para las pruebas para entrar al equipo de la escuela este año.

Mami me mira largamente y suspira antes de volver a quitar la grasa de la olla.

Papi se para detrás de ella y la besa en la mejilla.

—Tú puedes meter algunas bebidas en la hielera y venir a mirar —añade—. Tu marido está a punto de vengarse del enemigo, para que sepas.

Mami levanta la mirada al cielo.

—¿Podríamos dejar ese rencor en el pasado? —Se da la vuelta y le pone las manos enjabonadas en los hombros—. En vez de eso, ¿a lo mejor podríamos ver televisión en familia?

Las sirenas de alarma se disparan en mi cabeza. Durante la cena, Roli y mami hablaban de un "fascinante" documental sobre células HeLa que pueden ayudar a curar el cáncer. ¿Quién quiere mirar una cosa tan aburrida?

—Nunca —dice papi—. En algunos pueblos ha corrido la sangre a mares por ofensas menores.

Así que aquí va la historia.

Manny Cruz es dueño de Cruz & Company Plumbing, ubicada en Federal Highway. Él y papi fueron juntos a la secundaria en sus años mozos, pero después de eso, Manny fue a una escuela vocacional y descubrió que su vocación era descongestionar drenajes. Ahora tiene talleres en los condados de Dade, Broward y Palm Beach. Pero la mala leche no es porque Manny sea la última Coca-Cola del desierto. De hecho, papi lo felicita por eso. No. Es porque Manny le «robó» a papi dos de sus mejores empleados hace unos años cuando les ofreció que les pagaría más. Hasta el día de hoy, no hay nada que satisfaga a papi más que pasarle por encima al equipo de fútbol de Manny en un partido amistoso.

Tía Inés entra a la cocina con los últimos vasos de la cena.

—¿Te oí hablándole a Simón por teléfono? —Lo suelta todo en el agua jabonosa y se da la vuelta para mirar a papi. Él le devuelve una mirada astuta. Cada vez que Simón se aparece por la casa para trabajar como parte del equipo de papi, tía deambula por el patio, bien peinada y perfumada para soltarle un «hola, ¿qué tal?» Ella viene a los partidos de fútbol cuando él juega, a pesar de que ella no entiende muy bien las reglas del juego.

—¿Qué? —dice—. Fue una pregunta sencilla.

—Esta noche tenemos nuestro clásico contra nuestros archirrivales, en Davie —dice papi.

—¿Tan lejos? —dice tía desilusionada—. No puedo ir. Los mellizos tienen que coger cama temprano.

—Exacto —dice mami y le levanta una ceja a papi—. Es noche de escuela.

Tía les da un vistazo a los platos de sobras en el mostrador.

—Déjame enviarte al menos con un poco de comida. Aquí tenemos suficiente.

—Vamos a jugar *fútbol*, Inés, no a un picnic con nuestras novias —dice papi.

Tía se lleva las manos a la cintura.

—Lo hago para ser agradable, Enrique. Simón no tiene familia aquí, ¿se te olvidó?

Es cierto. Simón comparte un apartamento con unos colegas que conoció en un trabajo. Sus padres y sus hermanos menores están todos en El Salvador, y los echa de menos. Por eso siempre le gusta decir que, si tuviera una hermanita, esa sería yo.

—Familia tal vez no, ¿pero a lo mejor tiene algunas admiradoras? —bromea papi.

Tía se sonroja y abre la gaveta en la que abuela guarda el papel metálico y los contenedores de plástico.

—No empieces.

—Espérame dos minutos, papi —digo—. Solo tengo que ponerme las espinilleras.

—La traigo de vuelta a casa a las diez —le dice papi a mami y me sigue hasta la puerta trasera.

—Sana y salva, por favor, señor —dice ella.

Lo que me gusta de ir en carro con papi a los partidos de fútbol es que lo ponen de buen humor. Lo sé porque se pone a silbar del mismo modo que Lolo cuando está en el jardín. Ya no parece cansado ni se queja de clientes fastidiosos ni habla por teléfono para recordarle muy educadamente a alguien que le pague por un trabajo que hizo. Su cara está relajada y parece un tipo divertido. Además, a los dos nos gusta Davie. Esto parece el campo por aquí, aunque todavía estamos en el abarrotado Sur de la Florida. Hay caballos y vacas. La gente vende productos en puestos a la vera del camino. De vez en cuando oyes graznar a un pavo real por ningún motivo. Papi dice que le recuerda las pocas memorias de cuando era niño en Cuba.

Nuestra furgoneta chirría mientras conducimos por carreteras pequeñas. Recuesto la cabeza a la ventanilla en lo que él dobla por el último camino de tierra. Un poco más adelante, se reúnen más o menos una docena de hombres. Reconozco a muchos de ellos porque trabajan para papi cuando él los puede contratar. A veces los contrata cuando no se lo puede permitir. «A ellos les hace falta la plata», le dice a mami cuando ella paga las cuentas y se preocupa de que no haya suficiente en el banco para pagarles. Papi dice que ellos tienen hijos o que tienen que pagar las facturas o algo por el estilo. Papi siempre intenta echarles una mano con otros problemas también, como dónde inscribirse para una clase de inglés si les hace falta o cómo sacar la licencia para que puedan conducir a sus trabajos. Y cosas de esa índole.

Los hombres de Manny también se reúnen. Se ponen los zapatos de fútbol y se pasan el espray contra los insectos. Los mosquitos son implacables una vez que comienzamos a sudar. Hacen un enjambre sobre nuestras cabezas y nos zumban al oído.

Simón ve a papi y se acerca hasta su ventanilla.

—Pérez llamó y dice que no puede venir. No tenemos portero esta noche, hermano.

Papi se queja. Detesta defender el arco. Él preferiría ser delantero, moverse rápido de un lado a otro del campo, con el corazón a todo galope.

—Entonces nos turnaremos —dice papi—. Vete a ver quién está dispuesto.

—Hola, Simón —digo, inclinándome por encima de papi.

—¡Merci!

Le entrego la bolsa llena de comida.

—¿Y esto qué es? —pregunta.

—Tía Inés te envió un poco de la cena —digo y me encojo de hombros.

Simón le lanza una mirada a papi antes de mirar dentro de la bolsa. Casi no puede ocultar la sonrisa en lo que acerca la nariz y huele profundamente.

—Tendré que enviarle un texto para darle las gracias —dice. Entonces mira a papi tímidamente—. Déjame poner esto en el carro y después regreso.

—¿Qué te parece si me dejas jugar de portera? —digo mientras miramos a Simón dar una carrerita—. A mí no me importa.

Papi me interrumpe antes de que pueda continuar.

—Olvídate de eso, tu mamá nos mataría a los dos.

Busca debajo de su asiento sus desgastados botines de fútbol.

—Ella no tendría que saberlo.

Lo digo bajito, probando como suena mi idea en el aire. Por un segundo, ni estoy segura de que me atreví a decirlo lo suficientemente alto.

Papi suelta lo que tiene en la mano y me mira, sorprendido.

—¿Qué dijiste?

No lo repito. Pero él me oyó.

—¿Quieres que le mienta a tu mamá?

—No es una *mentira* —digo—. Es solo...

El aire está pegajoso en la furgoneta ahora que no nos movemos. Me mira largamente mientras piensa. Es raro. Papi, que es fuerte con respecto a todo, de repente parece inseguro.

—Escúchame —dice por fin—, así no es como nosotros deberíamos hacer las cosas. ¿Qué pensaría tu mamá si te escuchara? No debemos esconder las cosas, Mercedes. Tú sabes eso, ¿no? Todos nos decimos la verdad en esta familia. ¿No es cierto?

Él solo usa mi nombre completo cuando se pone serio. Los ratones regresan a mi estómago. No es tan fácil, le

101

quiero decir. Pienso en Lolo, que intentó proteger nuestras salidas en bicicleta de los domingos. A veces no tienes otra opción que mantener las cosas ocultas. Como ahora.

—Sí —digo.

Salgo de la furgoneta y agarro mi pelota de la suerte de la parte trasera y me pongo a calentar en lo que papi saluda a sus amigos con palmadas en la espalda y preguntándoles por sus familias. Tiro la pelota bien alto y la atrapo con el pie. Luego me pongo a hacer dominio y trucos con el balón. ¡*Pac, pac, pac, pac*! Me lo paso de un pie al otro. Luego levanto la pelota bien alto por los aires, doy una vuelta, y acabo con el tobillo perpendicular al suelo. La pelota rebota contra el tobillo y sigo driblando.

Algunos de los jugadores aplauden y silban al verme.

—Entonces, ¿quién se hace cargo primero del arco? —dice papi. Alguien levanta la mano.

En unos minutos, parece que se le olvidó todo respecto a nuestra conversación.

—Suárez, hermano —Manny da un paso al frente extendiendo la mano. Es un hombre bajo, con un anillo en el meñique, brazos musculosos y una sonrisa enorme. Noto que tiene puestos unos costosos zapatos de fútbol: los Nike Hypervenom Phantom II. Sus compañeros de equipo ya se han puesto sus chalequitos rojos de entrenar. Llevan grabado *Cruz Plumbing* a la espalda—. ¿Listo para perder?

Los hombres a nuestro alrededor abuchean. Papi agarra la mano de Manny con su mano de oso y le da un apretón firme.

—Ya veremos de qué están hechos ustedes —dice.

Manny me señala con la barbilla.

—¿Tu hija juega esta noche?

—Merci va a entrar luego —dice papi—. No te quise desmoralizar demasiado temprano en el partido.

Manny echa la cabeza hacia atrás y se ríe.

Yo hago un globo con mi chicle y lo miro con frialdad mientras todos ocupan sus posiciones.

Es un partido duro.

En la mayor parte del partido, me siento en una hielera al borde de la cancha y tomo tantas fotos como puedo de los jugadores en medio de la acción, especialmente cuando papi mete un golazo luego de hacerle una finta a uno de los centrales del equipo de Manny y enviar un cañonazo a la red.

—Goooooooooooooool —grito desde la línea del saque de banda.

Pero los hombres de Manny saben lo que hacen, especialmente sus delanteros, que son capaces de cubrir mucho terreno bastante rápido. Meten dos goles seguidos en acto de venganza.

Me he comido las uñas hasta las cutículas toda la noche, hasta que por fin papi viene al trote hacia mí.

—¿Estás lista, Merci? —pregunta papi. Le falta el aliento y tiene tierra por todas partes.

—Lista.

Papi le silba a un tipo llamado José, y entro de defensa central.

Ya no hay más trucos elegantes, sino pura velocidad y resistencia, que es la ventaja que tengo sobre estos tipos. Uno de los hombres de Manny se desmarca a la carrera y me pasa por al lado, pero me esquiva antes de que pueda quitarle el balón, y dispara. Por un momento, pienso que es el tercer gol, pero, por suerte, Simón lo para dentro del área y despeja la pelota.

Estoy lista la próxima vez que viene a driblar por mi zona. Esta vez, me apuro con el *gardeo* a presión, decidida a quitársela y comenzar el contraataque. Me le acerco a la carrera, luego me detengo justo a tiempo para confundirlo y que no sepa por dónde me voy a mover. Con los brazos extendidos, busco un ángulo en el que no le permita que pase, y la cosa funciona. Le saco la pelota con el talón, pivoteo y la paso por los aires hacia adelante. Entonces empiezo a avanzar a la cancha contraria.

Le paso un centro a papi, que está más cerca de la por-

—Cualquiera haría lo mismo. Además, Cruz y yo en verdad no somos enemigos. Estamos en el mismo negocio, cada uno tratando de arreglárselas lo mejor que puede, eso es todo.

Le pongo una de mis caras.

—Él te robó a tus empleados.

Se encoge de hombros.

—Nadie los forzó a irse a trabajar con él. Ellos buscaban trabajos en los que pudieran ganar más dinero. ¿Y quién los va a culpar? —Se bebe de un sorbo la botella de agua, la aplasta con la mano y la tira a la parte trasera—. Cruz nunca ha sido mi favorito, te lo tengo que admitir. ¿Pero un enemigo? No tiene sentido hacerse de enemigos si lo podemos evitar.

Termino de meter los suministros en la caja metálica y la cierro. Entonces recojo mi teléfono del piso.

—¿Qué haces? —pregunta papi cuando el *flash* de mi cámara se dispara un par de segundos más tarde.

—Espérate. —Reviso la toma. El sudor le cae a papi por un lado de la cara. Tiene una barba de tres días. Pero sus ojos lucen brillantes y resplandecientes. Con unos cuantos toquecitos, resalto los colores y también ajusto la iluminación.

—No está mal, ¿verdad? —Lo sostengo en la mano y se lo muestro—. Luces un poco feroz, papi.

—Así que feroz, ¿no? —dice y se ríe entre dientes. Se estira y me aprieta la cabeza con la palma de su mano, como hacía cuando yo era chiquita.

Entonces doblamos a la carretera rumbo a casa.

CAPÍTULO 8

PARA LA HORA EN QUE logré abrir los ojos, Roli ya estaba entrando en Seaward. Mami no tuvo compasión alguna conmigo cuando me despertó esta mañana. Papi y yo llegamos a casa después de la medianoche, y era increíble lo brava que estaba, incluso cuando le conté de mi gol perfecto, con el efecto exacto. «El único gol en el que tienes que pensar es salir bien en la escuela, Merci», me regañó.

Pero no me puedo preocupar mucho por eso. Mi mayor problema es encontrar el modo de seguir en el Club de Amigos del Sol esta semana hasta que la señorita McDaniels me libere. Nos envió a todos unos amistosos recordatorios por correo electrónico de que entregáramos nuestros informes semanales a tiempo.

pesar de su guerra contra el azúcar, lo que abuela dice que es sumamente anticubano. Dice que mami lee demasiado para su propio bien, sobre todo las etiquetas de la comida. Mami se niega de plano a pagar por el plan de almuerzo, que ella dice que no es lo suficientemente saludable... y demasiado caro. Así que, por lo general, a mí lo que me toca es un cartucho con sus sándwiches saludables en lugar de clavar mis dientes en la comida hecha por el chef de la escuela.

Tan pronto entro al comedor, huelo en el aire el olor a sopa de tortilla. ¿El postre de hoy? Pastel de lima, mi favorito. Las niñas levantan la vista de sus bandejas y sonríen cuando me siento. Mi estómago vuelve a soltar otro gorjeo extraordinario.

—Hoooola —digo para ocultarlo.

Por suerte, Edna no pausa ni para respirar en medio de su cháchara. Puedes aprender mucho si escuchas. Así es como todos sabemos, por ejemplo, que el señor Patchett sale con la señorita Lowe, la que enseña cuarto grado. (Los vio besarse en el carro del señor Patchett, noticia que por poco hizo que Rachel se desmayara). El notición de hoy es especialmente interesante. Es sobre el equipo juvenil de fútbol. Nadie de la mesa va a hacer la prueba para entrar. No puedo creer lo que escucho.

—Detesto sudar —dice Edna.

—Pero esa es una función crucial del cuerpo —digo—. Estoy segura de que estaba en el libro de texto de salud... en la parte acerca de por qué tenemos que usar desodorante.

—Qué asco —dice.

—Así mismo —añade Jamie.

Alexa dice que ella tampoco va a hacer la prueba de entrada, pero solo porque ya ella está en una liga superior de fútbol y tiene que viajar hasta Orlando y Tallahassee para los torneos. La mamá de Hannah solo la deja jugar un deporte por año y ella va a jugar baloncesto en el invierno.

—¿Y tú vas a hacer la prueba? —pregunta Alexa.

Pienso en la planilla de permiso que todavía está bajo el imán con forma de rana en nuestro refrigerador. A mami se le sigue olvidando a diario firmarla, a pesar de que se lo recuerdo cada día.

—Por supuesto.

—Los estudiantes de sexto grado casi nunca son admitidos —dice Edna—. Sin ánimo de ofender.

Le doy una mordida a mi sándwich y pienso en el juego de anoche contra el equipo de Manny. Simón me dijo que hago fintas y doy centros casi igual a un profesional de la FIFA.

Ahora le doy un vistazo a la mesa de los varones al otro extremo del comedor. Incluso sentado, Michael Clark es más alto que casi todos los que están a su alrededor. En Minnesota los hacen del tamaño de los alces, eso tenlo por seguro. Me pregunto si va a estar en algún equipo este año. Si estuviésemos sentados a la misma mesa, simplemente le preguntaría, sin tanto rollo. Pero ahora esto requiere un viaje especial.

—¿Quién quiere mi postre? —pregunta Edna mientras empuja a un lado su pastel. Nadie se mueve.

Miro fijamente a la hermosa cuña de pastel de lima y se me hace agua la boca.

—Yo me lo como —digo—. No tiene sentido desperdiciarlo.

—No seas avariciosa —me bloquea la mano—. ¿A lo mejor mi amiga lo quiere?

Mira con dulzura a Alexa, que dice:

—Oh, no, está bien. Tú te lo puedes comer, Merci.

Edna lo empuja hacia mí. De repente me siento incómoda de meterle el diente mientras ella mira. Si no fuese por ese borde de galletas, a lo mejor no lo haría.

Pero aquí hablamos de un pastel de lima, así que lo hago. Y es delicioso.

—Entonces. La nueva película de Iguanador se estrena en el centro este fin de semana —dice Edna—. Mi papá dijo que puedo ir a verla el sábado en la noche. ¿Quién quiere venir?

¡La nación Iguanador renace! Desde que pusieron los avances de esa película en la tele me muero por verla. Dinosaurios y humanos unidos genéticamente se convierten en robots y se adueñan del mundo. Y, por supuesto, Jake Rodrigo, nuestro héroe, los va a salvar a todos de la destrucción. No sé si es el pastel de lima o la idea de dos horas con su cara en la pantalla lo que me hace sentir un poquito mareada. Siento que las mejillas se me acaloran. Lo único que puedo hacer para calmarme es comerme otro bocado del pastel.

Rachel arruga la nariz.

—Pero a mí no me gustan las películas de robots. Son un bodrio.

—¿Un bodrio? —digo y me limpio la boca—. *Hazme el favor.*

—Si no nos gusta, podemos salir del cine y pasear por ahí —dice Edna.

—¿*Si no nos gusta?* —pregunto. ¿Esta gente está loca?

—¿A qué hora es la matiné? —pregunta Hannah—. Tengo mi lección de piano en la tarde.

—*No* a la matiné —dice Edna. Se inclina hacia adelante y mueve las cejas—. Ahora estamos en la secundaria. Deberíamos ir en la noche. Podríamos estar ahí hasta el horario límite de las diez de la noche.

La mesa se queda en silencio. El cine en el centro es uno de esos enormes que parece una calle en París. El edificio tiene balcones falsos y farolas y acomodadores vestidos con boinas negras y camisas a rayas. Está al cruzar de la calle de un restaurante elegante que le gusta a mami. El año pasado, cuando Roli ganó la competencia de ciencias del estado, hicimos una cena especial ahí. Yo me comí doce raviolis.

—Olvídate de eso. Mi madre no me va a dejar ir por la noche —dice Hannah.

—¿Y por qué? ¿Por qué arma tanto rollo? —pregunta Edna.

Nadie responde de inmediato. Pienso en el bar de tequila que siempre atrae a una multitud a esos lares y a los muchachos mayores que merodean por ahí. ¿Mami y papi me dejarían ir? No lo sé. Y, aun así, esto es sexto grado. ¿Cuándo nos van a permitir andar por nuestra propia cuenta?

Hannah se sonroja.

—Ella está medio loca, supongo.

—Mi gente. ¿Y por qué no vamos a jugar bolos? —dice Rachel.

Edna hace una mueca.

—Porque, sin ánimo de ofender, no tenemos nueve años, Rachel.

Y ahí termina la cosa.

—No sé... —dice Hannah.

—Si *todas* vamos, seremos un grupo grande... entonces no te podrá decir que no —continúa Edna.

—Tú no conoces a mi mamá. Ella va a querer todo un ejército —dice Hannah.

Edna lo piensa un poco. Entonces se vuelve a Jamie y le toma la mano.

—Ven conmigo.

Nos quedamos sentadas mirándolas cruzar el comedor. Edna camina con los hombros echados hacia atrás y con la frente en alto. Jamie se da la vuelta a mirarnos un par de veces. Se toca nerviosamente una espinilla que tiene en el cuello cuando se detienen en la mesa de los varones.

Rachel se cubre la boca.

—!Ay, *Dios* mío!

—¿Y esta qué hace? —pregunta Hannah.

—¿Quién sabe? —digo yo. Pero una cosa es segura. Edna es quien habla y los varones son quienes escuchan. Incluso Michael se engancha a sus palabras.

Desde aquí, escucho su risita mientras se acomoda el pelo detrás de las orejas y cambia de postura alternando la cadera de apoyo.

Ha llevado el hechizo a un nivel superior.

—¿Y a qué viene todo ese alboroto porque sea de noche? La única cosa diferente es que afuera no habría sol.

—Entonces ve a verla de día y no hay problema —dice papi.

—Pero ese no es el plan. Todo el mundo va a ir *de noche*. ¿Por qué no puedo ir yo?

—Porque a mí no me da la gana, pues por eso, y esa es razón de sobra.

—Enrique —dice mami.

—A los muchachos se les va la mano, Ana. Ella tiene once años. Ella no pinta nada dando vueltas por esos parajes. Mucho menos con muchachos...

El modo en que dice *con muchachos* hace que la cara se me acalore. Es como el día en que puso una cortina para dividir el cuarto entre Roli y yo. Había visto mis ajustadores deportivos en un montón de ropa sucia en el piso de mi cuarto y dijo que eso no era apropiado.

—Mami —digo—. Las muchachas me llaman bebé. ¿Y qué quieres que le diga a la señorita McDaniels cuando me pregunte qué he hecho con mi amigo asignado?

—Le dices que no has hecho nada porque tienes once años —dice papi—. Ella puede venir a verme si tiene alguna pregunta. ¿Qué se han creído?

—Enrique —mami dice de nuevo—. ¿Qué tiene de malo si las demás niñas van a ir? Es un grupo grande.

Hay una fisura en el muro parental, así que decido atacar a la velocidad del relámpago.

—Por favor —digo—. Ya yo no estoy en la primaria, como ustedes saben.

—¿Qué tal un término medio? —dice mami por fin—. ¿Y si Roli también va? Él tiene diecisiete años. Puede tener un pasajero en su carro hasta las once de la noche.

—Aguanta, ¿qué? —Mi hermano se da un trastazo en la cabeza al levantarla de un tirón dentro del refrigerador. Un palito de queso le cuelga de los labios—. ¿Quieren decir como si fuera un chaperón?

—No exactamente. Puedes llevar a Merci en carro —dice mami—. Te sientas lejos de ellos en el cine y ves la película también. Vas a estar por ahí cerca, por si acaso.

Roli cierra la puerta del refrigerador y se cruza de brazos, en *shock*.

—¿Es decir, como un espía chaperón de niñitos? No, gracias. Tengo mejores cosas que hacer que ver una película con un bulto de estudiantes de sexto grado.

—¿Como qué? —pregunto—. ¿Ponerte a alardear en tus solicitudes universitarias?

Me lanza una mirada mortal.

Papi sacude la cabeza.

—Esto es una mala idea, Ana. ¿Y si se arma un problema cuando están ahí?

La voz se le apaga mientras mira a Roli largamente. Los he escuchado hablarle a Roli antes de salir con el carro. Qué hacer si lo para la policía, dónde no estar, o que nunca debe ponerse las manos en los bolsillos. Eso parece una locura ya que Roli es definitivamente del tipo de gente que se pone protectores en los bolsillos, a pesar de que le gusta escuchar la música bien alto.

—Suenas igualito a abuela —le digo.

Papi me suelta una mirada fea.

—No seas bocona.

Mami se queda en silencio un segundo.

—No los podemos mantener en una burbuja, mi amor —le dice por fin—. No hay modo de protegerlos absolutamente de todo, todo el tiempo.

Papi da unos golpecitos con el cuchillo en la tabla de cortar, mientras piensa. Por fin, inclina levemente la cabeza.

—Está bien, pero solo si Roli también va.

Mi hermano pone cara de que quiere estrangularme, pero lo justo es lo justo.

—¿Después de la cantidad de veces que me han arrastrado a ferias de ciencia por cuenta tuya? Hazme el favor, Roli. Es *La nación Iguanador renace* —le digo—. Tú has tenido ganas de verla y lo sabes bien. —Le doy un puñetazo más duro de lo que era mi intención—. Te voy a comprar palomitas de maíz.

—Ahí hay un espacio libre. —Señalo a lo que parece ser el último lugar para parquear en todo el estacionamiento. Es sábado y el fin de semana del Día del Trabajo y City-Place está más abarrotado de lo que jamás lo haya visto en horario diurno.

Mientras Roli intenta (e intenta e intenta) meter y enderezar el carro, veo mi reflejo en el espejo del pasajero y repaso la obra de tía. Soy yo, no cabe duda, pero la muchacha que me devuelve la mirada es de algún modo diferente. Tía resplandeció cuando mami le dijo a dónde iba.

—No te muevas —me dijo y volvió unos minutos después con una cajita llena de productos de belleza.

Me puso Gotas de Brillo en las puntas del pelo, así que huele rico. Luego me ayudó a escoger los *shorts* y la parte de arriba más apropiados. Por esta vez no me importó. Yo no tengo ni idea de cómo seleccionar un conjunto o de cómo llevar el pelo, como hacen muchas niñas, así que es bueno que tía me respalde. «Eres preciosa» me dijo cuando terminó. Y por un breve segundo le creí.

Roli por fin se da por vencido con las maniobras y apaga el motor. Su parqueo fue un desastre. Estamos en un ángulo agudo y estamos pegados al carro que está al lado del nuestro, así que meto la barriga para poder salir por la puerta.

Él toma una gorra de los Marlins del panel y se la encaja hasta abajo. Lleva puestos unos *shorts* viejos, un pulóver raído y unas chancletas.

Bajamos los escalones hasta el nivel de la calle y entonces se vuelve hacia mí.

—Óyeme bien —me dice—. Voy a ir a pie hasta casa de Bilal. —Ese es otro de los instructores de duodécimo grado del laboratorio de ciencias—. Nos vemos de vuelta aquí a las diez.

Me quedo parada, insegura.

—Aguanta. Tú les dijiste a mami y a papi que ibas a ver Iguanador. Se supone que te quedes.

Me fulmina con la mirada. Es la misma cara que yo pongo cuando me obligan a cuidar a los mellizos.

—Yo sé lo que dije, pero *no* me voy a pasar la noche del sábado con tus amiguitos, Merci.

Sus palabras duelen. En primer lugar, yo no soy tan chiquita. Pero lo que en realidad me pone brava es que definitivamente no quiere que lo vean conmigo.

—¿Y si mami llama y dice que quiere hablar contigo?

—Dile que estoy en el baño y pásame un texto.

—Roli —digo.

—Bilal vive a un par de cuadras por Hibiscus —dice—.

Pásame un texto si te hace falta cualquier cosa. Yo puedo venir en dos minutos.

Antes de que yo pueda discutir más, desaparece entre la multitud.

CityPlace está animado con gente que cruza las calles y espera en las colas fuera de las tiendas y los restaurantes. El aire está lleno de vapor con toda esta gente alrededor. También unos cuantos policías hablan bajo una farola, con los ojos haciendo un escaneo del bullicioso grupo de muchachos que está en la esquina. Pienso que incluso reconozco al que trajo a Lolo a casa.

Comienzo a caminar, sintiéndome un poco nerviosa de estar aquí sola. A lo mejor es porque este sitio luce diferente de noche, más resplandeciente. Pero podría ser también que me siento un poco culpable ahora que Roli se fue. Otro secreto que tengo que guardar. Lo peor es que papi estaba empacando sus cosas de fútbol cuando Roli y yo nos fuimos. Resulta que esta noche nuestro equipo juega contra el de Manny en un partido de revancha y Manny trae a su hijo súperestelar. Y me lo voy a perder.

—Diviértanse —dijo papi, pero su voz no sonaba a que lo decía de veras. Puso cara de que yo había escogido a mis amigos en lugar de a él, cosa que de hecho hice.

Más adelante, a la entrada, por fin veo a Hannah, lo que me hace sentir mejor. Está toda emperifollada del modo que a ella le gusta, con sus zapatos cubretobillos. Sin embargo, no luce feliz. Hay una mujer parada al lado de ella, estudiando la escena como si fuese miembro del Servicio Secreto. Como era de esperar, es su mamá.

—Hola, Hannah —le digo.

—Ah, qué bien. —Se vuelve a la señora—. Ya te puedes ir, mamá.

—Encantada de conocerte —dice la mamá, ignorando a Hannah—. Soy la señora Kim.

—Yo soy Merci.

Me mira de arriba abajo y creo que he pasado su radar de peligro, porque se vuelve a Hannah.

—Voy a estar leyendo allí —dice y señala hacia un café—. Te tengo en un localizador remoto en caso de que…

—*Madre.* —Los dientes de Hannah casi chirrían.

Su mamá forma una línea fina con sus labios.

—Está bien, está bien. Solo espera a los demás antes de entrar. Y manténganse juntos.

Cruza la calle y se sienta en una de las mesas de metal en el patio.

Hannah se vuelve de espaldas y pone los ojos en blanco.

—Ella es tremenda carcelera.

No pasa mucho tiempo hasta que todos comienzan a reunirse. Rachel es la primera en unírsenos y dice que luzco bien. Luego se aparecen un par de varones: Chase, a quien le gusta jugar la posición de jardinero porque así puede soñar despierto, y David, quien tiene puesto su pulóver del mundo mágico de Harry Potter en Universal. Él y Chase fueron este verano. Yo desde hace rato me muero por ir, pero con la familia entera es demasiado caro, incluso con nuestros pases de residentes de la Florida, así que le pregunto al respecto. Al menos podemos hablar de algo por un rato.

Un poco después, se acerca una furgoneta y Michael Clark sale de un brinco. Rachel se queda muda en medio de una oración. Michael tiene puestos unos *shorts* marrones y una camisa azul oscuro. Le doy un vistazo al interior del carro y noto que la mujer al volante es casi una copia de él con pelo largo y espejuelos.

—¿Tienes tu teléfono? —pregunta. Cuando Michael lo levanta en su dirección, ella nos saluda y sigue a la larga cola de carros.

—Entonces, ¿esa es tu mamá? —Es una pregunta medio tonta, pero hay un silencio incómodo en el aire y nos hace falta algo de qué hablar.

—Así mismo —dice.

—Obvio. No es su papá —dice Rachel y me da con el codo.

Michael mira alrededor.

—¿Así que aquí es a donde vienen a ver las películas? —pregunta.

—Más o menos —digo. Con lo que quiero decir: «no tengo ni la menor idea». Mami todavía alquila películas del supermercado ya que es más barato y nuestro internet es lento.

Parados tan cerca, me doy cuenta de que a Michael solo le doy por el hombro. Desde aquí, también puedo ver que el sol de la Florida ya está haciendo su magia en él. Al menos ya no es del color del pegamento. Tiene un montón de pecas en la nariz. Si se conectaran, podría parecer que al menos tiene algo de pigmento.

Mientras esperamos a los demás, todos nos ponemos a hablar de Iguanador y de si esta nos va a dar miedo o va a ser una mediocridad. David dice que se supone que los efectos especiales son mejores que en la última.

—Miren esto. —Les muestro mi más reciente *bitmoji*... con un uniforme y armas de Iguanador. Incluso el pelo de mi caricatura es rebelde, y me puse un parche en el ojo para lucir particularmente amenazadora. Todos quieren uno.

—¿Cómo lo hago? —pregunta Michael, así que le muestro dónde tiene que hacer clic en la aplicación.

Después de unos minutos, casi parece que estamos en nuestra mesa del almuerzo del año pasado, sin que nadie nos diga que bajemos las voces y que recojamos las bandejas.

Me gusta.

Por fin, llega un conocido SUV negro con cristales polarizados. La chapa dice *FUT-ZEES*.

La puerta se abre y Edna y Jamie se deslizan de los asientos de cuero color crema. Ambas llevan el pelo con los mismos moños despeinados. Edna tiene una cartera y tiene puesto brillo de labios. Los ojos azules de Jamie están bordeados con delineador y noto que tiene puesto maquillaje para cubrir las espinillas. Su pulóver dice *#OBVIAMENTE*.

El doctor Santos se inclina por encima del volante. Me llega un tufillo a loción para después de afeitarse.

—¡Hola a todos!

Pero Edna parece no escuchar. Cierra la puerta de un portazo y viene dando brinquitos en nuestra dirección. Su cara está resplandeciente y feliz.

—Vayamos a la última fila —dice.

Y no sé cómo ocurre, pero tan pronto lo dice, todos dejamos de hablar y la seguimos al cine.

OK, es verdad que los espejuelos de 3-D son una estupidez, y que abuela diría que me espera una conjuntivitis, pero de algún modo fue divertido parecer idiotas juntos. Edna y Jamie me pidieron una y otra vez que tomara fotos ridículas de todos nosotros con los lentes puestos. A lo mejor hicimos un poco de bulla, porque uno de los acomodadores bien vestidos vino a nosotros y señaló con la linterna en nuestra dirección cuando pasaban los avances de otras películas. —*Restez tranquilles, s'il vous plaît.* En otras palabras, relájense y tranquilícense o se van de aquí. —Indicó bruscamente con el pulgar la señal de salida.

En cualquier caso, la película resultó estar incluso más buena que la última. Mi personaje favorito fue Lupa, la pterodáctilo mutante que Jake Rodrigo mató en los últimos cinco minutos al darle un sablazo en su frío corazón metálico. Y yo no fui la única.

—Ella estaba fuera de liga —me dice Michael en lo que botamos nuestra basura en los tachos a la salida—. Las garras al final de sus alas eran como las de los murciélagos en Minnesota. Había una cueva cerca de mi casa. Una vez uno se metió en mi cuarto.

—Vi que te agachaste cuando ella voló hacia nosotros —digo.

Nos comenzamos a reír, pero tan pronto como lo digo, Edna se entromete.

—Yo estaba sentada al lado de Michael. Él no se asustó —dice.

Los Milk Duds y las palomitas de maíz se me revuelven en el estómago.

—Yo no decía que él estaba *asustado* de verdad —digo—. Sabes a lo que me refiero... asustado pasándola bien...

Jamie se nos acerca y se cuela cerca de Edna.

—Bueno, obvio, Michael es demasiado grande para que lo asusten. —Su voz es tan empalagosa que me dan ganas de vomitar.

Michael se pone del color de una sandía.

Edna revisa su teléfono y me deja caer de entre sus garras sin pensarlo dos veces.

—Vamos a tomarnos un helado —dice—. Nos da tiempo.

La cola es interminable, pero no nos importa. Edna paga por el helado de todos con un billete de cincuenta dólares que saca de su cartera. Toda la noche, ella es quien más alto se ríe y cuenta sus historias mientras la escuchamos. Hace que la noche sea una locura y una diversión mientras nos comemos los conos y evitamos que se nos congele el cerebro. Le da a probar a Michael de su bola de frambuesa con chocolate y macadamia.

Cuando su papá la viene a buscar, ella y Jamie sacan la cabeza por las ventanas, saludan con la mano y se despiden a gritos. Los demás estamos en la acera, riéndonos. Pero cuando el carro desaparece, hay una extraña quietud en el aire. Nos miramos los unos a los otros y de repente nos sentimos la boca pegajosa por cuenta del azúcar y el estómago vacío.

Chao. Me piro. Ahí está mi mamá. Hasta luego. Muy pronto todos nos hemos desperdigado.

Le cuento a Roli acerca de la película en nuestro trayecto a casa, por si mami y papi preguntan.

—A pesar de la ciencia incorrecta, suena bastante buena —dice.

—¿A qué te refieres?

—Mutación genética de ese tipo es imposible, Merci —dice.

—Por ahora —digo. Me toma unos cuantos semáforos hacerlo que admita que hay bastantes cosas que la ciencia llamó descabelladas antes de que se hicieran realidad.

Llegamos a nuestra entrada de la casa a eso de las diez y media, y yo con mis labios todavía con sabor a chocolate almendrado. La furgoneta de papi no ha regresado, así que el partido probablemente se ha extendido o, a lo mejor sin mí, hicieron un alto para tomarse una cerveza rumbo a casa.

Las luces de la sala están encendidas, por tanto, sé que mami nos espera despierta. Pero tan pronto nos acercamos, es a Lolo y a abuela a quienes veo primero. Están sentados en la mecedora del porche, en la oscuridad, mirando al cielo. La única luz es de las velas de hierba de limón que tienen encendidas para espantar a los insectos.

—Um… hola —digo, mirando hacia arriba.

—Buenas —dice abuela.

—¿Y ustedes qué hacen aquí afuera? —pregunta Roli. Él es demasiado educado como para mencionar que están afuera con los pijamas puestos, cosa que generalmente está muy mal vista. Abuela siempre nos recuerda lo que es decente. Ni camisetas ni pijamas en público. Ni chancletas en la iglesia. Ni rolos fuera del patio. Jamás de los jamases entres a un restaurante de comida rápida sin zapatos o en bañador.

Abuela frunce los labios.

—El viejo se pasó la noche caminando de un lado para otro. Creo que es todo ese ejercicio de terapia que tu mamá hizo con él. Eso lo puso nervioso. Yo me temía que de tanto andar iba a abrir un hueco en el piso y se iba a ir por él. ¿Quién puede dormir así?

—Sin embargo, el ejercicio por lo general calma a la gente. —Roli se mete la mano en los bolsillos y se encoge de hombros.

—¿Te molesta algo, Lolo? —Me le siento al lado.

Abuela descarta mi pregunta con un ademán de la mano antes de que él pueda decir nada.

—Niña, olvídalo. No te preocupes con esto. Salimos aquí a contemplar las hermosas estrellas, como jóvenes románticos —Le da una palmadita a Lolo en la mano—. ¿No es cierto?

El moretón en su ojo sigue ahí, aunque comienza a desvanecerse. Le pongo el oído en el pecho y escucho, como solía hacer cuando era pequeña.

—¿Fuiste al cine? —Su voz hace eco ahí, así como el latido de su corazón y el ritmo del aire en sus pulmones.

—Sí, fue un poco loco y espeluznante, pero estuvo bien.

—Entonces, ¿te divertiste con tus amigos? —pregunta abuela. Echo la cabeza hacia atrás y miro arriba al azul oscuro que nos rodea. Mi mente salta de Hannah a Edna y los demás, incluido Michael, que se encogió de miedo cuando la bestia se nos vino encima en pleno vuelo.

—Sí —digo.

—Qué bueno. Ahora tú eres una jovencita, que sale por su propia cuenta.

Bostezo; toda la diversión de la noche se está apagando y los ojos me comienzan a pesar. A nuestro alrededor, los sapos croan su extraña canción nocturna.

—Mira. Marte. —Roli lo señala y luego empieza con su palabrería acerca de los triángulos de verano y los grados de resplandor.

Lolo escucha un rato. Luego suspira y me da un apretoncito en el hombro.

—¿Fuiste al cine esta noche? —pregunta de nuevo.

Me quedo quietecita, escuchando el eco de su extraña pregunta.

La voz de abuela es baja en medio de la oscuridad.

—Shhh —dice—. Claro que lo hizo, viejo.

Y entonces, con una cautelosa quietud interpuesta entre nosotros, Lolo y yo miramos fijamente a las estrellas.

CAPÍTULO 9

—PON ESTO EN EL ESCRITORIO de Michael —susurra Jamie.

Tiene en la mano un triángulo hecho de hojas de papel. Las esquinas están metidas por dentro como una pelota de fútbol americano de las que habríamos «pateado» con el dedo a través de porterías hechas de pajillas el año pasado. Pero esto es diferente. Las iniciales MC están escritas por fuera con marcadores brillantes.

—¿Qué es? — pregunto.

Mira rápidamente a Edna y después me la coloca en la mano.

—Una nota, tonta. Anda.

Es martes y todos estamos de vuelta en modo escolar, como Cenicienta y los ratones después de regresar a su forma común y corriente. Estoy devolviendo las pruebas de la señorita Tannenbaum, que nos ha dado la espalda mientras cuelga nuestros mapas terminados. Nuestro grupo recibió una A, así que lo pondrán en la cartelera, que acaba de ser decorada con hojarasca falsa para recordarnos que estamos en septiembre. También hay otro mapa hecho completamente de semillas y uno hecho de pajillas de diferentes tamaños y colores. Esos y el nuestro son los mejores.

—Por favor, Merci, termina —dice la señorita Tannenbaum—. Hoy tenemos mucho material interesante por cubrir.

Me vuelvo al bulto de exámenes. El próximo le pertenece a Lena, que recibió una C a pesar de que el mapa de su grupo es probablemente el mejor. Es el que fue hecho de semillas. Parece que no soy la única quien a veces tiene dificultadas con las pruebas. Por suerte, ella se sienta al mismo lado del aula que Michael. Le devuelvo la prueba a Lena y paso por al lado del escritorio de Michael. Cuando me acerco lo suficiente, dejo caer la nota como si fuese una bomba. Michael levanta la vista hacia mí, pero no hace ademán de tocarla.

—No viene de mí —digo y apuro el paso al escritorio de la señorita Tannenbaum, con las pruebas de quienes no escribieron su nombre y las de los ausentes.

No puedo evitarlo. Pienso en esa nota toda la mañana,

incluso cuando nos llevan formados al auditorio para la asamblea.

Exactamente, ¿qué había en la nota? A lo mejor es una invitación a una fiesta de la que no sé nada.

No se me ha olvidado el año pasado, cuando Carlee Frackas hizo su fiesta de cumpleaños. Carlee era amiga de Edna, pero se saltó el sexto grado y fue directo a séptimo y ahora ya no anda más con Edna. Yo fui invitada porque Edna era mi amiga asignada de Amigos del Sol y le habló bien de mí. Esto era todo un acontecimiento, y yo debía sentirme emocionada. El papá de Carlee era dueño de Frackas Yachts en Jupiter, por si yo no lo sabía. Ella vivía cerca de la playa —prácticamente en una mansión— y tenía una piscina con una canal en el patio.

Pero lo que a Edna le emocionaba más era que esta era una fiesta de hembras y varones, la primera a la que ella iba. Yo pensé que eso era raro. Mis fiestas de cumpleaños siempre han sido de hembras y varones. También han sido de jóvenes y viejos. Eso es porque mi familia entera siempre es invitada, desde el primito más pequeño que vive en Tampa hasta Concha, la hermana de abuela, que tiene casi noventa años. Los hermanos de mami vienen de Hialeah a pasarse el día. Hasta doña Rosa, cuando estaba viva, arrastraba su andador a este lado de la calle para comer pastel.

La fiesta de Carlee era diferente. Los adultos te saludaban en la puerta, pero después de eso, parecía que la cosa era solo de niños. Nadamos en la piscina y nos turnamos para deslizarnos por la canal en un tren que hacíamos aguantando nuestros hombros resbalosos. Comimos pizza y bebimos todo el refresco que quisimos. Luego, nos recostamos por ahí con los estómagos efervescentes a jugar videojuegos en una pantalla gigante de televisión en algo que Carlee llamaba la sala audiovisual. Yo no podía creer que una casa así de grande fuese solo para tres personas. Me perdí cuando fui a buscar el baño. Una de las mujeres que trabajaba para el señor y la señora Frackas me tuvo que ayudar. Su nombre era Inés, igual que tía, pero era tranquila y seria, cosa que nada tiene que ver con tía. «Por aquí, señorita», dijo con un fuerte acento, y me entregó una toalla limpia y me condujo a través de un pasillo largo. Yo iba descalza y chorreando agua durante todo el trayecto. Yo medio que esperaba que me fuese a regañar del modo que tía habría hecho. Pero no. Esta Inés me condujo como si yo fuese una huésped importante.

De todos modos, el doctor Newman está en el escenario y luce alegre, del modo que se supone debería lucir, ya que quiere motivarnos para la venta de papel de regalo de este año. Miro el catálogo de los premios. No está mal.

Uno de los mejores vendedores puede ganar un gigantesco carnero de peluche, que es la mascota de nuestra escuela. No es que yo tenga un chance. Mami probablemente solo comprará un rollo para ser cortés, pero eso es todo. Solemos comprar el papel de regalo en la tienda de un dólar. Ella dice que es solo para que luego lo rompan en pedazos de todos modos.

Noto el enorme termómetro de la recaudación de fondos del doctor Newman. Es para la primera reunión de la Asociación de Padres y Maestros, que será la semana próxima, y ahí es donde comenzarán a pedir dinero. El mercurio está en $5.000, pero el objetivo es $250.000, que está en grandes números rojos en la parte de arriba. «SUS DONACIONES HACEN POSIBLE TODO LO EXTRA», dice una señal a su lado. Hay un *collage* de fotos: el equipo de remo con su equipamiento nuevo, el horno en la clase de arte e incluso una de esas cámaras de seguridad de alta tecnología que ahora están por todas partes del campus. También se leen las palabras «ACADÉMICOS DEL SOL».

—Este año, nuestra meta es involucrarlos a todos en la venta de papel de regalo —nos dice el doctor Newman—. Recuerden que ningún esfuerzo es demasiado pequeño. Lo que importa es su compromiso con la tradición de Seaward Pines. ¡Vamos, Carneros!

Anjá.

Solo tienes que echarle un vistazo al costoso traje del doctor Newman para saber que en realidad él no cree lo que dice. Tampoco es que Lolo no haya intentado poner a prueba la idea. «El hombre dijo que podíamos dar un mínimo de un dólar a la campaña de donación anual», argumentó Lolo el año pasado. «Y ya le estoy dando las dos cosas más incalculables en mi vida: ¡Roli y Merci!». Abuela no quería ni oír mención de aquello, por supuesto. Lo llamó un tacaño y lo hizo que sacara la chequera de todos modos. Lolo nunca me dijo la cantidad que donaron, pero no puede haber sido *tanto*. Miré en el programa de la asamblea al final del año. *Familia Suárez* aparecía en la lista con el último grupo de nombres. Frackas, por otro lado, aparecía en letras grandes y tenía una categoría aparte, ya que ellos habían donado las nuevas sillas del auditorio. Santos y unos cuantos más también aparecían al frente.

El señor Dixon le echa un vistazo de advertencia a nuestra fila. Las muchachas están en el cuchicheo.

—*Dice Edna que le gusta Michael. ¿Y a Michael le gusta ella?*

Todos lo escuchamos gracias a la acústica de aquí, que es clara como una campana.

—Niñas, por favor, hagan silencio. —Me encojo con asco cuando un poco de saliva vuela de la boca del señor Dixon y me cae en el brazo.

Jamie frunce el ceño y se vira hacia adelante otra vez.

¿Yo entregué una nota de amor?

No sé por qué, pero pensar en eso me incomoda. La idea de que Edna y Michael se gusten es repugnante. Eso de *gustarse* viene con risitas y acompañar a la gente a clase. Y más. ¿Él la va a invitar al baile en la primavera? ¿Se van a encontrar a solas en el cine? ¿Se van a besar como esos estudiantes de octavo grado que vi?

Cuando suena el timbre, esperamos a que el doctor Newman nos dé permiso para retirarnos a cada clase por fila. Cuando nos toca, los varones salen en fila antes que nosotras. Michael camina rápidamente, sin decir una palabra o ni siquiera mirar a las niñas. Parece como si no pudiese salir lo suficientemente rápido. Es David quien camina más despacio cuando le pasa por al lado a Edna. Espera a que el señor Dixon mire a otra parte.

—Dice Michael que a lo mejor —entonces sale a la carrera detrás de los demás varones.

A mi lado, los ojos de Rachel se han convertido en platos.

—A lo mejor le gusta —susurra y se hala suavemente las puntas del pelo.

Jamie y Edna, mientras tanto, comienzan a sonreír. Sin embargo, yo no entiendo a qué vienen las risitas.

—¿*A lo mejor le gusta*? Bueno, eso es una tontería.

Ni siquiera me doy cuenta de que lo dije en alta voz

hasta que las niñas delante de mí vuelven las cabezas en mi dirección.

Los oscuros ojos pardos de Edna se vuelven pequeños y brillantes.

—¿Y eso qué se supone que quiere decir, Merci?

En todo el tiempo que he conocido a Edna, jamás la he hecho sonrojar. Pero ahí la tienes, con las mejillas al rojo vivo. Trago en seco y siento que mi ojo comienza a írseme de control.

—Lo siento. Es que *a lo mejor* me parece una respuesta tonta. A uno le gusta alguien o no. ¿Acaso él no lo sabe?

Nadie dice nada por un minuto, pero noto que Hannah me mira con preocupación y luego suspira, como si esperase una gran explosión.

Y por supuesto.

—Y, de todos modos, ¿*tú* qué sabes? —me espeta Edna—. Sin ánimo de ofender, pero tú no eres exactamente una experta en estas cosas. Mírate, Merci. Tú eres como una niñita, con ese estúpido enamoramiento con el falso Jake Rodrigo. —Pone los ojos en blanco—. Te lo juro, a veces pienso que tú todavía juegas con muñecas. —Esto último lo dice en una voz bastante alta. Cada palabra parece amplificada.

Ahora es *mi* cara la que parece que está en llamas.

—Yo no juego con muñecas —digo igualmente alto—.

Nunca lo he hecho—Ahora mis palabras tienen el filo de lanzas furiosas—. Sin embargo, esto es lo que yo sé. Cuando mi madre dice *a lo mejor*, por lo general lo que quiere decir es *probablemente no*.

Edna se encoge de miedo. Y no voy a mentir: me siento bien, solo por esta ocasión, al saber que mis palabras le han hecho mella, para variar.

—¿A quién le importa lo que diga tu mamá? —dice.

—A nadie en lo absoluto —añade Jamie.

—Chicas, tenemos que movernos —dice Hannah—. Vamos.

El señor Dixon chasquea los dedos para indicarnos.

—Están atrasando la cola. Muévanse, señoritas.

Edna y yo nos fulminamos con la mirada. Luego, sin una palabra más, salimos en fila del auditorio, como se supone que hagamos.

CAPÍTULO 10

LA MAYOR PARTE DEL AÑO pasado, Roli se la pasó en una competencia científica con Ahana Patel, cuyo padre es un físico de la NASA. Competían por el primer lugar del undécimo grado. Cada vez que hablaba de ella, los ojos de Roli parecían escupir tachuelas. Ella cuestionaba sus respuestas durante las discusiones en clase, decía él. Ella usaba «razonamiento cuestionable» (en palabras de Roli) en sus trabajos de investigación. Ella era fastidiosa y estaba obsesionada con ser algún día la alumna graduada con las mejores calificaciones.

Así que imagínate mi sorpresa cuando llegó el baile de fin de curso de los *juniors* y mami me dijo que la pareja de Roli no era otra que Ahana Patel.

—¡Pero si ellos se odian! —dije.

—El corazón es un misterio —dijo ella.

Ahana se puso un vestido con mangas en forma de campana y Roli alquiló un esmoquin en el centro comercial. Tía le hizo un ramillete con flores de nuestro jardín, y tomamos fotos y el copón divino. Roli y Ahana hacían una pareja preciosa, según todos los que los vieron, pero incluso ahora no me puedo imaginar qué se habrán dicho mientras bailaban. ¿A lo mejor se retaron a repetir largas fórmulas químicas? Ahana se mudó a Merritt Island al final del año, cuando al padre lo promovieron en grande en el John F. Kennedy Space Center. Roli estuvo malhumorado durante todo un mes.

En cualquier caso, si hay alguien que sabe de romance que no tiene ningún sentido, es él. Estamos en nuestra habitación y él mete números en una calculadora gráfica con un clic que me está volviendo loca. Mantengo los ojos en mi libro de inglés y lo llamo desde mi cama.

—Me hace falta una definición, Roli —digo.

—Búscala en Google.

—No está ahí.

—Mentirosa —clic, clic, clic.

—Es en serio. —En vista de que no levanta la cabeza, bajo la voz—. Por favor.

Roli suspira y suelta el lápiz.

—Si te respondo, ¿vas a terminar tu tarea en la cocina? No me puedo concentrar contigo aquí.

—Bueno, tampoco es fácil leer con todo el ruido que tú estás haciendo, tú sabes.

Se cruza de brazos.

—¿Cuál es la palabra?

—A lo mejor me gusta —digo la frase cuidadosamente, como si pronunciara una palabra en un concurso de ortografía—. Por ejemplo: un niño dice que «a lo mejor le gustas».

Me mira, estupefacto.

—¿Alguien te dijo eso *a ti*?

La cara se me pone al rojo vivo.

—No seas ridículo. Se lo dijeron a alguien que conozco. A Edna Santos, para ser precisa. —Pongo los ojos en blanco.

—Ah. —Se vuelve a su trabajo—. ¿Es por eso que has sido una patada en el hígado toda la tarde?

—Yo *no* soy una patada en el hígado —le espeto.

Alza las manos en señal de rendición.

—Vale, está bien. Tú eres una patada en otra parte.

—Acaba de responderme. ¿Qué es lo que quiere decir ese «a lo mejor me gusta»?

—Tú te habrás dado cuenta de que yo soy un amante de las palabras, Merci, no un curandero de amores.

Dejo caer mi libro en frustración.

—Así que ni siquiera tienes una hipótesis. Yo diría que eso te da una nota de F como hermano.

Pestañea y me siento un poco mal por lo que he dicho. Vuelve su silla hasta encararme y se inclina hacia atrás, pensativo.

—Mira, Merci —dice—. No te estoy gastando una broma. Es que absolutamente nada respecto a quién nos gusta (o incluso quién nos cae mal) es lógico de pies a cabeza.

—¿Y por qué no?

Se encoge de hombros.

—Hay toda una capa de ilusión y contradicciones que están ahí a propósito. Es como el código cifrado en una computadora que revuelve las cosas y esconde la información de valor. Tienes que saber el código para poder leer lo que hay ahí en verdad. —Sonríe esperanzado—. ¿Lo entiendes ahora?

—Ni una pizca —digo.

Se restriega los ojos y suspira como hace cuando intenta simplificar una fórmula física para alguien a quien repasa.

—Lo que quiero decir es que es un rompecabezas.

—Me tira el cubo de Rubik y sonríe. Puede resolverlo completo en menos de cuatro minutos.

Me acuesto en mi cama, disgustada. He intentado armar el cubo de Rubik durante años, pero siempre me doy por vencida.

Esto parece incluso más difícil.

CAPÍTULO 11

LOS MELLIZOS, TODAVÍA EN SUS pijamas de Batman, están encorvados mientras juegan con mi viejo tablero de Operación en la mañana del sábado.

—¿Y ustedes qué hacen despiertos tan temprano? —Al echar un vistazo alrededor, veo que han estado ocupados por aquí hace rato, aunque son solo las seis y media de la mañana. El patio luce como si hubiese detonado un baúl de juguetes.

—Jugando con Roli, boba —dice Tomás un poquito alto. Está acercando sus pinzas electrónicas a la pierna del payaso en el tablero.

—Así mismo. Jugando desde hace rato —añade Axel, incluso más alto. Sostiene una pieza de plástico para demostrarlo—. Yo me llevé la espoleta.

—¿Qué te dije? Es la clavícula —lo corrige Roli—. Tienes que usar las palabras correctas o no cuenta. Eso fue lo que acordamos. —Está acostado de espaldas con las rodillas dobladas y los ojos cerrados. Hoy le han hecho quedarse todo el día de niñero mientras yo acompaño a papi y a Lolo para este proyecto grande de pintura.

—Tú sabes que ellos tienen cinco años, ¿verdad? —le doy un empujoncito con el pie.

—¿Por qué no te quedas tú de niñera en mi lugar? —dice.

—Porque yo siempre lo hago.

—Bueno, se supone que yo trabaje en mis solicitudes de becas financieras. Además, hoy tengo oportunidad de repasar a un niño en química y la paga es bien buena. Me llamó, desesperado.

Alzo la mano.

—De ninguna manera. Tú ganas bastante dinero con los repasos después de la escuela. Me toca a mí ganarme un poco de plata. Además, quiero colar una práctica de fútbol al final. Las pruebas para entrar al equipo son la semana que viene, ¿lo recuerdas?

La nariz del payaso se enciende con el sonido metálico de una sirena.

—¡Ay! —grita Tomás.

—Dame —dice Axel—. Yo quiero la nuez de Adán.

—No es una nuez de verdad, ¿OK?

—Laringe —dice Roli—. La-rin-ge.

Vaya. Las clases avanzadas de biología nos van a llevar a todos a la tumba.

Justo en ese momento, las luces de la cocina se encienden y tía Inés sale por la puerta corrediza. Este es su día de descanso, pero no hay nadie que cubra el turno del almuerzo. No digo yo si tendrá cara de que le hace falta pegar un ojo. Creo que el problema podría ser la cabeza llena de rolos. Yo no sé cómo ella es capaz de dormir con esos rolos puestos. Por supuesto, yo no digo nada. «En boca cerrada no entran moscas» como Lolo siempre dice.

—Una familia de insomnes —dice tía Inés con un bostezo. Le echa un vistazo al reguero de juguetes tirados por todo el patio, dándoles golpecitos a algunas piezas del juego con sus dedos pintados.

—Buenos días, familia. —Lolo sale por la puerta trasera de su casa y nos saluda. Ya está duchado y vestido con sus *shorts* de Bermuda y un pulóver que hace juego con el mío. Mandamos a pedir los nuevos uniformes de la compañía el mes pasado. Todo eso fue mi idea.

—Anunciarse vale la pena —le dije a papi y lo diseñé todo. La parte delantera dice *SOL PAINTING* con el logo de un sol que se eleva por encima del océano. En la parte delantera: *PRECIOS RAZONABLES, HABLAMOS ESPAÑOL,* y luego nuestro teléfono. Y tenemos gorras que hacen juego.

Tía comienza a aflojarse los rolos.

—Oye, Lolo —le dice en voz alta al otro lado del patio—. Creo que se me acabó la leche para el cereal de los mellizos. ¿Ustedes tienen un poco?

Él se asoma a la ventana de la cocina en busca de abuela.

—A tus hermosos nietos les hace falta leche. —Entonces se da la vuelta y viene hacia mí—. ¿Estás lista, Merci?

—Casi. —Extiendo la mano y sonrío—. ¿Pero se te olvidó nuestro acuerdo financiero? Treinta pesos, por favor.

Él sacude la cabeza y rebusca en los bolsillos.

—Todavía te digo que esto es un robo —dice y me entrega los billetes nuevecitos.

Abuela sale sacudiendo un par de latas de leche evaporada como si fuesen maracas. Viene al porche cubierto de la casa de tía y se las entrega.

—¿Latas? ¿Esto es lo único que tienes? —pregunta tía.

Abuela le da una mirada fulminante.

—¡Por Dios! Sí, eso es lo único que tengo y no tiene nada de malo. ¡Tú fuiste criada con leche evaporada!

—Pero los mellizos solo toman leche fresca. Tú sabes lo quisquillosos que son con la comida.

—Los mellizos no están en el plan del seguro social, Inés.

Axel abre la boca.

—Tengo hambre. Yo quiero Coco-Chews.

—Yo también —dice Tomás y se pone de pie—. ¡Tengo hambre! ¡Coco-Chews! ¡Coco-Chews! —En un abrir y cerrar de ojos, comienzan a hacer círculos con los brazos como las varillas de las ruedas de un tren de vapor—. ¡Coco-chu-chu-chu-coco-chu-chu-chu! —Su tren le pasa por encima al tablero de juego en lo que salen disparados por la casa.

—Nada de Coco-Chews —les dice abuela—. ¡Eso no es comida! ¡Se les van a podrir los dientes y un dentista va a tener que sacárselos todos! ¡Van a tener que comer sopa su vida entera!

—Creo que hay pasos intermedios, abuela —dice Roli—. Empastes, por ejemplo.

Abuela le achica los ojos.

Tía se vuelve a Roli, exasperada.

—Busca mi cartera y vete en carro hasta Publix, ¿me haces el favor? Abre a las siete.

—¿Yo? —dice él. Todavía tiene puesto el pantalón de pijama—. No estoy vestido.

—Entonces busca un *short*. Además, yo no puedo ir *así*. —Se señala a la cabeza y lo espanta para que se vaya. Entonces ve a papi al otro lado del patio. Está poniendo el último de los cubos en la parte trasera de la furgoneta—. ¿Simón viene a ayudar hoy? —me pregunta.

Ya tú sabes.

—Solo somos Lolo y yo esta vez —le digo.

Tía se ve decepcionada cuando me doy la vuelta hacia Lolo.

—Nos tenemos que ir. Tú sabes que a papi no le gusta que sus empleados lleguen tarde.

—¡Un momento! —Abuela pasa los dedos por los hombros del pulóver de Lolo, para alisarlos antes de que nos vayamos.

—No lo pierdas de vista, Merci. Que no esté parado bajo el sol por mucho tiempo. —Frunce el ceño un poquito y toca suavemente lo que queda del moretón en su cara. Yo me miro a los zapatos, por si mi ojo se pone a hacer de las suyas—. La cabeza se le calienta y este calor no es bueno para un hombre de su edad —añade—. Y nada de escaleras. Se podría romper una cadera y andar cojo el resto de sus días.

Guau. Esa es una larga lista de daños potenciales, incluso para el Departamento de Preocupaciones Catastróficas.

—Déjame en paz —dice Lolo, besándola suavemente en la mejilla. Entonces se saca su gorra de Sol Painting del bolsillo trasero y se la pone—. Mira. Otro problema resuelto.

—No te preocupes, abuela —le digo—. Vamos a estar bajo techo la mayor parte del día. —Pero incluso cuando caminamos hacia la furgoneta, siento sus ojos dudosos que me siguen.

—¿Equipo, listo? —dice papi cuando lo alcanzamos.

—Reportando para ocuparme de las molduras —digo. Papi dice que no me puede poner en la nómina porque 1) mami quiere que yo piense primero en la escuela y no en mi imperio de pintura y 2) porque con todas esas fastidiosas leyes sobre el trabajo infantil, él podría ir a parar a la cárcel. Aun así, yo puedo hacer el trabajo preliminar, como poner cinta adhesiva y cosas por el estilo. Y por supuesto, todos sabemos que yo soy aprendiz de gerente, así que aprovecho este tiempo para aprender tanto como puedo. Hoy, por ejemplo, he decidido que me voy a enfocar en control de calidad. La última vez a Lolo se le olvidó limpiar las brochas y papi tuvo que botarlas y comprar nuevas. Detestaría tener que escribir una nota disciplinaria por cuenta de Lolo, pero eso podría pasar si tenemos en cuenta el modo en que últimamente se le han estado olvidando las cosas. Con algo de suerte, no llegará a ese extremo.

—Yo me puedo sentar aquí atrás —dice Lolo en lo que empieza a subir por la puerta trasera. La furgoneta de papi solo tiene dos asientos en la parte delantera. El resto es un gran espacio abierto para nuestros materiales. Eso quiere decir que, si hay más de dos personas, alguien tiene que sentarse en un cubo de pintura.

—¡Qué va! —dice papi—. Tú ven acá al frente conmigo, papá. Merci se puede sentar ahí.

—Ten cuidado con los muelles del asiento ahí —le digo a Lolo—. Te pinchan el fondillo.

El sudor ya me corre por el cuello cuando me acomodo entre los cubos y los paños. Nuestras cosas de fútbol también están aquí. Papi intenta arrancar el motor un montón de veces, para que se encienda el carro.

—Apúrate, papi. Me hace falta una brisa.

—Paciencia. —Le da vuelta a la llave.

Me limpio el sudor del cuello mientras esperamos a que se encienda el motor. La furgoneta de papi es en esencia un horno con ruedas. Él le pone refrigerante para el aire acondicionado, pero está roto, así como los cierres de las puertas, así que manejamos con las ventanillas bajas, sin importar el calor que haya afuera. Manejar de noche no está tan mal, ¿pero por el día? Solavaya.

Después de unos cuantos intentos, por fin logra arrancar el motor y salimos de la entrada de coches, con el chasis chirriando y quejándose. De repente, Lolo grita.

—¡Cuidado, chico!

Papi pega un frenazo. Las escaleras hacen un estrépito sobre nuestras cabezas y el cubo se desliza de debajo de mí. Me caigo de espaldas con un golpe. Cuando me incorporo y echo un vistazo por la ventanilla, veo a Roli que sonríe y nos mira con cara de carnero degollado. Su repertorio de música suena a todo volumen en el carro de tía.

Papi saca la cabeza por la ventanilla.

—¡Bájale el volumen a esa música y presta atención como un hombre serio, Roli! ¡Le vas a pasar por encima a alguien! Si vuelvo a ver eso, vas a ir a pie a todas partes. ¿Entendido?

Roli asiente.

—Y vete a ver si a tu mamá le hace falta algo antes de que te vayas —le dice papi.

Entonces, con la furgoneta crujiendo bajo nuestros pies una vez más, salimos a la carretera.

CAPÍTULO 12

EL LAKE WORTH CASINO NO tiene máquinas tragamonedas ni gente que juega a los naipes, como uno pensaría por su nombre. Papi dice que alguna vez sí tuvo juego y apuestas, pero eso fue por allá por la década de los 30, mucho tiempo antes de que nadie de nuestra familia siquiera estuviese en este país. Ahora solo es un edificio bonito con toldos verdes y blancos que el alcalde llama una señal de «el compromiso de nuestra ciudad con ser un destino turístico». Algunas veces las parejas se casan en el salón de baile con vistas al mar, pero la mayor parte del tiempo la gente viene de pícnic al área del césped que lo rodea o de lo contrario sueltan cuarenta pesos por una silla y una sombrilla en la arena.

Estoy feliz de estar aquí hoy, aunque es domingo y, por derecho, me tendrían que pagar doble si estuviese en la nómina. Lo más importante, por supuesto, es que el dinero que gano aquí es para mi bici nueva. Si acabamos temprano, a lo mejor podemos ir a la tienda de bicicletas del centro comercial a mirar. Lolo me puede ayudar a escoger una buena bici, además papi por lo general es buen negociador. Él no tiene miedo de pedir un descuento si hay un arañacito o si es un modelo descontinuado. Me encantaría verle la cara a Edna si me apareciera en un supercrucero. Vivimos a 12.1 millas de la escuela, según Roli, pero ¿y eso qué? Te apuesto a que, con un poco de entrenamiento, yo podría lograrlo. A lo mejor me tomaría más de una hora, pero valdrían la pena el sudor y los músculos agarrotados tan solo para mostrársela.

Me paso la mañana tapando los bordes de la cenefa con cinta azul y luego pongo los paños para proteger los lavamanos y pongo señales de «PINTURA FRESCA» por todas partes en el baño de las mujeres. Luego me pongo a lijar la pintura descascarada de la puerta —cha-cha-cha-cha— intentando alisarla. Papi y Lolo, al otro extremo del pasillo, se ocupan del baño de los hombres; oigo el eco de sus voces sobre la música en lo que hago círculos con el papel de lija. Es el viejo radio de Lolo, el que está cubierto con manchas de pintura de todos nuestros trabajos. A Lolo le encanta la música; de hecho, él conoció a abuela en un baile. Ahora ellos solo bailan en la víspera de Año Nuevo, cuando todos nos quedamos despiertos hasta tarde y nos comemos las doce uvas, una por cada mes del año. Abuela sonríe; Lolo cierra los ojos y recuesta su cabeza en la de ella. Es como si estuvieran en otra parte, deslizándose y dando vueltas.

Cuando la puerta por fin está lisa al tacto, echo a un lado el papel de lija y me voy a buscar a papi y a Lolo. Se les va a olvidar tomar un descanso si no se lo recuerdo.

La puerta doble del salón de baile está abierta cuando paso por ahí, así que me detengo un segundo a mirar. Todo un lado de la habitación tiene ventanas que dan al mar. Los enormes candelabros atrapan la luz del sol y hacen diseños resplandecientes en el suelo. Hay un polvoriento recuerdo de boda hecho de dos anillos de plástico en la penumbra, así que lo recojo. La sucia cinta dice «Justin y Leanna» en letras doradas. De repente, me recuerda la boda de tía Inés con Marco, aunque su fiesta fue en nuestro patio. Yo tenía cinco años entonces, por eso solo recuerdo fragmentos. El pastelero de El Caribe trajo un enorme pastel de boda de varios pisos. Tenía unas miniaturas de plástico de la novia y el novio. Abuela compró champán y bocaditos de toda clase. Pero lo que más recuerdo es lo mucho que yo quería llevar la almohada de terciopelo con los anillos que tenía Roli en vez de regar pétalos de flores. Pero no importó lo mucho que se lo imploré, él no quiso intercambiar.

De todos modos, tía Inés y Marco ya no están casados. Una vez le pregunté a tía por qué se habían divorciado, pero ella solo dijo: «Me dejó de amar». Me pregunto si él *a lo mejor la amaba* y ese era el problema.

Roli podría tener razón con eso de que el amor es un rompecabezas.

Todo es tan confuso. Mami ama a papi, eso es obvio y sencillo. Yo amo a Jake Rodrigo… en secreto, pero de verdad. Y quiero a Lolo y a todos los demás en nuestra familia, por supuesto, y eso tampoco es complicado. Pero entonces ahí tienes a Roli y Ahana. Tía y Marco… y su enamoramiento con Simón también. Michael y Edna que «a lo mejor se gustan», lo cual es un enredo. *¿Eso* es amor? Oh, qué asco. No sé.

Me saco el teléfono del bolsillo y le tomo una foto al mar. A veces le tomo fotos a cosas comunes y corrientes, como las nubes que se congregan a lo lejos por encima de las aguas. Si miras detenidamente, puedes ver la gran cortina gris en donde ya está lloviendo. Si nos ponemos de suerte, a lo mejor luego también habrá relámpagos mientras todavía estamos aquí y le puedo sacar buenas fotos a los rayos cuando le dan al agua. Lolo una vez me dijo que eso era Papá Dios que se ponía bravo por las cosas estúpidas que hace la gente, como hacerse daño mutuamente, pero Roli dice que eso no es verdad.

—Es aire húmedo que choca y envía energía hacia arriba, hacia las nubes —insiste.

Qué aguafiestas. La idea de Lolo es mucho mejor.

—Con perdón. ¿Estás perdida? —Una mujer con una chapa de metal con su nombre está en las puertas abiertas.

—No, señorita. Estoy con el equipo de pintura. Solo tomaba una foto.

Me mira como si yo anduviera metida en algo malo. Eso a veces ocurre en nuestros trabajos. Los clientes nos vigilan, como si nos fuésemos a llevar algo cuando no nos están mirando.

¿A lo mejor no luzco lo suficientemente seria? Me guardo el teléfono y le paso por al lado y voy a buscar a papi.

Aún está trabajando en la parte interior del baño de los hombres cuando por fin lo veo. Miro alrededor. Los urinarios son muy raros.

—Trabajaste rápido —dice papi cuando me ve. Tiene la camisa empapada en medio del calor. Ha dejado las puertas y ventanas abiertas para que salgan los gases o va a terminar mareado. Pero ni siquiera la brisa del mar puede competir con el calor de hoy.

—Son las diez y media —digo—. Legalmente, está obligado a darles un descanso a los empleados, señor.

Papi echa la pintura verde azulada en la bandeja y se seca la sudorosa mejilla en el hombro.

—Ya me ocupé de eso.

—¿Qué quieres decir? —Echo un vistazo alrededor—. ¿Dónde está Lolo?

Papi moja el rodillo.

—Fue hace un rato a descansar a la veranda. Tú sabes lo que le gusta mirar al mar.

—¿Y a mí nadie me dijo que era el descanso? Eso es favoritismo. No puedes hacer eso, ¿sabías?

Papi da unos brochazos más, achicando los ojos cuando se acerca a la parte de arriba.

—Tranquila, jefa. —Vuelve a mojar el rodillo—. Le hacía falta descansar. Un buen jefe hace ajustes cuando es necesario. Lolo se nos está poniendo viejito.

Recuerdo el modo en que Lolo se cayó.

—Supongo que si.

Papi me mira como si quisiese decir algo, pero en su lugar sigue dando brochazos.

—Escúchame. Voy a estar aquí los próximos veinte minutos, máximo —dice—. Entonces podemos tomar un descanso y buscar algo de comer mientras la pintura se seca. Ve y dile a Lolo.

Salgo por la puerta corrediza que él me indica, pero Lolo no está sentado en las sillas ahí. Así que bajo por la escalera de metal a revisar los lugares con sombra en la planta baja. Es el lugar perfecto para relajarse.

—¿Lolo? —lo llamo.

Pero tampoco está aquí.

Camino a lo largo del edificio, llamándolo. Incluso voy al frente, donde se alquilan los bártulos de la playa, porque sé que a veces le gusta quedarse por ahí y hablar con desconocidos.

Pero no está en ninguna parte.

Me comienza a dar mala espina en el estómago, pero me controlo mientras camino de vuelta al edificio. Me protejo los ojos de la claridad y escaneo la playa. Está repleta a pesar de que hay tremendo calor aquí afuera. Hay muchachos escuchando música en la arena y los varones en bañadores de surfistas juegan con sus tablas en la orilla. Hay también un montón de niñitos que juegan en las olas. Chillan y huyen de cada ola que rompe, del mismo modo que hacen los mellizos cuando están aquí.

Subo las escaleras, con el pulóver empapado y pegado a la piel y el pelo alborotado a más no poder.

—Lolo no está ahí —le digo a papi.

—¿Cómo que no esta ahí? —frunce el ceño y suelta el rodillo. Entonces camina a través del salón de baile, con cuidado de no dejar ninguna marca de pintura de sus zapatos en el piso de madera—. Voy a revisar abajo en el baño de los hombres. Vete a ver si está en la orilla.

Hay algo en la voz de papi que me hace sentir que la tierra se mueve bajo mis pies. Bajo por las escaleras y me remango los *jeans* cuando llego a la arena para al menos refrescarme un poco.

No puedo evitar pensar en cuando Roli y yo éramos chiquitos. Lolo y abuela nos traían aquí en su carro todo el tiempo. Lolo cantaba al compás de la radio mientras manejaba. Abuela siempre empacaba nuestra comida en un millón de contenedores de plástico. Por aquel entonces, Lolo podía nadar hasta donde las aguas se ponen más oscuras y las olas no rompen. Él me dejaba engancharme a su espalda.

Corro por la orilla con la esperanza de verlo. Pero no anda por el agua ni tampoco está nadando.

Justo cuando me doy la vuelta para irme, veo algo que han traído las olas. Es un zapato, medio enterrado en la arena.

Las medias amarillas de Lolo están metidas adentro,

cubiertas de piedrecitas y de sargazos, producto de las olas. No hay señal de su otro zapato por ninguna parte. Pero todo parece indicar que se lo debe de haber llevado la corriente.

Doy dos pasos temblorosos mar adentro y grito su nombre.

—¡Lolo!

Unas cuantas gentes que cazan olas se vuelven a mirarme. Más allá de ellos, un catamarán y unos botes de *parasailing* flotan en la distancia, anclados y resplandecientes como caramelos. Unos nadadores con caretas y *snorkels* saltan de la cubierta para nadar.

«No lo pierdas de vista». Oigo las palabras de abuela en mi cabeza. No fue hace mucho que ella se paraba en la orilla cuando nos íbamos a meter al mar y decía esas mismas palabras sobre mí. «No pierdas de vista a la niña», le decía a Lolo, con la voz que se desvanecía con el romper de las olas cuando nos adentrábamos a lo más hondo.

Mi ojo comienza a dispararse incómodamente y me lo restriego fuerte con el puño. ¿Dónde está?

La última vez que abuela y Lolo nos trajeron aquí por sí mismos fue hace mucho tiempo. Yo estaba en segundo grado y Lolo fue al baño. No regresó y abuela envió a Roli a que fuera a buscarlo. «Todas estas sombrillas lucen idénticas», se quejó Lolo cuando Roli por fin lo encontró cerca del parqueo y caminó de vuelta con él. Después de eso ya no hubo más natación enganchada a sus espaldas, ni tampoco más viajes sin que tía o mami viniesen con nosotros, ahora que lo pienso bien.

Me vuelvo hacia los salvavidas para tranquilizarme. Están hablando entre sí. Si alguien hubiese peligrado por cuenta de la corriente de resaca lo habrían visto. Habríamos escuchado los silbatos y las sirenas.

Así que me meto el zapato y las medias de Lolo bajo el brazo y apuro el paso a través de la arena caliente rumbo al muelle, a donde por lo general no se me permite ir sola. Me falta el aliento y estoy empapada en sudor cuando llego al escalón de arriba. Las gaviotas chillan y vuelan por encima de mí mientras me acerco a la carrera a ver si él es una de las personas congregadas al fondo.

Por fin, veo su gorra amarilla. Está con un grupo de hombres que pescan. Una ola de alivio me sacude y me lanzo a correr.

—¡Lolo!

Pero me ignora. En lugar de mirarme, se inclina por encima del borde con los otros y observa cómo un pescador maneja su pita. La gente grita instrucciones en lo que la caña del pescador se dobla en forma de C.

—Dale cordel —dice un hombre—. Tú no sabes lo cansado que está.

La cara de Lolo brilla por la emoción. Todavía no se da la vuelta, ni siquiera cuando lo toco por la espalda. Veo que los dedos callososo de sus pies están todo rojos. La arena debe de haber sido como lava; ¿acaso él no lo notó? Y también ha cogido demasiado sol en las orejas. Tienen el color intenso de la carne cruda y ya se le están empezando a hacer ampollas. Luego vamos a oír las quejas de abuela con toda seguridad.

Mi corazón por fin comienza a andar más despacio cuando otra vez acerco mi mano a su codo.

—Oye—. Mi voz suena con una dureza que me sorprende—. ¡Lolo!

—Es una barracuda —susurra—. Mírala.

Miro por encima del borde a donde él señala. Un largo pez plateado brilla como el metal de la pita. Los hombres vitorean mientras es subida lentamente sobre la banda de madera, retorciéndose para respirar. Luce tan feroz con esos ojos grandes y esa mandíbula inferior de dientes filosos, pero no puedo evitar sentirme mal cuando todos se reúnen en círculo para verla dar coletazos y morir. Mirar cómo sufre me da ganas de llorar.

Le doy un jalón a Lolo y por fin le suelto mi queja.

—¿Por qué no nos dijiste a papi y a mí a dónde ibas? —digo—. Te hemos estado buscando. Y dejaste tus cosas muy cerca del agua.

Le estoy hablando del modo en que a veces les hablo a los mellizos —mandona, hastiada—, pero Lolo no parece notarlo. De hecho, por un segundo luce confundido, como si yo no fuera alguien conocido. Eso me hace ponerme incluso más brava.

—Esto es lo único que queda de tus cosas —le digo, mostrándole el zapato—. El resto se lo llevó la marea. ¿Qué le vamos a decir a abuela?

«¿Otra mentira?», quiero añadir.

Lolo se mira los pies y mueve los dedos, soltando una carcajada. El sonido familiar de su risa por fin me permite tomar un respiro.

—Toma. —Saco sus medias mojadas y se las pongo en los pies—. Es mejor que nada. Por lo menos los pies no se te van a quemar más en la arena. Le podemos enjuagar la caca de gaviotas y te compramos unas chancletas cuando vayamos a almorzar.

—Gracias, Inés —dice—. Tú eres una buena hija.

Me paro bien erguida y lo miro cuidadosamente a la cara.

—Yo soy Merci, Lolo —le digo—. Tía Inés está en casa.

—Merci —susurra.

Comenzamos a regresar por el muelle. Las olas rompen contra los pilares y nos rocían mientras caminamos. Él se ve un poco inestable, así que lo agarro por el codo y recuerdo su caída de la bicicleta.

Papi todavía está en el casino. Afuera, en la veranda, se protege los ojos de la claridad mientras nos busca. Llevo a Lolo a un banco para descansar y enviar un texto.

En el muelle. ¿Nos ves?

Lo veo sacarse el teléfono del bolsillo y revisar su mensaje. Entonces mira en nuestra dirección y me ve saludar con la mano. Unos segundos después, mi teléfono vibra.

Espérenme ahí.

Me siento al lado de Lolo. De repente me siento agotada y sudorosa.

—Me asustaste, Lolo —digo. Se me están aguando los ojos, así que no digo nada más.

Me da una palmadita en la mano, pero no parece notar que estoy enfadada.

—No me lo vas a creer —dice—. ¡Fico cogió una barracuda en el río! Tenías que haberlo visto.

Pestañeo, con una pesadez en el pecho.

¿Fico? ¿El río?

El único Fico que jamás he oído mentar es el hermano mayor de Lolo. Ninguno de nosotros lo conoció. Es el que se ahogó cuando eran muchachos allá en Cuba.

Tan solo miro las gaviotas que se tiran en picado a las olas, chillando. Esta vez, no me molesto en corregirlo para nada.

CAPÍTULO 13

NO HAY NADA PEOR QUE tener una lengua larga, así que cierro la boca.

Pero lo extraño es que papi también se queda callado.

No me pidió detalles en absoluto cuando llegó al muelle. Se quedó parado mirándonos por un segundo en absoluto silencio, con la cara roja y sudada, quizás sintiéndose tan agotado como yo. Supongo que él podía ver por sí mismo lo que les había pasado a los zapatos de Lolo y que se había puesto a deambular por ahí.

Le compró a Lolo zapatos de goma en la tienda de la playa y nos comimos nuestros perros calientes sin hablar. Luego, sentó a Lolo en una silla fuera del baño y me dejó pintar algunas paredes para terminar más rápido.

Ahora son casi las diez de la noche y papi está en la cocina con mami y tía Inés. Susurran, pero es un altercado. Lo sé. Los murmullos son rápidos y cuando el volumen sube, le siguen unos silencios prolongados. Es sobre Lolo, estoy casi convencida. O a lo mejor es más sobre cómo papi y yo no cuidamos a Lolo... que fue la queja principal de abuela cuando le vio las orejas con ampollas esta tarde. O a lo mejor es solo tía y papi que discuten otra vez sobre Lolo del mismo modo que hacen siempre, con mami en el medio intentado mantener la paz: a quién le toca llevarlo a la tienda a comprar zapatos nuevos, quién puede pedir un día en el trabajo otra vez para una cita médica.

Pero no puedo darlo por seguro porque cada vez que me escuchan salir de mi habitación, todos se callan. Sus ojos me siguen cuando voy a la cocina a ver si mi planilla de autorización para jugar al fútbol ya ha sido firmada. No vuelven a comenzar a hablar hasta que me he ido.

«Los niños no tienen que escuchar las cosas feas de la vida. Ya habrá bastante tiempo para eso». He escuchado a abuela decir eso antes. Detesta cuando los libros o las películas que Roli y yo miramos son tristes o sangrientas. Pero eso es una tontería. Muchas cosas tristes les pasan a los niños todo el tiempo. Se te muere el perro. Tus padres se separan. Tu mejor amiga te deja por alguien mejor. Alguien te envía un mensaje odioso.

Podría seguir.

—¿Qué pasa? —le pregunto a Roli. Está sentado en la cama mirando un video sobre el cerebro en su computadora portátil—. ¿Por qué discuten esta vez? ¿Tú sabes?

No quita la vista de la pantalla.

—Deja de intentar chismosear y vete a dormir, Merci. A ti te hacen falta 9.25 horas de sueño para que tu cerebro funcione apropiadamente, ¿lo sabías?

—¿A Lolo le pasa algo malo? Dímelo, Roli.

—Ya te dije que estoy mirando una cosa.

Toda la rabia se me sale.

—Qué ganas tengo de que llegue el próximo año para que te vayas a la universidad —le digo, aunque es una mentira—. Voy a tener este cuarto para mí sola. Y no voy a dejar ni un solo tareco estúpido de ciencia por ninguna parte.

Entonces cierro la cortina entre nuestras camas.

Cuando Roli entra a la escuela el lunes, sé que mami puede ver la valla lumínica. Ahí es donde el doctor Newman pone sus irritantes citas inspiradoras cada semana y donde recibimos los recordatorios de cosas importantes, como conciertos y excursiones escolares.

PRUEBA DE ADMISIÓN DEL EQUIPO DE FÚTBOL

DE LA SECUNDARIA, DE LUNES A MIÉRCOLES,

INMEDIATAMENTE DESPUÉS DE LA ESCUELA,
EN EL TERRENO DE ABAJO. SEXTO GRADO HOY.

Miro fijamente a la señal. Mis zapatos de fútbol y mis espinillas están en mi mochila. Lo único que me falta es la planilla de autorización.

Roli se baja del carro y mami se cambia de asiento. Yo también me bajo, pero me paro cerca de la ventanilla.

—¿Qué pasa, Merci? —pregunta—. ¿Se te olvidó el almuerzo?

Abro la mochila y saco la planilla de autorización.

—Se te olvidó firmar otra vez —digo—. Hoy son las pruebas para entrar al equipo.

Me mira durante un largo rato de un modo que hace que el corazón me comience a latir como me pasa cuando tengo miedo. Respira profundamente y mira hacia delante por un minuto. Entonces se vuelve hacia mí.

—La verdad es que no se me olvidó, Merci —dice.

Me acomodo la mochila.

—¿Entonces por qué no la firmaste?

Mira alrededor a las otras mamás y papás que han venido a traer a sus hijos a la escuela y baja la voz.

—Yo sé lo mucho que a ti te gusta el fútbol, Merci. De veras que lo sé. Pero por ahora te vas a tener que conformar con jugar en el equipo de tu papá. Estamos en muchas cosas a la vez. Y nos hace falta que estés en casa después de la escuela. Abuela no se puede encargar de los mellizos por sí sola cada día.

Me quedo boquiabierta.

—¿No puedo hacer las pruebas para entrar al equipo? Pero si practiqué todo el verano, mami. Yo soy buena en esto.

—Yo sé que lo eres, mi vida —me dice. Sus ojos parece que se le comienzan a aguar—. Tú eres excelente.

—¡Entonces déjame jugar! Tía puede encontrar otra niñera —digo—. ¿Y por qué Roli no lo hace?

—¿Cómo vas a regresar a casa? Roli da sus repasos después de la escuela, y entonces tendría que manejar de vuelta a la escuela para ir a buscarte cada día —dice ella—. Él ya tiene el otoño ocupado con sus solicitudes a las universidades.

—¡Pero no es justo que siempre me toque a mí!

—No lo es. Pero muchas cosas no son justas, Merci —comienza.

Justo en ese momento, la voluntaria en la rotonda del parqueo señala hacia nosotras y camina en nuestra dirección. Mami le sonríe de oreja a oreja como si ella y yo no estuviésemos discutiendo.

—Me disculpa —dice la ayudante—, pero hace falta mantener la senda de carros en movimiento. ¿Usted tendría la bondad de retirarse?

—Oh, sí, por supuesto —dice mami—. Lo siento mucho.

Pone el carro en marcha y me mira con cara de culpa.

—Vamos a tener que hablar de esto más tarde, Merci.

—Pero no hay más tarde. Las pruebas son hoy —digo. Las lágrimas casi se me salen y siento que la quijada me comienza a temblar. Le doy el papel una vez más—. Por favor, mami, fírmalo.

Toma el papel de mi mano, pero lo pone en el asiento del pasajero, sin firmar.

—La respuesta por esta vez es no, Merci. Lo siento; sé que estás decepcionada. Pero te prometo que puedes hacer la prueba el año próximo.

Me quedo ahí con la mirada perdida, mucho después de que se va su carro. La rabia me hierve en el estómago. De repente, odio a los mellizos por haber nacido y a tía Inés por no usar niñeras. Odio a Lolo por ponerse a deambular del modo en que lo hizo. Odio a abuela por estar demasiado cansada todo el tiempo y a Roli por solicitar su ingreso a la universidad. Odio a mami. Odio a Seaward Pines. Y al fútbol.

«Todo. Lo odio todo», pienso, mientras corro a esconderme al baño de las niñas.

CAPÍTULO 14

LA SEMANA ENTERA ES UNA desgracia.

Tener educación física en último periodo por lo general es una bendición, sobre todo los viernes, pero esta semana está siendo difícil. En la cancha de fútbol han puesto conos anaranjados y porterías extra para las pruebas, así que todos los días me he topado con un recordatorio de que no voy a estar en el equipo.

Para empeorar las cosas, de la nada, los varones se pusieron pesadísimos durante el almuerzo todos los días. Se la pasaron intentando payasear con nuestra comida y luego fingir que no habían sido ellos. Le robaron la manzana a Rachel y el postre a Edna a principios de semana. Pensé que no se iban a meter conmigo, ya que yo he estado de mal humor, pero hoy cuando terminé mi sándwich y me levanté para buscar leche, al regresar me encontré que el resto de mi comida se había desvanecido.

—¿Dónde está mi almuerzo? —pregunté. Solo habían dejado el cartucho vacío.

—Se lo llevaron las tiñosas —dijo Edna y señaló a la mesa de los varones. Ella y Jamie soltaron sus risitas.

Cuando miré en esa dirección, en efecto, mis gomitas de sabores pasaban de mano en mano en la mesa de los varones. Así que fui hasta allá. Hoy no me importaba quién me viera hablando con los muchachos.

—Devuélvanmelas.

—¿Que te devolvamos qué? —preguntó Chase, con una sonrisa. Se había puesto dos de mis gomitas con sabor a uva en los dientes delanteros.

—Muy cómico.

—Espera, está bien —dijo David—. Aquí tienes. —Simuló que iba a vomitar.

Hasta Michael se estaba riendo, cosa que en verdad me confundió. ¿Esta era la misma gente que vio Iguanador con nosotras?

—Muy maduro —dije, tomando prestada la expresión de Roli.

Volví a mi mesa con las manos vacías y echando humo. Hannah compartió su galletita con trozos de chocolate conmigo para que me sintiera mejor.

—Toma —dijo—. Se están portando como unos tontos.

—No solo tontos —dije—. Crueles.

Soy la primera en salir al campo para educación física. Esa es la ventaja de tener puesto tu *short* deportivo debajo de la saya. El año pasado no teníamos que cambiarnos al uniforme de educación física. Solo teníamos que ponernos tenis para jugar. Pero este año tenemos que cambiarnos y si no lo hacemos nos dan un cero. No tengo ningunas ganas de aprender a desvestirme en frente de niñas a quienes les gusta abrir las cortinas del baño a la gente por diversión. Así es como todo el mundo se enteró la semana pasada de que Rachel se pone un ajustador de lunares. Y que una niña que se llama Susan no se pone ninguno, y eso que Edna le dijo —"«sin ánimo de ofender»— que debería hacerlo porque ya está grandecita. Susan puso cara de que iba a llorar y no la culpo. No me gustaría que nadie se pusiera a hablar de mi pecho. Por Dios. Yo mantengo el mío bien ajustado a mi cuerpo con un *top* deportivo. Pero, ¿quién sabe cuándo eso cambiará? No hay nada que puedas hacer al respecto, de todos modos, y no hay manera de hacer que la gente no lo note. ¿A quién te le puedes quejar de que la gente se burla de tus senos o de tu ropa interior? ¿Al señor Patchett?

Nuestro equipo deportivo ha sido colocado en el campo de béisbol para nuestra clase. Para mí, es casi una invitación a ponerlo a prueba antes de que los demás lleguen aquí. A lo mejor puedo sacarme el mal humor del almuerzo antes de irme a casa y evitar que las cosas se pongan aun peores. Busco una pelota dentro de la bolsa de malla. En teoría, se supone que no podemos tocar nada hasta que la clase comience y estemos «supervisados adecuadamente». Pero estas no son herramientas eléctricas, por el amor de Dios; son pelotas. Pelotas acabadas de sacar de la caja, con ese olorcito a nuevo. ¿Qué podría pasar?

Tomo un bate y miro al campo, ajustando la puntería. Es un mar verde, una especie de Ciudad Esmeralda, sin un parche en el césped hasta donde puedas ver. Cuando estaba en la primaria, nuestro campo estaba chamuscado y tenías que prestar atención a los pedazos de vidrio que a veces estaban incrustados en la tierra. Pero la hierba es una cosa preciosa por estos lares. El señor Baptiste, el jefe de los encargados, hace que su equipo ponga los irrigadores si no llueve y ordena con regularidad que le hagan pruebas al suelo en el laboratorio de ciencias para asegurarse de que tiene el pH apropiado. Lo sé porque Roli es quien le hace la prueba.

A Lolo le encanta venir aquí cuando visita la escuela. Mami y papi se pueden babear con los logros académicos de Roli, pero Lolo piensa que este campo es lo mejor del mundo. El año pasado, el Día de los Abuelos, él vino a Seaward conmigo. Trajo su viejo bate y una camiseta de Cuba y nos contó como él solía ser cargabates antes de venir acá en 1980. Nos contó cada detalle. El modo en que las gradas lucían en el estadio. Los uniformes. Todo con lujo de detalles para que casi pudiéramos verlo. Nunca se le olvidan los viejos tiempos, lo cual resulta raro, si consideramos lo que le sucede últimamente. ¿Cómo se puede acordar de todo eso de hace casi cuarenta años, pero olvidarse de lo que pasó hace diez minutos? ¿Hasta olvidarse de mi nombre?

—Sin ánimo de ofender, señor Suárez, pero, ¿no se supone que los cargabates sean niños? —preguntó Edna.

—Aquí sí, son niños y niñas. Pero allá en Cuba, los cargabates pueden ser adultos, incluso hoy en día. Así que, como puede ver, señorita Santos, ¡yo soy en verdad Bat Man!

Incluso a la señorita McDaniels, que fue quien organizó el evento, le cayó bien. De hecho, ella me preguntó por él esta mañana, porque el Día de los Abuelos es la próxima semana y es el último año que lo podemos hacer. Por lo visto, los estudiantes de séptimo y octavo grados son demasiado mayores para tener abuelos.

—¿Y ese encantador señor Suárez vendrá este año? —preguntó.

—Por supuesto —dije. Y apuré el paso. No quería que me preguntara nada de mi amigo asignado. No me atrevo a decirle que el único contacto que he tenido con Michael es que le envié la tarea de lectura que se perdió cuando fue a la cita con el ortodoncista. Vaya. Me pregunto si darle una buena patada en la canilla por comerse mi comida contará como actividad.

Tiro la pelota al aire y cargo mi peso en la pierna trasera, como Lolo me enseñó. Como es habitual, le doy a la pelota por debajo con un satisfactorio batazo que la manda lejos a los jardines. Se eleva en un arco y le da a la parte alta de la cerca.

Un par de pies más y habría sido un jonrón, tenlo por seguro. A lo mejor si Lolo deja de actuar tan raro yo pueda hacer la prueba para un puesto en el equipo de sóftbol en la primavera.

—La multitud ruge —dice una voz.

Me doy la vuelta y me encuentro con Michael Clark que me mira desde detrás de la cerca del *home plate*. Se quita el pelo de los ojos y sonríe.

Lo miro con frialdad, ya que todavía estoy enfadada por el almuerzo. Además, Edna podría andar cerca y lista para sacar las garras. Cuando se enteró de que yo le había enviado la tarea por texto, se enfurruñó.

—¿Le enviaste un texto? —preguntó Rachel con los ojos bien abiertos—. ¿Tú tienes su *teléfono*?

—Todos los amigos asignados tienen sus respectivos teléfonos. ¿Y eso a quién le importa? —había dicho Edna, pero podías ver que a ella sí que le importaba. Me lanzó rayos mortales con la mirada del otro lado de la mesa durante el resto del almuerzo. A mí casi me hizo falta un campo de fuerza de la nación Iguanador para protegerme.

Le doy un vistazo al terreno. Unos cuantos varones han salido por la puerta del gimnasio y vienen en dirección nuestra. Qué bien. Que *ellos* hablen con él.

—Yo no hablo con ladrones de comida —digo.

—No fui yo —dice—. Yo solo fui un testigo.

Michael viene a este lado de la cerca y recoge un par de pelotas de la bolsa de malla que está casi a mis pies.

Noto que puede aguantar dos en cada una de sus enormes manos, igual que Lolo. Da una carrerita al montículo y se gira hacia mí.

—Tengo un buen brazo, por si no lo sabías. Bola rápida, curva… lo que tú pidas —dice.

Me quedo parada, pestañeando.

—¿Tienes miedo? —pregunta.

—Ay, hazme el favor.

—Pues dale. Cinco dólares si la puedes batear, cosa que no vas a hacer. —Se vuelve a quitar el pelo de los ojos.

Le suelto una mirada compasiva. ¿Qué va a saber un estudiante nuevo de mis habilidades? Esto va a ser como quitarle el caramelo a un bebé. Cosa que, ahora que lo pienso bien, él se merece.

—Pero resulta que la voy a batear —digo—. Le voy a dar un batazo que va a salir del parque. Y entonces tú no tendrás permiso para volver a tocar mi comida... o dejar que nadie más toque mi comida tampoco. Jamás.

—Anjá. Pídela —espera a que le responda.

Cinco dólares me van a acercar más a mi nueva bicicleta, ¿verdad? Instintivamente, me pongo en mi mejor posición de bateo y levanto el bate por encima del hombro derecho.

—Tira lo que quieras —le digo—. Y luego prepárate para soltar la pasta, Michael Clark. Y no quiero nada de llanto, tampoco. No puedes decir que no estabas advertido.

—Ja.

A estas alturas, los muchachos de la clase se han reunido en las graderías, incluida Edna, que nos echa miradas como si fuese un halcón. Tiene puestos los tenis nuevos con las puntas de goma con el diseño de un guepardo. Por la expresión de su cara, diría que quisiera matarme con sus garras como si fuese un felino grande. Toda la semana se la ha pasado con la risita y diciendo el nombre de Michael lo bastante alto como para llamar su atención. Le ha enviado fotos cada vez que ha tenido oportunidad. Yo desearía que a él simplemente *le gustara* ella de una vez y que le pusieran punto final a la cuestión.

—Se supone que no puedes tocar nada de eso todavía, Merci —dice en voz alta.

Pero solo por esta vez, en este campo, no quiero que sea Edna quien esté a cargo.

—Apúrate —le digo a Michael.

Escucho un silbato. El señor Patchett viene a la carrera. Mueve sus musculosos brazos arriba y abajo. A él no le gusta que violen las reglas, pues eso va en contra de su entrenamiento del ejército. Agarro bien el bate y acomodo los pies.

—Dale. Lanza.

Michael hace el pívot lentamente, mira en la dirección de los árboles por unos segundos y, entonces, *fum*, suelta el lanzamiento.

Enfoco los ojos en la costura de la pelota, como siempre dice Lolo, y hago contacto. ¡Ave María! Los brazos me vibran con una carga eléctrica. Michael hablaba en serio. Su lanzamiento es lo suficientemente fuerte como para hacer que me vibren los dientes.

Por desgracia, la pelota no se eleva.

En vez de eso, rebota de mi bate como una bala. ¡*Fuá-cata*! La línea le da a Michael en plena cara. Se cae en el montículo como si le hubieran dado un tiro. No puedo repetir la palabra que grité, pero suelto el bate y corro hacia él. Es un enorme bulto inerte de espaldas. Su labio superior está partido y la sangre le gotea por su pálido cuello.

Los muchachos gritan «uuuuuh» mientras corren en nuestra dirección y forman un círculo alrededor de nosotros. El señor Patchett suena su silbato una y otra vez y aparta a la gente hacia atrás mientras intenta llegar a nosotros.

—¡Para atrás! ¡Échense para atrás!

—Merci le dio un pelotazo a Michael en la cara —dice Edna, delatándome en el instante en que el señor Patchett llega. Me mira con rabia—. ¡Estúpida!

El señor Patchett se desengancha el *walkie-talkie*.

—Señorita McDaniels, necesitamos a la enfermera Harris LO ANTES POSIBLE en el Campo B. Herida en la cabeza. Cambio.

Luego comienza a buscar en el botiquín de primeros auxilios que siempre lleva en su riñonera.

—¿Quién les dio permiso para comenzar a jugar sin un maestro presente? —Saca gasa y otros suministros.

—Yo no comencé. Nosotros solo estábamos…

—¿Quién? —pregunta de nuevo.

—Nadie, señor.

Saca guantes de goma y se inclina sobre Michael.

—Hijo, ¿me puedes decir tu nombre?

—Es Michael —dice Edna.

—La pregunta no es para usted, señorita Santos —grita el señor Patchett—. Échese para atrás, por favor, y haga silencio. —Entonces se vuelve otra vez a Michael—. ¿Nombre?

—Uuuuuuy —masculla.

En lo único en que pienso es en las advertencias de abuela sobre los golpes en la cabeza. ¿Michael sufrió daño cerebral? ¿Podrá volver a hablar de nuevo?

—Siéntate despacio, Michael, y déjame chequearte los dientes. Mueve la quijada así. —El señor Patchett abre y cierra la boca.

Michael luce aturdido mientras se mueve pesadamente, apoyándose en los codos. ¿Cómo es posible que un labio se ponga como un globo así tan rápido? Se parece a una de esas bolsas en la garganta que tienen las ranas grandes en los programas de Animal Planet. Escupe un globo de saliva sangrienta en la tierra anaranjada, lo que me da náuseas.

—¡Lo siento mucho! ¡Fue un accidente! —digo.

El señor Patchett me lanza una mirada severa mientras sujeta a Michael y le chequea las pupilas con una linterna de bolsillo. Le levanta cuidadosamente el labio a Michael para ver qué le he hecho. Gracias a Dios, todavía veo dientes frontales.

—¡Qué bien, Merci! —dice Edna.

—Una amiga fenomenal —añade Jamie.

—Fue un *accidente* —vuelvo a decir—. Hicimos una apuesta. Si yo le daba a la pelota, él dejaría mi almuerzo en paz y...

—Todos, ahora mismo, a las graderías —gruñe el señor Patchett—. Edna Santos, toma la asistencia. —Le da su portapapeles y entonces comienza a ayudar a Michael a ponerse de pie, en lo que la enfermera Harris llega en un carrito de golf. Se baja de un salto y hace una mueca cuando ve la camiseta de gimnasio de Michael ensangrentada.

—Merci por poco mata a Michael Clark porque él le quitó sus estúpidos caramelitos de goma —le dice Edna.

—Cállate —le digo.

—Silencio —dice el señor Patchett—. ¡A las graderías!

Ayuda a la enfermera Harris a poner a Michael en el carrito de golf y le pone una bolsa con hielo en la cara. Siento que tengo el cuello caliente, y no es por el sol que lo está asando. Camino a las gradas y me siento sola en la primera fila, deprimida, mientras todos me clavan los ojos.

—Es posible que tenga una conmoción cerebral —dice Edna en voz alta mientras el carrito se aleja—. Uno solo puede tener un par de esas en toda su vida, por si no lo sabían. Después de eso te quedas medio chiflado.

Después de que Michael se va, el señor Patchett respira

profundamente y lanza una larga disertación sobre la importancia de seguir las reglas. Es un sermón insufrible y todos me lanzan miradas asesinas por traernos este castigo.

Por fin, cuando solo faltan veinte minutos, nos hace que contemos uno y dos y que nos dividamos en equipos para un juego abreviado gracias a lo que él llama «eventos desafortunados».

—Usted no, Suárez —me dice cuando empiezo a caminar al campo—. Repórtese a la señorita McDaniels. Ella tiene que entrevistarla para el informe del accidente.

Se queda parado ahí como un vigilante, con los brazos cruzados y con las piernas separadas.

—Y va a tener que llamar a sus padres por lo de su detención.

—¿Qué? —Pienso en la regla de mami acerca de que yo no puedo causar ninguna llamada de la escuela a la casa. No estoy vomitando. No tengo fiebre. Esos son los dos requisitos que hacen aceptable que la molesten en el trabajo.

Intento suplicar.

—Pero no fue adrede, señor Patchett.

—Las reglas son las reglas, soldado —dice—. Las rompió y ahora le toca pagar. Adelante, vaya.

CAPÍTULO 15

~~Querido Michael Clark:~~
~~Lo siento mucho que te di un golpe con mi~~
~~batazo. Tenías que haberme escuchado. Yo te lo ad-~~
~~vertí, ¿recuerdas?~~

~~Querido Michael Clark:~~
~~Me alegra que todavía tengas dientes. La vida es~~
~~dura sin ellos, según abuela~~

~~Querido Michael Clark:~~
~~Lo siento que te noqueé con ese pelotazo. Es-~~
~~toy dispuesta a dejarte que te olvides de esos cinco~~
~~dólares que me debes porque eres nuevo y cómo ibas~~
~~a saber que yo soy buenísima en~~

Me toma varios intentos hacer que la señorita McDaniels apruebe mi sincera carta de disculpas que es necesaria si quiero que mi detención sea por un día en lugar de dos. Desisto de intentar explicar que fue un accidente. Son casi las cuatro y media de la tarde del viernes, su hora de irse, y ella no está de humor para quedarse un segundo más. Tamborilea con sus uñas bien cuidadas en el escritorio mientras yo firmo mi nombre. Por fin me di por vencida y escribí lo más destacado de su sermón acerca de la importancia de las reglas de seguridad de la escuela.

Querido Michael:

Lamento sinceramente que mi comportamiento irresponsable no reflejara los valores de Seaward Pines Academy, en donde siempre respetamos las reglas. Las reglas escolares se hacen con el bienestar de los estudiantes en mente. Como miembro del Club de Amigos del Sol, yo debería saber qué cosas no debo hacer, sobre todo teniendo en cuenta que las apuestas que incluyen intercambio de dinero violan el código ético de la escuela.

Cordialmente,
Mercedes Suárez

—Así está bien —dice la señorita McDaniels mientras revisa todas las correcciones. Dobla la nota y la desliza en un elegante sobre de Seaward Pines Academy antes de devolvérmela—. Le vas a dar esto a Michael Clark cuando regrese a la escuela el lunes. Espero no volver a verte por aquí por violar las reglas de seguridad. Puedo excusar una primera infracción en un estudiante nuevo como Michael. Él no conocía las reglas. Pero tú sí. Eso no se corresponde con los estándares de los miembros del Club de Amigos del Sol. Si algo de esta índole vuelve a ocurrir, me temo que te sacaremos de la organización.

Mi oportunidad de deshacerme de ese club tonto está aquí, pero eso no es correcto. No es lo mismo irse a que te boten.

—Sí, señorita. No volverá a ocurrir.

Recoge sus cosas y apaga las luces.

—Que tengas una noche agradable, Merci.

Atravieso el campus rumbo a la rotonda donde nos recogen los padres. Mami va a pensar que mi detención es otro motivo de la vergüenza, como el año pasado cuando dije que no quería participar en la competencia de ortografía. Fue porque siempre me pongo muy nerviosa cuando hago algo en un escenario en frente de la gente. Además, hace que mi ojo se enloquezca. Me dijo: «Merci,

193

¿que van a pensar tus maestros con que tú ni siquiera hagas un esfuerzo?».

Sin embargo, no es su carro el que me espera. En su lugar, es la furgoneta de papi, que se ve bastante maltratada en la rotonda. Cuando abro la puerta, chilla tan alto que la señorita McDaniels se vuelve en dirección al sonido desde el otro extremo del parqueo. Nunca he estado tan agradecida por el hecho de que por aquí ya no queda nadie.

—¿Dónde está mami? —pregunto.

—Tiene una reunión con sus colegas en el centro de rehabilitación. Va a llegar tarde a casa.

No pregunto quién está cuidando a los mellizos. Se supone que sea yo, por supuesto. Seguro que abuela se las está agenciando a duras penas o quizás Roli está ayudando.

Papi mastica un palillo de dientes. A esta hora su barba luce de tres días y está sudado. Veo que está cansado y tiene su cara gruñona del trabajo. Recuerdo cuando el año pasado le pregunté a papi qué era lo que le gustaba de ser pintor. Era el Día de las Profesiones en la escuela. Algunos padres vinieron a hablar, pero si los tuyos no podían, tenías que preguntarles acerca de sus trabajos y presentar un informe. Vaya suerte la mía: ese mismo día alguien le había estafado $250 por hacer una abolladura en la puerta de un garaje mientras él hacía un trabajo. El tipo dijo que papi lo había hecho cuando parqueó su furgoneta, pero papi sabía que el daño ya estaba ahí cuando él había llegado. Papi intenta no discutir jamás con sus clientes, pero no siempre es fácil. No pienso que ese día le haya gustado mucho ser pintor.

Me mira con solemnidad mientras me abrocho el cinturón y sale manejando superdespacio... incluso peor que Roli. Es como si estuviéramos en el desfile de bienvenida.

—¿Por qué vamos tan despacio? —digo.

—¿Tú estás apurada? —Señala con la mano que va a doblar y lo hace pulgada a pulgada, entre chirridos, al estilo de Roli.

Me encojo de hombros y les doy un vistazo al resto de los carros que quedan en el parqueo, todos brillantes con cristales oscuros y calcomanías de sonrientes familias de monigotes en las ventanillas traseras. Unas cuantas madres hablan por teléfono mientras esperan a que terminen las pruebas para entrar a los equipos.

—Es una vergüenza —digo—. Para no mencionar lo caluroso que es.

—Oh. Una vergüenza. ¿Te refieres a nuestra furgoneta?

Asiento. Por un instante pienso que me entiende, pero entonces veo que es una trampa.

—Es terrible eso de la vergüenza. Pero yo sé cómo tú te sientes —dice—. Después de todo, yo me siento avergonzado de recibir una llamada de la escuela de mi hija diciéndome que ella lesionó a alguien.

—Yo no lo lesioné a propósito. Fue un accidente.

—Yo te creo. Pero no todo el mundo te va a creer, y estás llamando la atención de un modo negativo. —La pequeña vena en su sien le palpita—. Tienes que pensar en eso, Merci, porque el doctor Newman te puede pedir que te vayas de la escuela si decide que eres demasiado problemática.

Lo miro fijamente.

—Este es el acuerdo —dice—. Tienes que mostrarles a todos aquí cada día que hicieron lo correcto al aceptarte. Tienes que actuar como una niña seria.

—Otra gente hace tonterías aquí todo el tiempo —señalo—. ¿Por qué yo tengo que demostrar nada?

Papi suspira.

—Yo sé que tú y Roli son lo suficientemente inteligentes como para estar aquí…. mucho más que suficientemente inteligentes, pero nosotros no pagamos la matrícula como la mayoría de las demás familias. Así que el valor que tú traes a la escuela tiene que venir de ti, porque no viene de nuestras billeteras.

—Eso no es justo —digo.

—Tal vez no. Pero aun así yo pienso que vale la pena. Tu educación te abrirá las puertas más adelante, Merci, créeme. Yo simplemente no quiero que la eches a perder.

Los ojos se me aguan y no le respondo. En vez de eso, miro con tristeza por la ventana y deseo que hubiese sido Roli quien me hubiese recogido. A veces mami señala casas en el trayecto. Las calles son estrechas y están flanqueadas por casas de estilo colonial, en las que las enredaderas trepan por los enrejados hasta acabar en los balcones. Hay fortalezas de juguete en los patios. «Mira», dice en voz baja, como si estuviese en la iglesia.

Ha habido días en los que he querido vivir ahí, montar una bicicleta de lujo a casa de un amigo y nadar en su piscina. Me imagino a Edna y Jamie yendo en bicicleta a visitarse. Ellas no son niñeras. Ellas no escriben cartas de disculpas.

Pero de algún modo, todas estas casas me parecen tan feas ahora mismo, incluso más feas que Las Casitas y nuestro césped desnivelado con los juguetes de los mellizos desparramados en el patio. Saco la cabeza por la ventana y dejo que el viento me susurre al oído y acalle este día, a pesar de que sé que me está enredando los rizos.

CAPÍTULO 16

—¿QUÉ TE PASA? —TÍA INÉS me mira desde la otomana de abuela—. Has estado decaída todo el día.

—No, no lo he estado —le espeto. Solo de pensar en ir a la escuela mañana me pongo de mal humor. Michael, la nota, toda esa fealdad.

—¿Alicaída? —Abuela levanta la vista hacia mí con irritación. Noto que todavía está brava conmigo por las orejas de Lolo. Cuando llegamos a casa el sábado pasado, armó tremendo alboroto y me hizo cortar una hoja de la sábila que está frente a su ventana para ponerle el gel en las ampollas. También se ha quejado toda la semana. Incluso hoy en la cena del domingo, actuó como si todo le molestara. Espero que se le pase para el Día de los Abuelos el miércoles próximo o va a ser desagradable tenerla en la escuela.

—Lo que a esta niña le hace falta son unos cuantos quehaceres por aquí. Los deberes podrían enseñarle más responsabilidad. —Me mira con dureza, recordándome otra vez que no cuidé a Lolo la semana pasada como le había prometido.

—Ay, mamá —dice tía—. Ya deja a la niña en paz.

¿Más deberes? ¡Imposible! Me tomó una hora organizar la caja de costura de abuela esta mañana. (Mami dijo que era un canje justo por todos los problemas que causé en la escuela, cosa que yo sigo pensando que *no* fue mi culpa). Además, ayer fui en bicicleta sola a buscar nuestro pan del domingo porque Lolo dijo que estaba un poco cansado y *después* cuidé a los mellizos mientras tía trabajaba en la casa de locos que es El Caribe los domingos. Ahora estoy aquí después de la cena porque me encasquetaron que aguante una caja de alfileres mientras tía Inés se prueba unos *jeans* nuevos para ajustarlos.

Abuela camina alrededor de ella y frunce el ceño. No sé si es porque está enfadada conmigo o porque, a pesar de un espacio holgado en la cintura, los pantalones a tía como que le quedan un poco apretados en el fondillo.

—¿Para qué clase de mujeres cosen estos pantalones? —murmura—. ¿A nadie se le ocurrió pensar en las caderas? —Pellizca el espacio holgado—. También te voy a reemplazar esta cremallera, Inés. La cosieron jorobada; ¿no lo notaste? Tiene más curvas que un rio.

Tía Inés baja la vista, sorprendida.

—Entonces por eso es que estaban en rebaja.

Abuela sacude la cabeza.

—¿Acaso no te he enseñado nada en todos estos años? Tienes que tener cuidado cuando compres de una repisa de rebaja. —Levanta la vista y me mira—. Búscame la tiza y las tijeras buenas, por favor, Merci.

Camino hacia el clóset, le paso por al lado a Tuerto, que duerme en un estante, acurrucado dentro de una canasta de retazos de tela. Le acaricio las mejillas mientras reviso mi teléfono a ver si Michael por fin me ha respondido. No lo ha hecho. Le envié un texto el viernes por la noche para ver si estaba bien, pero no me ha contestado en todo el fin de semana. No sé qué significa eso. ¿Está enfadado o tiene daño cerebral? En cualquier caso, es malo.

Respiro profundamente y camino al fondo del clóset, empujo a la Boba, el maniquí sin cabeza que abuela tiene ahí. Luce espeluznante. Es la tela negra que forma su torso y los alfileres clavados en su cuello sin cabeza. Además, las ruedas en su base de metal hacen un extraño chillido cuando la mueves, no importa la cantidad de veces que Lolo las engrase. Suena como si gritara. Naturalmente, a los mellizos les encanta esta cosa. Cuando abuela no los ve, les gusta ponerle una sábana encima a la Boba y la empujan por el cuarto, fingiendo que es un espíritu que nos persigue. La miro fijamente por un minuto en lo que saco el coraje para alcanzar la tiza y las tijeras que están en la cesta detrás de ella. Ella no tiene ningún poder, me digo. ¿Qué me va a hacer? Después de todo, no tiene cabeza con la cual pensar sus propias ideas, ni manos para defenderse, ni piernas para moverse a donde quiera. Tan solo está atrapada ahí, dejando que la gente la mueva de aquí para allá, dejando que la vistan como quieran, diciéndole lo que tiene que hacer. Tal vez no somos tan diferentes. Le doy un par de vueltas chirriantes y me vuelvo a poner brava al pensar en lo que pasó con Michael.

Agarro la tiza y las tijeras que ponen en el mango «NO TOCAR, POR FAVOR», para evitar que los mellizos las agarren para jugar a ser barberos. Se las llevo a abuela.

—No demasiado suelto, mamá —dice tía—. Se va a ensanchar.

Abuela sube las cejas.

—¿Quién es la experta aquí, Inés? Date la vuelta.

Tía tiene puestos zapatos de tacón para probarse la ropa. Son sus zapatos de bailar cuando toma las clases de baile gratis en el Palacio del Tango en el pueblo. Se aclara la garganta.

—Antes de que se me olvide, mamá —dice—: le saqué otra cita médica a Lolo.

Abuela marca una V en la costura trasera de los pantalones de tía.

—¿Una cita para qué? El doctor Gupta lo vio en marzo. —Levanta la vista y se pone la mano en el corazón—. ¿Esa quemadura luce como que le va a dar cáncer de piel?

—¿Podríamos ser razonables? —Los ojos de tía se desvían hacia mí y hace una pausa—. Es que Enrique, Ana y yo lo hablamos. Queremos estar arriba de la bola, eso es todo.

Se me paran las orejas. ¿Estar arriba de qué bola? ¿Es esto de lo que hablaban en la cocina la semana pasada?

La boca de abuela está tensa mientras pone los alfileres en la cintura.

—Bueno, espero que hayan disfrutado su conversación privada. —Clava unos cuantos alfileres más a través de la mezclilla—. Si se hubieran molestado en preguntarme, les habría dicho que esas citas no tienen ningún sentido. ¿Qué hacen esos doctores? Nada, excepto hacer que te enfermes de la preocupación.

El aire alrededor de nosotras de repente se pone espinoso, pero no me quiero perder nada. Finjo que estudio todas las fotos de familia que abuela tiene pegadas con tachuelas en las paredes. Ha tomado fotos de nuestro primer día de escuela desde que Roli tenía seis años. A pesar de eso, abuela es una terrible fotógrafa. Casi cada toma esta fuera de foco o a alguien le falta la cabeza.

—Mamá... —dice tía, suspirando.

Pero a abuela no hay quien la pare y su voz se hace más y más alta.

—¿Y por qué ya nadie hace visitas a la casa? ¿Cómo se supone que dos ancianos hagan para llegar a todas esas citas? ¿Con esos tontos servicios de transporte gratuito que nunca vienen a tiempo? Y ni siquiera tengo ganas de empezar a decirte de los costos. Te cobran un ojo de la cara y luego lo usan para pagar sus elegantes vestíbulos con cascadas y acuarios. ¡Qué bobería! ¡Deberían venir a ver a sus pacientes y olvidarse de todo ese rollo! Yo te digo a ti que ya no hay respeto para la gente de nuestra edad...

—Roli te puede llevar si ni Enrique ni yo podemos —dice tía exasperada—. Solo está a una milla.

Abuela se queda boquiabierta y se lleva la mano al pecho.

—¿Roli? ¿Acaso tú no nos quieres? —pregunta—. Yo estaría más a salvo pidiéndole a abuelo que me llevara en el manubrio de su bicicleta.

OK, eso podría ser verdad. Por una vez, sin embargo, estoy agradecida de que Roli no esté aquí para esto.

—Lolo tiene que ir al doctor. —La voz de tía de pronto se vuelve pesada. Casi puedo escuchar lo que ella no dice: «Y esa es la última palabra».

Abuela la fulmina con la mirada. Me pregunto si llegará

alguna vez el día en que yo mangonee a mami o a papi del modo que tía ha hecho con abuela. Ni me lo puedo imaginar. Me parece que el mundo está patas arriba.

—Bueno, estamos ocupados esta semana —dice abuela, furiosa—. Tenemos un evento en la escuela de Merci. Es el Día de los Abuelos. Y lo hemos esperado con muchas ganas.

Tía inclina la cabeza.

—Es el miércoles próximo, ¿no es así, Merci? Vi el volante en tu refrigerador.

Asiento con la cabeza, atrapada en el medio. A abuela no le gusta que la mangoneen, pero, por otra parte, tía solo intenta ayudar.

No sé de parte de quién me voy a poner, así que me quedo ahí, sin saber qué decir.

—Tenemos otros cuatro días para que escojan —dice tía—. Escoge uno.

Abuela la ignora.

—Quítate los pantalones, Inés —dice.

Tía suspira y se quita los *jeans* cuidadosamente para no arañarse.

—Llámame a los niños, Merci —me dice en voz baja—. Se está haciendo tarde y mañana tienen escuela.

Pongo los alfileres en la caja y me apresuro a salir, encantada de alejarme de esta conversación.

Cuando llego a la cocina, me encuentro un reguero.

En la mesa hay tres platos con sobras de sándwiches y vasos con jugo de naranja a medio beber. Además, el pomo de mayonesa y las lascas de jamón están a temperatura ambiente. Si Roli viera esto, nos daba una lección sobre botulismo.

Sin embargo, Lolo está justo fuera de la ventana, quitando las últimas flores del verano que están quemadas por el sol e inundadas. Los mellizos también están con él. Empapados de pies a cabeza, llenan un cubo con una manguera. A sus pies hay unas brochas de pintar y unos rodillos.

Pongo los platos en el fregadero y abro el grifo para ponerlos en remojo. Entonces abro la ventana de par en par y grito:

—¿Y ustedes dos qué están haciendo?

—Pintando la casa —dice Axel y mete su brocha en el cubo de agua—. ¿No lo ves?

Tomás pasa el rodillo tan alto como alcanzan sus brazos flacuchos y deja una oscura mancha de agua en el estuco.

—Es pintura invisible —aclara.

—Por eso no la puedes ver —dice Axel.

—A no ser que seas mágica —dice Tomás.

—Y tú no eres mágica —añade Axel.

—Dice su mamá que se acabó —les digo—. Ya es tarde y mañana tienen escuela.

Tomás me responde con una sonora trompetilla.

Lolo lo mira.

—Ya hablamos de esto, Tomás. ¿Así es como se comporta un caballero? —lo regaña.

Enjuago los platos y los pongo en el escurridor. Entonces limpio con un paño las migajas que hay en el piso y recojo la mayonesa y el jamón para ponerlos de vuelta en el refrigerador.

Pero cuando abro la puerta del refrigerador, encuentro algo extraño. Hay un enorme par de espejuelos redondos en la gaveta de los fiambres.

Los de Lolo.

Una voz en mi interior me dice que cierre la gaveta y finja que no los he visto. Pero entonces pienso en abuela y en lo que va a decir si los encuentra antes que Lolo.

Agarro los espejuelos.

La armadura es tan grande y los cristales son tan gruesos. Son un poco ridículos, incluso feos... especialmente ahora que están todo rayados. Me quito los míos y me pruebo estos y me maravillo mientras la habitación pierde forma y se inclina hacia un lado. Es raro que nos hagan falta cosas tan distintas para ver. Me los quito y me los pongo en el bolsillo antes de salir al patio.

—¿Por alguna casualidad has estado buscando algo?

—pestañeo un montón de veces para darle una pista a Lolo.

—¿Quién, yo?

—Sí, tú.

Me saco los espejuelos de Lolo del bolsillo y se los entrego.

Una mueca le nubla la cara, pero pasa rápidamente. Se ríe de buena gana y se los pone, limpiándoles los cristales empañados.

—Ya pensaba yo que las cosas se veían un poco borrosas.

No me pregunta dónde estaban ni por qué están tan fríos.

No me atrevo a preguntar por qué estaban en el refrigerador. La pregunta me amarga la boca mientras él se vuelve a seguir quitando el resto de las plantas mustias. Es como si tuviera delante de mí a un guardia de cruce escolar con una gigantesca señal de pare.

En vez de eso, les tiro manotazos a los mosquitos que zumban cerca de mis piernas y noto varias ronchas en el cuello y los brazos de Lolo en donde los insectos se han estado dando banquete.

—Estás lleno de picazos. Abuela va a armar un alboroto. —Le pongo el dedo a su cuello para que pueda sentir las ronchas—. ¿Ves? Adentro tenemos espray. ¿Quieres que te lo busque?

—Yo voy. —Sus ojos van rápidamente de Axel a

Tomás—. Comiencen a limpiar, muchachos —les dice en voz alta.

Espero a que la puerta de tela metálica dé un portazo detrás de él antes de caminar hasta los mellizos. Están completamente involucrados en su juego, con miradas serias mientras mueven las brochas arriba y abajo en su trabajo de mentirita. Yo también solía jugar así. Roli y yo hacíamos una nave espacial con los cojines del sofá, en una balsa hecha de cajas de cartón mientras cruzábamos el Amazonas. Ahora, no sé por qué, pero la simple visión de los mellizos jugando me pone a rabiar. Es una cosa tonta e inmadura. Todo lo que hacen es fingir.

—Eso solo es agua, por si no lo sabían.

Me ignoran y siguen trabajando, pero no puedo evitar querer arruinarles el juego. Una idea me pasa velozmente por la cabeza y aunque sé que no es verdad, deseo que lo sea.

—No tiene ninguna gracia cogerle las cosas a Lolo y escondérselas —digo, más alto—. Especialmente sus espejuelos. No puede ver sin ellos.

Tomás es el primero en volverse.

—Yo no le escondí los espejuelos a Lolo —dice.

—Yo tampoco —dice Axel.

Casi no los escucho por cuenta del zumbido en mis oídos y la satisfacción de fastidiarlos. Ellos son la razón por la que no juego fútbol, así que no es difícil estar enfadada con ellos. ¿Y quién puede asegurar que no fueron ellos quienes escondieron los espejuelos de Lolo? No es tan descabellado. Han mentido en muchas ocasiones respecto a cosas que han roto, ¿no es así? El jarrón de tía Inés. La jovencita de porcelana con los cubos de agua que abuela tenía. El modelo de nave espacial de Roli. ¿Quién les va a creer?

Les suelto mi mirada de carcelera y me yergo sobre ellos.

—Los escondieron en el refrigerador y eso es una broma cruel. —La acusación me sale de la boca con facilidad.

—¡Lolo! ¡Merci nos está fastidiando! —grita Tomás a toda voz y se vuelve hacia mí—. Vete. —Sacude la brocha en mi dirección como si fuese una varita mágica que estuviera usando contra un ogro. El agua sucia me salpica la cara y antes de que pueda pensar en verdad, lo agarro fuertemente por la mano y lo sacudo.

—¡Basta ya, mentiroso!

Cierra los puños y me golpea en los muslos, llorando. Un segundo después, Axel también llora a moco tendido.

—Pero, ¿qué pasó? —Lolo sale de la casa abrochándose la camisa.

Tía Inés sale por la puerta justo detrás de él.

—Tranquilícense. ¡En cualquier momento los vecinos van a llamar a la policía!

—No es nada —digo entre dientes.

—Es culpa de Merci —grita Axel—. ¡Ella es mala!

En concordancia con él, Tomás se chupa el pulgar y me lanza dagas con la mirada.

—Ya, ya, ya —les dice Lolo y los acoge en sus brazos—. Vamos a calmarnos todos. Aquí nadie es malo. ¿Qué pasó?

Por un instante, no sé qué decir. Yo lo empecé, por supuesto. Yo sé que esa es la verdad y que está mal. Pero cuando miro a Lolo, veo sus espejuelos jorobados y que se ha abrochado la camisa incorrectamente, como hacen a veces los mellizos. Esta visión de él hace que me ponga furiosa de nuevo.

—Dije que no es nada —insisto—. ¡Ellos están cansados y de mal humor, eso es todo! Se están portando como los malcriados que son. —El párpado me tiembla y comienza a bajarse.

—¡Mentirosa! —dice Axel.

—Merci, no les digas malcriados —dice tía Inés—. Tú eres mucho mayor que ellos. Demasiado mayor como para enojarlos de este modo.

—Entonces búscate a alguien más para que te los cuide —digo—. ¡Yo no soy tu sirvienta!

—Mercedes.

La voz de papi me hace pegar un brinco. Me sacude desde abajo como si fuese un trueno al otro lado del patio.

Ha salido de la casa en camiseta a ver qué está pasando. Mami viene detrás de él.

—¿Y todo esto a qué se debe? —dice.

—Detesto tener que cuidarlos —grito—. ¡Detesto tener que cuidar a todo el mundo!

Y entonces, como las lágrimas calientes me brotan de los ojos, le doy una fuerte patada al cubo de agua de los mellizos y atravieso el patio rumbo a casa.

CAPÍTULO 17

ES DIFÍCIL VER EL LADO bueno de que te castiguen una semana, excepto que a lo mejor comienzas a apreciar cualquier tipo de diversión, incluso si viene en la forma de un proyecto escolar.

—¿A que no adivinan? Hoy han dejado atrás Seaward Pines —nos dice la señorita Tannenbaum.

Oh, si tan solo fuese posible… Esta mañana anunciaron los nombres de las niñas que integran el equipo de fútbol. Tuve que bajar la cabeza.

—En su lugar, ¡hoy todos están en una escuela de escribas!

Hemos comenzado una unidad sobre los jeroglíficos. Ella sujeta un viejo sombrero blando y camina por el aula con él mientras nos dice que escojamos un nombre.

—Este será su nuevo amigo por correspondencia para la tarea de esta noche. Tendrán que escribirle una nota en inglés a esta persona usando la escritura de los antiguos egipcios.

Señala al bulto de papiros enrollados, los marcadores y los lápices de colores que están cerca de su escritorio y nos da una copia de los códigos para que los usemos de clave, como una piedra de Rosetta.

Le doy otro vistazo a la mochila abierta de Michael mientras la señorita Tannenbaum circula por el aula. He intentado entregarle mi sincera carta de disculpas todo el día, pero no ha habido mucho tiempo en el que él ha estado solo. La gente le ha caído encima como si fuera una celebridad, gracias en parte a los dos puntos de sutura que tiene en el labio. En su taquillero. En el comedor. En los pasillos. Ya no tiene el labio inflamado, pero le puedes ver la postilla y los moretones, incluso desde el otro extremo del aula. Naturalmente, todo el mundo ha armado tremendo alboroto por su cuenta, sobre todo Edna. Lo que no daría yo por haberle dado ese pelotazo a ella en vez de a él. La primera pregunta que le hizo fue:

—Bueno, tus padres le van a poner una demanda judicial a Merci Suárez? —Entonces se puso a contemplar embobecida su mentón amoratado—. Mi papá es médico. Él te podría mirar eso, por si no lo sabías.

—Yo le rompí el labio, Edna —le dije—. No las uñas de los pies.

—Ja —Hannah se tapó la boca cuando Edna se dio la vuelta para fulminarla con la mirada.

De todos modos, me alegra que no haya sufrido daños cerebrales. Tampoco pienso que esté enfadado conmigo. Lo escuché decirle a Edna que su mamá le quitó el teléfono durante todo el fin de semana porque la señorita McDaniels le dijo que él estaba violando las reglas de la escuela cuando se lesionó. Espero que sea por eso que no haya respondido a mi mensaje.

Miro a la amiga por correspondencia que me asignaron: Lena, quien se sienta en primera fila y se traquea los nudillos. En verdad no la conozco porque esta es nuestra única clase juntas. Además, durante el almuerzo, por lo general se sienta afuera a leer sola. El fin de semana se dio un corte de pelo medio punk, con las puntas teñidas de azul. Se parece un poco a un erizo.

Me deslizo el sobre con la carta de disculpas debajo del brazo para esconderlo y camino al frente de la clase. Edna levanta la vista cuando le paso por al lado a buscar mi papiro. Busco en la cesta de plástico de los marcadores, tomo un par, entonces regreso a mi silla por el camino más largo y dejo caer mi nota en el bolsillo externo de la bolsa de Michael.

Lena es la única que parece darse cuenta. Sin embargo,

cuando sus ojos se encuentran con los míos, mira hacia otra parte.

—¿Qué haces? —me pregunta Roli.

Hace calor en nuestro cuarto. Mami a veces apaga el aire acondicionado cuando la factura de la electricidad es demasiado alta o cuando el calendario dice que estamos en el otoño, no importa cuál sea la temperatura. Lo que quiere decir que la habitación en la que cumplo mi castigo es calurosa y pegajosa. Además, un mosquito del tamaño de un murciélago pequeño encontró la manera de traspasar la puerta de tela metálica.

—Estoy escribiendo una carta, como la mayoría de los encarcelados.

Me limpio el sudor del cuello. Tengo puestos un *short* y una camiseta sin mangas, y mis marcadores están desperdigados por todo el escritorio. Por una vez, me adueñé del espacio antes de que Roli pudiese acapararlo. Eché hacia atrás sus documentos, su modelo del cerebro y el frasco de cristal con los fósiles encerados, para así poder trabajar.

Roli toma uno de los pergaminos y lo escanea. Hasta el momento, estoy en la tercera parte de mi mensaje en jeroglífico.

—¿Escribes una carta o todo un libro? —dice.

—Las imágenes ocupan demasiado espacio —digo.

Se tira en la cama y suspira mientras se queda mirando al techo.

—Mami dice que te hable.

—¿De qué?

Hace una pausa.

—De la escuela y esas cosas.

—Bueno, pues no lo hagas —digo mientras coloreo las alas de la lechuza que representa la M.

Se queda quieto un momento, pero luego se apoya en los codos.

—¿Te acuerdas de cuando yo era el embalsamador en la clase de la señorita Tannenbaum?

—¿Este es el comienzo de una «charla»? —digo.

—¿Pero lo recuerdas?

Levanto la cabeza. Él era nuevo en Seaward ese año. Abuela cosió unas toallas blancas para que se las pudiera envolver alrededor de la cintura. Trenzó una larga cuerda para que se la pudiera poner alrededor de la cabeza. Iba con el pecho desnudo y con sandalias; llevaba el cincel y el martillo de papi. Se delineó los ojos con el delineador de tía. Cuando le contó a la audiencia acerca de los preparativos de ultratumba, todos le creímos.

—¿Te acuerdas del niño que hizo el papel del muerto?

—pregunto—. Daba miedo.

—James Tucker. Se podía quedar más quieto que una iguana. Creo que se quedó dormido.

—Y luego vino lo de tu garfio para el cerebro —digo y me estremezco. Era la única aguja de hacer crochet de abuela, pero cuando Roli describió la extracción del cerebro a través de las fosas nasales, sonó demasiado real. Una de las maestras en práctica, de hecho, se puso pálida. Mami tuvo que ayudarla a sentarse.

—OK, *eso* a lo mejor fue un error. —Me empuja con su pie apestoso.

Le doy los toques finales a mi carta a Lena y le paso las páginas a él.

—¿Qué te parece? ¿Lo puedes leer?

Comienzo a darle la página con el código, pero Roli levanta la mano y me detiene. A él le encantan los rompecabezas. Además, su memoria es un búnker de metal. Lo veo mover los labios en lo que mira los jeroglíficos.

Me lo devuelve.

—Tal vez podrías reconsiderar la parte en la que dices que su peinado hace que su frente luzca más pequeña.

Al día siguiente, en estudios sociales, la señorita Tannenbaum entrega las notas que hemos escrito a nuestros misteriosos amigos por correspondencia. Están amarradas en pergaminos y van etiquetadas con el nombre de la persona que las recibe.

—Tienen que leer la carta que le han enviado y escribir la traducción debajo —dice—. Su nota para esta prueba consiste en dos cosas: el esfuerzo que pusieron en construir la carta a su compañero de clase y su precisión en descifrar el mensaje que han recibido. Yo voy a caminar por el aula con mi libro de calificaciones en veinte minutos.

David pone la cabeza en su escritorio.

—Nadie dijo que tenía que ser larga —se queja—. ¿Alguien mencionó eso?

—Comiencen —dice la señorita Tannenbaum.

Le doy un vistazo a Lena con el rabillo del ojo mientras ella comienza a trabajar. Luego desato mi pergamino. Es una nota bastante corta, así que inmediatamente pienso que es de David.

Pero hay un billete de cinco dólares y una bolsa con caramelitos de goma pegados al fondo con cinta adhesiva. Me quedo de piedra y me pongo los caramelos y el dinero en el regazo en lo que empiezo a descifrar.

No soy tan veloz como Roli, pero doy con el significado rápidamente, aunque el mismo símbolo es usado para la *E* y la *I*, lo que lo hace más difícil.

Querida Merci:
Un trato es un trato.
Michael

Bueno, tampoco es que le vayan a dar puntos por ser el gran conversador. Pero vaya. Cinco dólares. Miro a través de la habitación. Michael me ve. Sonríe, pero entonces la postilla en su labio se cuartea y hace un gesto de dolor y voltea la cara.

—¿De quién es la tuya? —susurra Jamie mientras me toca en la espalda con el lápiz.

Finjo que vuelvo a trabajar.

—No sé —digo.

Esa noche, mami me envía a jugar dominó con Lolo.

—El Día de los Abuelos es la semana que viene —me dice—. No se permiten rencores. Ve y haz las paces con Lolo y abuela.

Estamos en la cocina en lo que abuela termina de preparar la cena. Esto es típico de cómo pedimos disculpas por estos lares. Comida y dominó. Los bistecs empanizados son mis favoritos, así que esta noche como aquí solita. Sin Roli. Sin los mellizos. Y Lolo tiene oportunidad de jugar su juego favorito. Es la perfecta ofrenda de paz.

Lolo desliza un doble cinco en la mesa y lo pone en la hilera de fichas.

—Oye, tramposo —digo—. Pusiste la que no era. Te hace falta un cuatro para jugar.

Mira más detenidamente y retira su ficha.

—Un cuatro… tienes razón.

Se ajusta los espejuelos y estudia sus opciones.

—¿Y cómo te fue en la escuela, preciosa? No me has contado nada. ¿No hay nada especial que tengas que contar?

Me encojo de hombros. Toda la semana, he hecho mi mayor esfuerzo por olvidarme del equipo de fútbol. Si tan solo no tuviera que hacer el trabajo de Lolo y ayudar a cuidar a los mellizos, mami habría firmado la planilla de autorización. También me habría puesto una camiseta de fútbol en la escuela y todo el día me habrían felicitado con choques de puños por entrar al equipo.

Respiro profundo y me meto la mano en el bolsillo.

—Mira. —Le muestro la nota de Michael y le explico lo del dinero. Lolo no puede descifrar el mensaje, así que por fin se lo leo en voz alta.

—¿Qué te parece eso? —pregunto.

—Que es un hombre de palabra. Eso siempre es una buena señal.

Pero abuela deja de machacar la carne con un mazo y se vuelve hacia mí. Levanta las cejas.

—Quizá ese huevo quiere sal —dice.

¿Quizá ese huevo quiere sal?

—¿Y eso qué quiere decir? —pregunto.

—Sío —le dice Lolo—. Merci está muy jovencita para los romances.

—¿Romances? —digo yo—. Qué asco.

Abuelo les echa un vistazo a sus fichas.

—Paso —dice, aunque yo le veo una ficha con cuatro puntos en el borde de la mano. No debería pasarse.

Los ojos de abuela se posan en mí mientras jugamos.

—¿Muy jovencita? El tiempo pasa para todos nosotros, viejo —dice en voz baja.

Entonces mete el primer pedazo de carne en el pan rallado y lo deja caer, entre salpicaduras, en el aceite.

CAPÍTULO 18

LOLO NO QUIERE IR.

Tiene puestos sus pantalones marrones con pliegues y una camisa. Está bien peinado. Pero hay algo que anda mal. En chancletas, camina de un lado a otro en el porche.

—Leopoldo Suárez —dice abuela—, ponte los zapatos. Vamos a llegar tarde al Día de los Abuelos. Los niños nos están esperando.

Lolo la mira con dureza.

—Déjame en paz.

Roli y yo intercambiamos miradas. Estamos parados aquí desde hace diez minutos y Lolo se está enfadando más y más, aunque ninguno de nosotros sabría decir por qué.

—Pero, Lolo —digo—, yo te hice una etiqueta con tu nombre y todo. Es como el año pasado. Esta mañana puedes venir conmigo a mis clases y contarles lo del béisbol. Yo te voy a llevar al terreno.

Se da la vuelta y camina al otro extremo del porche.

—¡Viejo! —Abuela se pone los aretes y pierde la paciencia—. ¡Por favor! ¡Esto es importante!

Sin advertencia, Lolo se abalanza sobre ella. Tiene la cara muy roja y abre y cierra los puños.

—¡NO VOY A IR! —grita.

Nunca he visto a Lolo hablarle así a abuela. Jamás. Abuela es la gritona. Pero ahora mismo, si no lo conociera bien, juraría que Lolo estaba a punto de lanzarle un puñetazo a abuela.

Abuela suelta un grito apagado y Roli se interpone entre los dos en un abrir y cerrar de ojos, haciendo un esfuerzo por aguantar a Lolo.

—¿Qué haces? —le grita—. ¡Para!

Pero Lolo lo empuja con fuerza.

—Busca a papi —dice Roli, todavía intentando mantenerlos separados. Yo estoy congelada en mi sitio por una fracción de segundo, pero luego mis pies salen a la carrera hacia la casa.

—¡Nos hace falta ayuda con Lolo! —grito por la ventana de la cocina—. ¡Vengan rápido!

En un santiamén, papi viene corriendo. Mami le sigue los pasos, todavía en chancletas.

Papi se acerca a Lolo y comienza a apartar a Roli.

—Cálmate, papá —dice en voz baja. Respira profundo.

—¡Que no voy a ir! —vuelve a gritar Lolo—. ¡No voy! —Y luego suelta una sarta de palabrotas, palabras que se supone que yo jamás debo decir. Se puede escuchar el eco que hacen en nuestro patio.

—No tienes que ir —dice papi con una voz calmada—. Nadie te está obligando. Solo cálmate.

Lolo mira a papi con mala cara y vuelve a caminar apresuradamente hasta el otro extremo del porche, como un ogro.

Mientras tanto, mami lleva a abuela a la mecedora del porche. Abuela tiene la cara pálida y las manos le tiemblan.

—¿Te lastimaste? —susurra mami. Luego levanta la vista a Roli—. ¿Y tú?

Nunca he visto a Roli así. Se mete la camisa por dentro y se alisa el pelo, pero incluso desde aquí veo que se le han aguado los ojos. Verlo así me da miedo.

—Estoy bien —dice.

Papi se aclara la garganta.

—Yo me ocupo de esto, Ana —le dice a mami—. Lleva a estos dos a la escuela.

—Pero, papi. Hoy es el Día de los Abuelos. La señorita McDaniels y todo el mundo esperan que Lolo…

—Silencio, Merci. —Papi se saca las llaves del bolsillo y se las tira a Roli—. Enciéndele el carro a tu mamá —le dice papi—. Van a llegar tarde.

Roli las atrapa y camina ofendido sin mirar atrás.

Ahora me toca a mí quedarme ahí parada, con lágrimas en los ojos.

—¡Ay, Dios mío! —Abuela todavía tiene las manos en el cuello mientras me mira—. Esto es un desastre. Denle un vaso de agua. Podemos ir un poco más tarde cuando él se haya calmado.

Papi la interrumpe.

—Él no va a ir y ponernos a discutir por eso no va a resolver nada.

—A lo mejor yo debería quedarme en casa —dice mami.

Papi se vuelve a mirarla.

—Está bien, Ana —dice—. Yo me ocupo de esto. Ve.

Estoy enfadada durante todo el trayecto a la escuela porque 1) voy sin abuelos y 2) nadie quiere explicar nada.

—Pero, ¿por qué estaba tan furioso?

—Shh, Merci. Deja que Roli se concentre. Ya hemos tenido suficiente drama para una mañana.

—¿Se pelearon entre ellos? ¿Todavía Lolo está bravo porque les grité a los mellizos?

—Silencio, por favor.

—¿Le iba a pegar a abuela? ¿O a Roli? Le dio un empujón, por si no lo sabías.

—*Basta* ya. —Su voz es cortante—. Ni una palabra más.

Me recuesto al espaldar y miro por la ventanilla el resto del camino, mientras hiervo de la rabia. Cuando llegamos a la escuela, Roli se baja del carro de un salto y agarra su mochila.

—¿Vienes? —me dice.

Me vuelvo y lo ignoro. Él y mami intercambian miradas mientras yo me quedo en el asiento trasero.

—Ve tú —le dice mami.

Lo veo caminar por el sendero en lo que mami se cambia al asiento del conductor y ajusta el espejo retrovisor a su estatura. Luego se vuelve hacia mí.

—Cuando te tranquilices, tienes que salir del carro, Merci.

—Me gustaría pedir el día libre, por favor.

—No.

—Pero yo voy a ser la única sin al menos uno de sus abuelos ahí.

—Lo dudo mucho. Las familias estos días viven muy lejos. No todo el mundo tiene la suerte que tienes tú de tener a tus abuelos cerca.

Me quedo boquiabierta.

—¿Suerte? ¿Qué tiene que ver la suerte con lo que pasó

esta mañana? Lolo actuó como un loco de remate.

—No vuelvas a usar esa palabra para referirte a tu Abuelo —Cierra los ojos y suspira—. Hay cosas que pasan con el tiempo, Merci —dice mami por fin—. Crecemos y nos ponemos viejos. Tenemos que respetar cómo cambian las cosas y ajustarnos.

Sus palabras se le salen de la boca y me ponen más furiosa.

—¿De qué tú *hablas*? —digo, interrumpiéndola—. Todo es un bla, bla, bla. ¡Nadie me dice en verdad qué es lo que anda mal!

La voluntaria del tráfico matutino se vuelve hacia nosotras para ver por qué nos está tomando tanto tiempo. Tengo la cara caliente y el ojo comienza a tirar para una esquina.

—El parqueo de una escuela no es el momento ni el lugar para hablar de estas cosas —dice mami—. Por ahora, lo que tienes que saber es que hemos tenido una mañana mala. Eso le pasa a la gente todos los días. Ahora, *por favor*, no empeores las cosas. Sal del carro. Trata de sacarte esto de la mente y aprovecha el día.

Por supuesto que *no* disfruto mi día.

Bastante fastidia el no tener abuelos elegantes cuyos nombres estén escritos a cincel en los ladrillos. Pero es incluso peor pensar en Lolo abalanzándose sobre abuela con esa cara tan terrible. Incluso al almorzar con la nana de Hannah, todavía recuerdo sus gritos y la mueca fea que hizo con la boca cuando dijo que no vendría.

Mami tenía razón al menos respecto a una cosa. Hay varios niños cuyos abuelos no vinieron porque viven muy lejos. De hecho, los abuelos de Edna no están aquí porque viven en California, y los de Michael en Minnesota. Y los abuelos de Lena están todos muertos. Así que todos más o menos compartimos. Cuando llega la hora del arte, Lena pinta acuarelas con el abuelo de Ari, que tiene puesta una corbata de lacito. Edna pasa el rato con Meme, la abuelita de Jamie, y escucha sus largas historias de cuando ella era una estudiante de fotografía en Francia durante los disturbios callejeros. Sin embargo, noto que Jamie le pone los ojos en blanco a su abuela en un par de ocasiones. Supongo que todos los abuelos a veces son bochornosos, o a lo mejor ya todos estamos un poco mayorcitos para el Día de los Abuelos, después de todo. En fin. Me quedo con Hannah. Su abuela tiene puesto un brillante chándal rosado, porque es una experta corredora de maratones. Nos muestra su reloj que cuenta los pasos, la distancia y las calorías.

Todos los abuelos son agradables.

Pero ninguno de ellos son los míos.

Esa tarde, cuando llego de la escuela, me cambio de ropa y me voy con paso lento a casa de abuela. Me muevo un poco como Tuerto cuando cruza la calle, con cautela y a la escucha de sonidos en lo que voy al patio trasero. Ni siquiera los mellizos están en los alrededores. Me quedo parada frente a la puerta de tela metálica de abuela un largo rato antes de tocar. Todo está tranquilo. Solo se escucha el bajo murmullo de un radio en la repisa de la ventana.

—Lolo está durmiendo la siesta —dice abuela cuando por fin viene a la cocina y me ve afuera.

Abre un poco más la puerta y me da dos galletitas y un sobre. Veo que otra vez anda con sus ropas de andar en casa, pero todavía tiene puestos los aretes especiales de perlas que llevaba esta mañana.

—Dales esto a esa gente agradable en la oficina administrativa —susurra—. Una pequeña donación de nuestra parte. —Luego me toma la mano y me la aprieta—. Lo siento que no pudimos ir, Merci.

CAPÍTULO 19

HE ESPERADO A MAMI AFUERA en el área de descanso del Lourdes Killington Residence en Palm Beach por más de una hora. Es un lugar elegante en el centro, donde viven muchas personas mayores, si se pueden dar el lujo. El año pasado, los estudiantes de quinto grado cantamos aquí durante las fiestas. Después de eso, bebimos chocolate caliente y jugamos a las damas, a pesar de que era un día soleado y la temperatura estaba por encima de los 30 grados centígrados. Hannah por poco se desmayó en su gorro de Santa Claus ese día. Ahora yo estaría sudando a mares, de no ser por el viento. Las ráfagas son lo suficientemente fuertes como para tumbar algunas de las sillas de plástico a mi alrededor. El meteorólogo dijo que hay un pequeño huracán en alta mar. No viene en nuestra dirección, pero al menos nos ha dado esta brisa agradable.

De todos modos, mami dijo que deberíamos pasar tiempo juntas ya que ella ha estado tan ocupada últimamente. Me quiere compensar, dice. El fútbol. El desastre del Día de los Abuelos. Pero, como es usual, todo hay que organizarlo en función de su trabajo. Es el fin de semana del Día de la Raza. Mucha gente se ha ido de viaje, pero nosotros no. Mami está impartiendo una conferencia, para la que ha estado practicando. Es acerca de cómo las personas mayores pueden mejorar su equilibrio para que no se caigan. Mami intentó hacer que Lolo y abuela practicaran anoche pidiéndoles que cerraran los ojos y que se pararan en una sola pierna. No avanzó mucho. Creo que nadie está de humor para eso. «Nosotros no somos flamencos, Ana», dijo abuela y la mandó con su música a otra parte.

Yo no habría estado de acuerdo en acompañarla de no haber sido porque mami dijo que después podíamos ir a la tienda de bicicletas. Está solo a unas cuadras de aquí. Hasta ahora he ahorrado unos noventa pesos.

Estoy en una mecedora en el jardín, escuchando mi música y dejando que el viento me columpie. Mami me prometió que tardaría treinta minutos, pero yo la conozco bien. Ella siempre pierde la noción del tiempo. Mezclo mis canciones favoritas y pongo cada una dos veces. Pero cuando pasan otros quince minutos, decido entrar a buscarla.

La señora de la recepción sonríe y aprieta un botón para dejarme entrar. Tiene puestos unos *shorts* caqui y un pulóver azul, como un consejero de campamento de verano. Tiene una etiqueta que dice: «HOLA, MI NOMBRE ES GAYLE». Tiene materiales de arte a su alrededor y está ocupada recortando diseños de calabaza de cartón.

—Buenos días —dice Gayle—. ¿Estás aquí para una visita?

—No, señorita. Busco a mi mamá. Ella vino a dar una charla aquí. —Señalo al volante que está pegado a la cartelera. La cara fotocopiada de mami nos sonríe.

—Oh, sí. Eso es en el salón de conferencias O'Malley. —Usa las tijeras para indicarme un largo pasillo—. Caminas por este corredor y atraviesas la puerta doble hacia el otro edificio. Doblas a la derecha a la primera oportunidad. Lo vas a ver a tu izquierda.

Excepto por los pasamanos que están en todas las paredes, sería fácil confundir este sitio con un hotel. Grandes plantas en macetas. Pinturas elegantes. Un caballete anuncia que hoy es noche de casino y que mañana hay un concurso de comer pasteles de manzana. Hay unas cuantas gentes sentadas en la sala de estar y hay otras que juegan barajas.

Una señora me saluda con la mano mientras paso.

—Hola, corazón —me dice en voz alta y yo le devuelvo el saludo.

Atravieso unas puertas que dicen FASE II. Pero cuando llego al otro lado, no recuerdo si Gayle me dijo que doblara a la izquierda o a la derecha. Miro al fondo del pasillo y veo una enfermería al final, así que decido ir en esa dirección y pedirles que me indiquen otra vez.

Hay más silencio en esta sección y mis tenis chillan contra el piso resplandeciente. También siento un olor ligero, como si fuera un tipo de detergente. Hay habitaciones a ambos lados del pasillo. Las camas están vacías en algunas, pero en una, un hombre duerme con la boca abierta frente a un televisor a todo volumen.

Mis pies se mueven a paso de tortuga y entonces me quedo ahí parada, mirándolo fijamente, pensando de pronto en doña Rosa y en cómo murió sola.

—¿Te ayudo en algo? —Una auxiliar sale de la habitación de enfrente y me hace sobresaltar. Lleva puestos guantes azules de goma y carga sábanas y toallas. La puerta detrás de ella tiene una placa que dice SEÑORA ETHEL BLAIR.

No puedo evitar dar un vistazo más allá y ver a una señora menudita que nos mira desde su cama con los ojos bien abiertos. No sonríe para nada.

—Busco el salón de conferencias O'Malley —digo.

—Oh, yo te llevo —dice la auxiliar—. Voy para allá —dice por encima del hombro—. Regreso en un rato con su almuerzo, señora Blair. —Entonces cierra la puerta un poquito.

—¿Viniste a visitar a uno de tus abuelos? —pregunta mientras echa las ropas de cama en un carrito. Se quita los guantes y los tira en el tacho de basura que está al lado.

¿Abuela o Lolo viviendo aquí?

No me puedo imaginar tal cosa. Su casa huele a ajo, cebolla y canela. El sonido de las novelas de abuela anda a la deriva en el patio por la noche. Los zapatos de Lolo siempre están cerca de la puerta de la cocina. ¿Quién va a cocinar la cena cuando mami se atrasa, o a cuidar a los mellizos? ¿Quién va a ocuparse del jardín? Niego con la cabeza.

—No, señorita. Mis abuelos no viven aquí. Mi mamá solo vino a hacer una presentación, eso es todo. Ella es fisioterapeuta.

—Ah —asiente en lo que llegamos a una bifurcación en el pasillo—. Bueno, el salón de conferencias O'Malley está por allá —dice—. ¿Lo ves? Dobla a la derecha allá adelante.

Después de que nos vamos, todavía sigo pensando en el hombre en su habitación y en la señora Blair.

Mami y yo recorremos la abarrotada fila de bicicletas nuevas dentro de la tienda mientras el dueño alquila unas bicicletas de playa. Todo huele a neumáticos de goma y a vinilo nuevo.

—¿Qué te parece esta? —pregunta mami. Es púrpura y hace juego con el uniforme color lavanda que ella tiene puesto—. No nos va a costar un ojo de la cara.

Me encojo de hombros.

—No me gustan las flores en el manubrio.

Saca unas cuantas más, incluida una montañesa, aunque el terreno por aquí es más plano que una tabla.

Nada parece normal.

—¿Qué es lo que pasa? —dice mami—. Ni siquiera te ves tan emocionada.

Toco los neumáticos de la bicicleta más cercana y le reviso la banda de rodamiento y recuerdo la mañana de domingo cuando Lolo se cayó al pavimento.

«No se lo digas a abuela», había dicho. «Ni una palabra».

Y entonces, igual de rápido, veo a la señora Blair en su cama, mirando al mundo con esos ojos asustados. La sola idea hace que se me estruje el pecho.

—¿Esa gente no tiene otro sitio a dónde ir? —digo de sopetón.

Mami luce confundida.

—¿Qué gente?

—La señora Ethel Blair y los demás.

—¿Quiénes?

—La gente que vive en el hogar de ancianos.

Mami agarra una etiqueta con el precio y pausa.

—Bueno, eso depende. Alguna gente vive ahí porque quiere estar con gente de su misma edad a quien le gustan más o menos las mismas cosas. ¿Viste la cartelera de actividades? Yo me cansaría de tener una vida social así de ocupada. ¡No en balde cuesta tanto vivir ahí! —Saca una brillante bicicleta amarilla y niega con la cabeza al ver el precio—. Esto fue lo que yo pagué por mi primer carro.

—Pero no todo es así, mami. Vi gente que lucía... sola y enferma.

Veo que mami está intentando aguantar su sonrisa de «no está tan mal». Es como cuando nos dijo que Tuerto iba a perder un ojo después de una pelea con un mapache hace unos años.

—Envejecer no es lo mismo para todo el mundo. A algunas personas mayores solo les hace falta un poco de apoyo para ser independientes. Pero a otras les hace falta muchísima ayuda con el tiempo, Merci. Y a veces es más de lo que sus familias les pueden ofrecer en sus casas. Tienen que estar donde estén seguros.

Miro a la bicicleta y pienso en Lolo y en todas las maneras en las que se ha comportado de un modo extraño.

Vuelvo a pensar en doña Rosa y en el día que vino a quejarse de que su hijo la quería mudar a un asilo de ancianos. «¡Qué horror!», dijo abuela, temblorosa. «Esos lugares terribles».

—¿Acaso alguna vez vamos a enviar a abuela y a Lolo a vivir ahí? ¿Ellos están cambiando de ese modo?

Mami me mira durante un largo rato.

—Merci...

Mi ojo vuelve a sentir el tirón nervioso.

—Respóndeme.

—Todo el mundo cambia, mi vida. Incluso tú estás cambiando. No hay modo de detener eso. Pero esto es lo que sé con toda seguridad. Abuela y Lolo nos tienen para que los ayudemos —dice—. Tú no te tienes que preocupar por eso, al menos no por ahora.

Me pasa el brazo por encima del hombro y me lleva al próximo pasillo, en donde tienen los modelos que están fuera de circulación.

¿Cuándo será hora para preocuparse? El guardia de cruce escolar me vuelve a la mente, y me impide preguntar.

Voy de una bicicleta a otra, haciendo lo posible por lucir interesada, pero no le pongo el corazón.

—Vámonos —le digo a mami después de un rato—. Aquí no hay nada que me guste.

CAPÍTULO 20

EL OTOÑO EN LA FLORIDA no es como lo muestran en los libros, con la gente abrigada y unas hojas coloridas que caen de los árboles con el viento. Ocurre de maneras más pequeñas que la gente apenas nota. El calor comienza a disiparse, así que cenamos en el patio. La gente que viene de lugares fríos como Michigan y Canadá de repente comienza a aparecer por El Caribe para abarrotarlo incluso más. Abuela y Lolo plantan un lecho de flores para que duren el invierno.

En Seaward, sabemos que ha llegado el otoño cuando comienza el festival. Este año, además, cae en Halloween, lo cual es perfecto. Yo soy parte de los organizadores, porque los estudiantes de sexto grado siempre están a cargo del pasillo. Cada clase de tercer periodo tiene dos semanas para construir uno de los juegos del carnaval. Estoy tan agradecida de no tener la clase de matemáticas del señor Dixon en tercer periodo. Lo de él no es ni la diversión ni las fiestas, de las que dice que «impiden la concentración de los estudiantes y lo fuerzan a él a hacer el papel de niñero». Me dan lástima sus estudiantes. Con toda seguridad, tendrán el kiosco más aburrido, al igual que el año pasado. «Adivina cuántos caramelos de maíz hay en este frasco y te los ganas todos». Ni siquiera escribe una tarjeta nueva con la pregunta. Nadie quiere ir a un festival a sacar cálculos de masa y volumen, excepto quizás Roli, quien, de hecho, se los ganó el año pasado. Venció (¿a quién si no?) a Ahana Patel por dos caramelos.

La señorita Tannenbaum nos deja que decidamos cuál es el juego que queremos, y votamos por *cornhole*. La única cosa que no podemos cambiar es que el tema del juego tiene que estar relacionado con una civilización antigua.

—Será un anuncio excelente de nuestro Proyecto de las Tumbas en diciembre. —Entonces la señorita Tannenbaum hace que la recompensa sea aun mejor—. También pienso dar crédito extra a quienes se vistan de los dioses y las diosas que hemos estudiado —nos dice—. Será muy conveniente para quienes tuvieron dificultad con la última prueba. —Mira alrededor del aula con la mirada de alguien que sabe de lo que habla—. Prepárense para contarnos algo sobre la deidad que elijan.

Así que está más o menos decidido. Tenemos que negociar un poco para hacer un boceto, pero al final, estamos de acuerdo. Vamos a hacer que los tableros tengan forma de gigantescos triángulos para que luzcan como pirámides. El papá de Lena va a donar la madera. Yo ofrezco un poco de la pintura vieja de papi. Otros los construirán.

Después de eso, nos pasamos el resto de la clase decidiéndonos sobre los disfraces e investigando. Sacamos libros de los estantes y abrimos páginas web que la señorita Tannenbaum nos dice que usemos. Cabezas de chacales, caras de leones… es difícil elegir. Incluso después, cuando caminamos en grupo a la clase de matemáticas, todavía tomamos decisiones.

—Mi hermano está en el departamento de teatro de Dreyfoos —dice Hannah—. El año pasado hicieron *Cats*. Voy a tomar prestada una buena máscara de gato para Bastet.

—¿De qué vas a ir tú, Michael? —dice Edna y se escabulle a su lado, lo que hace que los ojos de Rachel se salgan de las órbitas. Noto que Edna le pregunta algo a Michael cada unos cuantos minutos. «¿Tienes un lápiz, Michael?». «¿Qué vas a almorzar, Michael?». «¿Dónde vives, Michael?». «¿Ya fuiste a la playa, Michael?»

—No estoy seguro —dice él—. Tal vez de Anubis. Es una cabeza de chacal con mucha onda. Pero no sé cómo hacerla.

Hay una multitud de niños amontonados frente a la salida cuando llegamos al edificio. De algún modo, una de las puertas se trabó y ahora todos dan empujones y codazos mientras tratan de salir por la única que está abierta.

—Abran paso —dice Edna, pero ni siquiera Su Alteza Imperial puede atravesar este tumulto.

Por fin, Michael da un paso al frente. Es tan grande que cuando se para allí, es un muro humano que bloquea a la gente para que podamos pasar. Una a una, nos colamos por debajo de su brazo.

—Gracias, Michael —dice Edna dulcemente mientras pasa.

Yo soy la última en pasar. Me cuelo justo cuando Michael se mueve y deja que la estampida de niños por fin pase en la dirección contraria.

Comenzamos a caminar juntos.

—¿Qué disfraz vas a hacer *tú*? —me pregunta.

—¿Personalmente? Ninguno. Pero mi abuela puede coser cualquier cosa, así que sé que va a quedar bien.

—Ah, ¿sí?

—Ella era dueña de un taller de costura. —No añado que estaba en su cuarto trasero.

Se detiene justo cuanto estamos a punto de doblar por mi pasillo.

—¿Ella me podría ayudar con mi disfraz de Anubis? —pregunta—. Me hace falta el crédito extra. Salí fatal en esa prueba.

Un escalofrío me recorre, como cuando uno de los mellizos salta de cualquier parte para sorprenderme. En lo único que pienso es en el huevo salado de abuela y me hace mirar por encima del hombro por un segundo, como si Edna y las niñas estuvieran por ahí. Por suerte, se las ha tragado la muchachada. Me quedo clavada en mi sitio mientras él me mira. Pero he aquí el problema: si Michael se ha creído cosas sobre mí, desde ya se puede olvidar de eso. Mi corazón le pertenece a Jake Rodrigo.

—Eso es lo que haría un buen miembro del Club de Amigos del Sol —dice, intentando convencerme—. Por lo menos, es mejor que romperme la cara.

—Eso no me hace gracia.

—Uff, ¡obvio! ¡Ni a mí los puntos tampoco, Merci!

El timbre suena y todos se dispersan.

—¿Se lo vas a preguntar? —me ruega.

Tan solo le hacen falta tres pasos a ese muchacho para esfumarse en su clase de matemáticas.

Uff, ¡obvio!

Llego a la clase del señor Dixon justo cuando está a

punto de cerrar la puerta. Soy la última en deslizarme en mi asiento. Estoy acalorada, como si hubiese hecho algo malo otra vez, pero me doy cuenta de que ayudar a Michael me va a ganar unos puntos con la señorita McDaniels, sobre todo después del incidente de béisbol. Abro mi libro y me pongo a resolver problemas.

Ninguno de nosotros en la familia jamás se ha puesto un disfraz comprado en una tienda, porque abuela no lo permitiría. En todos estos años, he sido un ángel, una sirena con una cola larga, una margarita, una galletica de chocolate (Roli era la leche) y un árbol, lo que hizo que correr fuese difícil. Eso lo sé porque aquel año los mellizos fueron cachorritos y se la pasaron simulando que me hacían pipí encima.

El único problema con la época de disfraces es que abuela puede estar más ocupada que de costumbre.

Recién hemos acabado de cenar al aire libre cuando Roli nos dice que lo esperemos justo donde estamos. Camina hasta la casa de tía y unos minutos más tarde regresa con una tremenda sorpresa.

—¿Qué les parece? Somos un científico loco y sus secuaces —dice Roli.

Papi le echa un vistazo a abuela y le da una mordida al último merengue, como si se hubiese sentado a mirar una pelea de boxeo en la tele. Abuela observa, con los brazos cruzados, cómo los mellizos modelan su facha. Tienen puestas batas blancas que Roli tomó prestadas de Seaward, viejas gafas de nadar y unos guantes negros de goma que papi usa cuando trabaja con disolvente de pintura. Les ha levantado el pelo con la espuma para el cabello de tía Inés hasta formar picos.

—Las mangas en esas batas son demasiado largas para los mellizos —dice abuela.

—Sí, pero al margen de *eso*, con un poco de sangre en la cara y ojeras, son lunáticos perfectos —dice Roli con orgullo—. Ríanse como ustedes saben —les ordena.

Los mellizos abren bien los ojos.

—Jua-ja-ja-ja.

—Odio admitir lo bien que luce esto, mamá —dice tía—. Y *es* menos trabajo para ti.

Pero aun así, abuela luce herida.

—Ya yo tenía el diseño para los piratas y todo. Les compré garfios para las manos y hasta iba a volver a usar esos parches que Merci se ponía para sus ejercicios de los ojos.

Yo pensé que me había deshecho de esas cosas, pero, de cualquier modo, esta es mi oportunidad. Busco en mi mochila y saco el libro que traje a casa.

—No te preocupes, abuela —digo—. *A mí* todavía me hace falta muchísima ayuda con mi disfraz. Es para el festival del otoño… y para crédito extra.

Tía mira la página que marqué en mi libro de texto.

—¡Ooh, diosas egipcias! Creo que todavía tengo una peluca con un peinado estilo paje.

—Vas a lucir tan linda.

Pongo los ojos en blanco. Eso es precisamente lo que quiero evitar. El cuerpo cubierto de tela bastante apretada. Pelucas, delineador de ojos. Joyería.

Puaj.

—De hecho, quiero ir así. —Señalo una imagen de Ammut, con la cabeza de un cocodrilo, el cuerpo de un león y el trasero de un hipopótamo—. Ella es un demonio.

Abuela se persigna y mira al cielo.

—¿Qué dijiste? Yo no voy a convertir a mi única nieta en algo malvado. ¡Dios nos ampare! Ya es bastante malo que los niños vayan disfrazados de dementes —fulmina a Roli con la mirada.

—Científicos locos —la corrige—. Para ser más exacto, científicos locos y malvados.

—Pero Ammut no era malvada —digo yo—. Se comía las almas de quienes habían sido malos en vida. Además, habría que considerar sus superpoderes. Era inmortal y podía estar en dos sitios a la misma vez.

—Bueno, eso es un superpoder que a mí me gustaría tener. —Mami ha lucido cansada todo el día. Esta semana tuvo tres nuevos pacientes.

Tía estudia la foto y señala a las caderas.

—Ese disfraz lleva un fondillo monumental —dice.

—Es el último grito de la moda —dice mami mientras raspa mi plato y lo pone sobre el de ella. Luego se saca el pañuelo y se limpia la nariz.

—Quédate tranquila, Ana —dice papi y le quita la pila—. Yo voy a recoger los platos.

Abuela mira a mami.

—Ana, tú eres la madre. ¿Eso quiere decir que tú apruebas este disfraz?

Junto las manos como si rezara y hago una súplica silente.

Mami se sopla con fuerza la nariz. Luego se encoge de hombros y sonríe.

—¿Qué tiene de malo? —dice—. Merci ya es lo suficientemente mayor para escoger lo que quiere.

—No. Ella siempre va a ser mi pequeña preciosa —dice Lolo desde la cabecera de la mesa.

—Lolo —digo yo. Mi voz es cortante. Yo sé que él quiere ser cariñoso, pero el nombre con el que me llama de repente me parece fastidioso, como una caja de la cual me quiero salir.

—Esto es un poco complicado… —murmura abuela. Hace un chasquido con la lengua y estudia más detenidamente la imagen—. Me va a hacer falta un poco de espuma de goma para ese trasero… y a lo mejor un poco de cartón para la cabeza del cocodrilo…

—Um —bajo la voz—. Hay un niño en mi clase a quien también le hace falta ayuda.

—Ah, ¿sí?

—Michael Clark quiere ir de Anubis. —Señalo otra foto—. A él le hace falta una cabeza de chacal.

—¡Un chacal!

Las orejas de tía se espabilan.

—¿Michael Clark? ¿O sea, el niño con el que no querías ser agradable?

—¿El niño del cine? —añade papi sombríamente.

—Al que le rompió la cara —dice Roli.

—Sí, ¿OK? Michael —digo yo.

—Bueno, tendrá que venir a que le tome las medidas —me dice abuela.

—¿Quieres decir *aquí*? —pregunto.

—¿De qué otro modo voy a poder hacer algo que le quede bien?

—Pero eso quiere decir que va a tener que venir a casa conmigo.

—Bueno, por supuesto. Y tendrá que ser en el próximo par de días, Merci. Estas cosas toman tiempo.

Me quedo ahí parada, pestañeando.

—¿Quieres mis servicios para este disfraz o no, niña? —dice abuela.

—Está bien. Le voy a preguntar.

Me saco el teléfono del bolsillo y le paso un texto al suyo. ¿Puedes venir mañana para trabajar en tu disfraz?

Aprieto la tecla de enviar y me quedo mirando a la pantalla mientras espero.

Un ruidoso chillido detrás de mí me hace pegar un brinco y darme la vuelta. La Boba ha salido misteriosamente del clóset de costura. Tiene una sábana sobre el cuello decapitado para que la haga lucir como un fantasma.

—*Uuuuu-uuuuu... Tráeme la cabeza de Michael Clark...*

Persigo a los mellizos hasta debajo de la mesa plegable, donde se esconden entre las piernas de Lolo. Chillan más alto que las ruidosas ruedas de la Boba mientras intento agarrarlos. Pero en ese instante mi teléfono vibra. Cuando lo miro, me atraviesa una sacudida de miedo aun más grande. Dice que puede venir.

CAPÍTULO 21

EN SERIO NO SÉ QUÉ me pone más nerviosa ahora: que venga Michael para que le tomen las medidas para su disfraz o que Roli sea quien maneje hoy de regreso a casa. Mami se despertó enferma. Tiene fiebre, escalofríos, dolores... el copón divino. Cuando entramos a su cuarto esta mañana, chocamos con el olor de Vicks VapoRub. El aroma era lo suficientemente fuerte como para derretirte la cara. La mirada de mami estaba vidriosa y tenía un pedacito de pañuelo desechable en las fosas nasales. Papi ya se había ido; había salido temprano para un trabajo.

—Las llaves están colgadas en la cocina —le dijo a Roli. Se dio la vuelta con un quejido y se tapó con la colcha hasta la barbilla.

Llegamos a Seaward con nuestro habitual paso de tortuga, pero, por fortuna, sanos y salvos. Sin embargo, solo tengo un minuto para llegar a clase. El asistente del parqueo nos dirige a la sección de los visitantes, ya que no tenemos una pegatina de parquear, lo que representa una larga caminata hasta mi edificio. La señorita McDaniels tiene reglas estrictas sobre quién puede parquear dónde. Si nota que el carro está en el sitio incorrecto, manda a una grúa para que se lo lleve en menos de lo que canta un gallo. Lo he visto con mis propios ojos.

—Nos vemos aquí a las tres y quince —dice Roli.

Agarro las dos latas de pintura que papi me dejó y comienzo mi carrera a lo loco a mi salón de clase. La pintura es de un trabajo en Boynton Beach, el cuarto de un bebé. Lo único que puedo decir es pobre criatura: es posible que esté ciego a estas alturas. El color es un amarillo chillón, como la yema de un huevo. Si miramos la parte positiva, es exactamente la tonalidad perfecta para nuestro juego de *cornhole* para nuestra caseta en el festival.

Ya casi llego a mi edificio, con la lengua afuera, cuando Edna y Jamie se me acercan por el camino. No parecen contentas, aunque tal vez sea porque sus colas de caballo gemelas están demasiado apretadas.

Edna da un paso al frente e inclina la cabeza.

—¿Michael Clark va a ir a tu casa?

—¿Hoy? —añade Jamie.

Me quedo ahí parada respirando con dificultad. Por lo visto, aquí las noticias vuelan.

—Quería que lo ayudara con su disfraz y mi abuela es costurera.

Se miran entre sí.

—A él le gusta Edna —dice Jamie—. No tú.

A él *a lo mejor* le gusta Edna, pero yo sé muy bien que más me vale no destacar esa diferencia.

—¿Y eso qué tiene que ver con nada? —digo yo—. Esto es solo un proyecto escolar. Además, algo le tengo que decir a la señorita McDaniels sobre el Club de Amigos del Sol.

Luego hay un silencio incómodo mientras me quedo ahí parada. Edna luce más triste que furiosa y no sé por qué. A mí no me gusta Michael, al menos no de ese modo.

Las latas de pintura se me hacen pesadas y siento que me están halando los brazos como uno de los juguetes elásticos de los mellizos.

—Vamos a llegar tarde y estas cosas pesan una tonelada, así que…

Siento que me clavan los ojos mientras sigo de largo.

La magia de Edna resulta especialmente potente todo el día.

Repaso las cosas en mi mente para ver exactamente

qué es lo que he hecho. Nuestra diversión en el cine parece que fue hace un millón de años en vez de solamente unas semanas.

En el almuerzo, no me mira, y noto que las demás niñas también se quedan un poco calladas. Solo Hannah me espera cuando suena el timbre del almuerzo. Y luego en educación física esa tarde, jugamos *lacrosse* y Edna no me lanza un pase ni una sola vez, incluso cuando estoy sin marca y tengo un ángulo perfecto para meter un gol.

Y lo peor, después de la escuela, Edna y Jamie están en el parqueo de bicicletas cerca de donde Roli dejó el carro. Las veo susurrar mientras corro a encontrarme con Michael, quien ya nos espera al lado de nuestro carro. Roli también viene a paso rápido por el parqueo.

—¡Lo siento! —dice Roli cuando llega a nosotros—. Estábamos pidiendo ojos de vaca para la semana que viene.

—Ni le preguntes —le susurro a Michael.

Él se quita su *blazer* rojo y la corbata y hace ademán de montarse en el asiento de atrás. Sin embargo, la parte trasera es muy pequeña y no hay modo de que vaya a caber con sus piernas largas.

—Yo me siento allá atrás —digo.

Mi teléfono vibra tan pronto como salimos del parqueo. Es una foto. Cuando la abro, veo una imagen de

Edna poniendo los ojos bizcos y sacándome la lengua. ¿Se está burlando de mi ojo? Si ella no estuviese enfadada conmigo, diría que no. Todo el mundo envía fotos tontas todo el tiempo, ¿no es así? Es algo que hacemos de vez en cuando, como ponernos gafas de 3-D en el cine, o comer helado demasiado rápido adrede para ver a quién le da primero la punzada del guajiro, o tal vez incluso hasta robarnos unos a otros los almuerzos.

Pero ahora esto parece diferente, más cruel.

Todavía no sé qué pensar cuando la imagen desaparece. Me quedo mirando fijamente a la pantalla. Todo se ha evaporado, como si nunca hubiese ocurrido en absoluto. El único modo en que sé que es real es por el sudor en las palmas de mis manos.

Apago mi teléfono y lo meto en mi mochila.

Roli intenta apurarse por las calles secundarias, y con eso quiero decir que conduce a veinticinco millas por hora, pero aun así nos quedamos atascados frente al puente levadizo a la hora de su apertura programada. Hay una larga cola de carros que espera a que pasen los botes por debajo. Esto me hace preguntarme si alguno de ellos son yates Frackas.

—Mira, Roli —digo y señalo—. Aquel de por allá se llama *Señorita del Mar*. A Lolo le encantaría eso.

—¿Quién es Lolo? —pregunta Michael.

—Nuestro abuelo.

—¿Y él tiene un bote? —me pregunta Michael, dándose la vuelta.

—¿Quién, Lolo? —ríe Roli por la nariz—. No. —Y se pone a buscar música en su teléfono para pasar el tiempo.

—Oh.

—A nosotros nos gusta mucho más alquilar los barcos —digo rápidamente.

Roli levanta la vista hacia mí desde el retrovisor. Estoy exagerando y él lo sabe. Tan solo hemos alquilado un bote una vez.

—¿Y *a ti* te gusta la navegación? —pregunto.

Michael se encoge de hombros.

—Sí. Solíamos tomar nuestro bote Johnson al norte en el verano, pero lo vendimos cuando nos fuimos de Minnesota. También nos íbamos a pescar en el hielo durante las vacaciones de invierno. No hay mucho de eso por acá, supongo. —Suena un poco triste.

Roli lo mira.

—Um, no, el lago OKeechobee nunca se congela. —Mantiene una voz tranquila, como cuando intenta tutelar a un cabeza de chorlito.

—¿El lago OKeechobee? ¿Y eso dónde es?

—Es la enorme mancha azul en el mapa de la Florida

—dice Roli—. Está al oeste de aquí, más allá de los sembrados de caña. Lo que es el problema, por supuesto.

Oh, no. Antes de que lo pueda detener, Roli comienza su cantaleta acerca de los fertilizantes que contaminan el lago y como esto, con el tiempo, crea algas tóxicas en el océano que hicieron que cerraran las playas hace unos años.

—Es una baba verde que tiene olor a pedo y que puede duplicar su biomasa en un día. —Estas son sus palabras textuales.

Lo interrumpo antes de que le explote la cabeza a Michael.

—Pero también hay otras cosas divertidas que se pueden hacer cerca de la playa —digo desde la parte trasera. Le doy una fuerte patada al asiento de Roli y él regresa a la tarea de escoger música.

Le cuento a Michael de la vez en que Lolo nos llevó a una excursión de pesca nocturna en un bote que habíamos alquilado y que pescamos un atún de veinte libras a la luz de la luna. Le cuento del "Club para Salvar a los Manatíes" y de la vaca marina llamada Tubby que nuestra clase adoptó el año pasado.

Michael luce un poco más feliz después de eso. Cuando el puente por fin baja, se recuesta en el espaldar. Entonces llega la canción favorita de Roli y nos dirigimos a casa.

Estoy nerviosa cuando llegamos a la entrada de nuestro garaje. Es extraño tener a alguien de Seaward aquí. La verdad es que nadie que no sea de nuestra familia viene aquí. Nosotros solo nos encontramos con nuestros amigos en la escuela o en los lugares que frecuentamos. Nunca hemos hablado de por qué, pero de algún modo ambos sabemos que esa es nuestra regla. Nadie más de nuestra escuela vive con toda su familia como vivimos nosotros en Las Casitas. Y hermanos y hermanas no comparten sus cuartos, así que nuestros amigos podrían pensar que somos raros o pobres, aunque ¿qué otra cosa se supone que hagas si tu casa es pequeña? Las casas de los demás también parecen tener cosas más divertidas. No hay una piscina en nuestro patio, tan solo la del condominio al otro lado de la calle a la que nos colábamos cuando doña Rosa nos prestaba su llave de la entrada. No hay un videojuego de *Dance Central*, como en la casa de Hannah. No hay altoparlantes Echo que puedan buscar en la red y responder tus preguntas más locas, como en la casa de Rachel. Aquí no hay nada de eso.

Abuela nos espera en el patio, con la cinta métrica ya colgada alrededor del cuello. Lolo también está ahí. Está de pie y luce un poco inquieto. «¿Habrá estado caminando de un lado a otro?», me pregunto. Le doy un vistazo a Michael, pero él no parece notar nada. No quiero que él, ni nadie, vea a Lolo actuar de una manera extraña.

—Con respecto a mi abuela… —le digo a Michael cuando por fin el carro está debajo de la marquesina—. Ella puede ser un poco quisquillosa. Y mandona. —Sin embargo, no digo nada acerca de Lolo. Roli y yo tenemos un plan de emergencia, por si acaso.

De repente, los mellizos atraviesan el patio a la carrera rumbo a nuestro carro. Gritan como lunáticos Y pegan las caras a las ventanillas del carro.

—¿Muerden? —pregunta Michael.

Me inclino hacia él en el asiento delantero.

—Por lo general, no. Pero si alguno de ellos te ofrece algo de comer, definitivamente revísalo o muéstramelo primero —le digo.

—Um, OK.

Los mellizos miran fijamente a Michael mientras se baja del carro.

—¿Eres un fantasma? —pregunta Axel.

—¿O un gigante? —añade Tomás.

—No sean maleducados —digo yo.

—Apártense de nuestro huésped, niños —dice abuela en voz alta y les hace un gesto con la mano.

Roli agarra a Tomás justo en el momento en que va

a curiosear dentro de la mochila de Michael y nos sigue hasta el porche de abuela.

Lolo se ha metido las manos en los bolsillos y tintinea nerviosamente las monedas. Nos dice hola cuando llegamos adonde están ellos, pero luce distraído. Entonces se vuelve a Michael.

—Ana se siente mal hoy. Muy mal.

Michael me mira, confundido.

—¿Quién es Ana?

—Mi mamá —digo yo—. Tiene la gripe. —Me vuelvo a Lolo, con el estómago dándome brincos por los nervios. Me pregunto si a lo mejor ha estado preocupado por mami todo el día. Sonrío, intentando actuar como si todo fuera normal.

—Lolo, este es Michael —digo.

Es como si ni siquiera me hubiese escuchado.

—Ana se siente mal hoy —dice otra vez.

Abuela se acerca.

—Se va a mejorar, viejo —dice. Entonces le brinda una gran sonrisa a Michael.

—Hola.

Roli me da un vistazo y sabe lo que tiene que hacer sin que yo tenga que darle un pellizco.

—¿Qué te parece si jugamos dominó? —le dice a

Lolo—. En mi casa. A lo mejor mami quiere un poco de compañía.

—¡Dominó! —grita Axel. Y los mellizos salen por el trillo que va a nuestra puerta. Lolo los sigue.

Unos minutos después, Michael se queda parado en la cocina de abuela, sin saber dónde sentarse. Mis ojos van de las flores plásticas que están cerca del fregadero al desteñido empapelado que tía le ha insistido que quite, al reloj de pared con forma de cronómetro, a las hormiguitas que zigzaguean cerca del grifo con el salidero. Cuando me siento a la mesa, pongo el pie debajo de la pata de la mesa para asegurarme de que no cojee mucho.

Abuela tiene la merienda lista, por supuesto: una selección de cosas de El Caribe. Hago además de coger un par de croquetas de jamón cuando noto que Michael les da una mirada cautelosa.

—¿Y esas cosas que son? —pregunta.

Le digo los nombres y cuáles son las de jamón, las de queso, o las dulces.

—Están buenas —digo, pero puedo ver que todavía luce inseguro—. A lo mejor mi tía tiene Oreos en la casa de al lado, si quieres eso.

—No. Está bien. —Escoge una empanada, la huele y le da un bocado. Mastica lentamente, pensando—. Bueno, tiene un sabor interesante —dice por fin—. Es más o menos como pan frito.

Terminamos nuestra merienda y abuela nos lleva al cuarto de costura.

—Perdona el reguero —dice. Hay pedazos de gomaespuma y cartón desperdigados por el suelo—. Vete a ver qué te parecen esos —dice y señala. Ha dibujado sus ideas del disfraz en un pedazo de papel cuadriculado que pegó a la pared con cinta adhesiva.

Los bocetos lucen casi exactamente como lo que está en el libro. Michael achica los ojos y mira detenidamente.

—Pero, espere un momento. ¿Yo voy a ponerme una falda?

—Más o menos —dice abuela—. No me toca a mí cambiar la historia. Pero la voy a hacer para que te llegue hasta la rodilla, para que vayas vestido decentemente. Si miras la parte positiva, mi nieta dijo que a lo mejor te haría falta esto. —Alcanza algo detrás de la otomana y saca la máscara más fabulosa. Todavía no está terminada, pero puedes ver la forma de la cabeza del chacal, con ojos hechos de cuentas y un hocico largo y agudo. La boca incluso se abre y se cierra con una bisagra que hizo con fijadores redondos.

—¡Madre mía! —Michael se la pone cuidadosamente—. ¿Cómo luce? —su voz es un eco... perfecta para el dios de la ultratumba.

—¡Feroz! —digo yo.

—¡Gracias! —le dice a abuela—. ¡Es perfecta!

—Tendrás que pintarla y añadir los detalles —le dice abuela—, pero ya tienes la forma básica.

Ella apenas puede ocultar lo orgullosa que está, pero puedo ver que a lo mejor hoy se excedió. Se frota las manos del modo que hace cuando la artritis la incomoda. A veces mami le envuelve las manos a abuela con toallas tibias y suavemente le estira los dedos para hacer que se sienta mejor. Me pongo una nota mental de que luego le tengo que hacer eso, después de que Michael se vaya a su casa.

—Te debe de haber tomado todo el día —le digo—. Gracias.

Inclina levemente la cabeza.

—Bueno, Lolo se entrometió, como siempre, y luego había que ir a buscar a los mellizos…

La voz se le apaga un poco y de repente me pregunto si acaso alguna vez ella se cansa de tener que cuidarnos a todos.

Señala a la otomana.

—Por favor, Michael, párate ahí. Extiende tu brazo así.

—El hace lo que abuela le dice. Te lo juro que con esa máscara es igualito a un espantapájaros. Le tomo una foto y lo convierto en uno antes de enviársela a su teléfono. Entonces finjo que leo *People en Español* para no tener que mirar a abuela mientras le mide el pecho y la cintura.

Termina con Michael y luego hace un gesto con la mano.

—Tú eres la próxima, mi vida —dice, conteniendo un bostezo.

La cara se me pone como un tomate. ¿Me va a poner esa cinta alrededor y me va a medir el pecho aquí mismo delante de él?

—¿Por qué no descansas un poco, abuela? Luces cansada. Podemos trabajar en mi disfraz el fin de semana.

Me vuelvo a Michael.

—Ven. Te voy a enseñar nuestro gato tuerto antes de que te vayas.

CAPÍTULO 22

—BUENO, ATIENDAN TODOS. ME GUSTARÍA que trabajaran en parejas —dice la señorita Tannenbaum en la mañana del lunes—. Traten de encontrar a alguien con quien no hayan trabajado antes en clase.

Todos gemimos. Si no hemos trabajado con alguien es probablemente por algún motivo, ¿no es así? Y ahora, como muchas de las hembras ya han formado grupos juntas, nos deja a los varones como nuestras principales opciones para las parejas.

Cuando nadie se mueve, la señorita Tannenbaum pone el cronómetro en su teléfono.

—Vamos, que esto es para hoy. Tenemos mucho material por cubrir. Tienen exactamente un minuto para emparejarse. Adelante.

Todos caminan apresuradamente por el aula en busca de un compañero, pero mis pies están clavados al suelo mientras intento decidir en qué dirección debo ir. Cada vez que voy hacia alguien, parece que ya otra persona me lo quitó de las manos.

—¡Diez segundos! —dice la señorita Tannenbaum.

Justo en el instante en que comienzo a entrar en pánico, Michael viene hacia mí.

—Hola —dice.

—*Time* —dice la señorita Tannenbaum antes de que mis labios puedan funcionar—. Junten dos escritorios y, por favor, hagan clic en la carpeta de religión en sus pantallas.

—Eso no es justo, señorita Tannenbaum —dice Edna, señalando hacia nosotros. Está parada al lado de Lena cerca del frente del aula—. Esos dos trabajan juntos en el disfraz del festival de otoño.

La señorita Tannenbaum mira en nuestra dirección.

—¿Es verdad?

Yo asiento.

Pero Michael solo se encoge de hombros.

—Pero usted dijo que buscáramos una pareja con quien no hayamos trabajado en clase. Nosotros hicimos el disfraz en casa de Merci.

La señorita Tannenbaum duda por un segundo.

—Me parece justo.

Edna frunce el ceño de un modo que me preocupa. No sé si es porque a ella no le gusta trabajar con Lena o porque está enfadada porque Michael me escogió a mí. En lo único en que puedo pensar es en esa fea foto que Edna me envió la semana pasada cuando Michael iba a casa con Roli y conmigo. De repente, deseo que él hubiese elegido a otra persona.

La señorita Tannenbaum se vuelve hacia la clase y comienza la lección.

—Entonces, vamos a ver el papel que la religión jugaba en la vida diaria. ¿Qué beneficios tendrían las creencias religiosas en su mundo?

Resulta que Michael y yo trabajamos bien juntos. Acabamos a toda prisa la hoja de ejercicios, principalmente porque yo leí el capítulo anoche y a él no le importa teclear nuestras respuestas. Cuando acabamos, me sorprendo al darme cuenta de que somos los primeros en terminar. El resto de la clase sigue trabajando, incluso Lena y Edna. Cuando le pregunto, la señorita Tannenbaum nos permite visitar la esquina con los juegos de mesa. Tomamos en préstamo el tablero de *mancala* y jugamos en silencio hasta que los demás terminan.

—Oye, ¿ya tu abuela terminó de hacer nuestros disfraces? —me pregunta—. Todavía tengo que pintarlo.

—Casi. —Pongo mis canicas en los espacios en el tablero—. Ha estado un poco ocupada esta semana, pero lo va a terminar.

Es cierto. Con mami con la gripe, abuela ha estado ocupada cocinándonos la cena cada noche. Y está siendo difícil para ella coser todo el día como solía hacer porque Lolo se aburre y quiere salir a dar sus caminatas, cosa que ella insiste en hacer con él. Así que se ha estado quedando hasta tarde para terminar nuestros disfraces. Anoche, me quedé dormida con el zumbido de su máquina de coser que atravesaba el patio.

—Qué bueno —dice—. Me hace falta la nota. Si saco una A este semestre, iremos a Disney durante las vacaciones de invierno. —Recoge las canicas y toma su turno.

—Qué suerte —digo yo. Las buenas notas nunca vienen con beneficios en nuestra casa. Roli ha echado a perder esa posibilidad para siempre—. Pero no te preocupes. Vas a sacar una A.

CAPÍTULO 23

UNA SEMANA DESPUÉS, ESPERO EN la oficina central. La señorita McDaniels está hablando por teléfono, así que pongo la máscara de chacal en el piso mientras ella termina. Roli nos trajo en carro esta mañana, o debería decir nos trajo a paso de tortuga. No es de sorprender que por su cuenta hayamos llegado tarde. Todavía está parqueando el carro, o haciendo el intento.

La señorita McDaniels cuelga el teléfono y viene al mostrador. Pone la pantalla para firmar la entrada a la escuela en mi dirección.

—¿Se te pegaron las sábanas?

—No, señorita. —Hago clic en el ícono de las tardanzas y añado mi nombre a la lista de la vergüenza de hoy—. Mi mamá todavía se está recuperando de la gripe, así que mi hermano fue quien manejó. Él tiene un impedimento con la velocidad.

—Pon la alarma para que te despiertes más temprano —dice—. La próxima vez no lo consideraré una excusa.

—Imprime un pase y yo miro al piso cuando me lo entrega.

—¿Podría añadirle unos minutos a este pase, por favor? Tengo que dejar un proyecto en el salón de clase de la señorita Tannenbaum. —Y, luego, por si acaso, añado—: es para mi amigo asignado del Club de Amigos del Sol. Michael y yo trabajamos juntos en nuestros disfraces para el festival de otoño. —Le entrego mi reporte semanal y sonrío.

La señorita McDaniels lo duda un momento, cerciorándose de que no la estoy engañando.

—Muy bien. —Escribe una nueva hora con un bolígrafo y le pone las iniciales—. Tienes cinco minutos.

Cuando llego al aula de la señorita Tannenbaum, me encuentro que está vacía y las luces están apagadas. Se me olvidó que tiene el primer periodo libre. Por un instante, me pregunto si debería dejar el disfraz de Michael en la oficina central con la señorita McDaniels, pero no me va a dar tiempo. Pruebo con la puerta y, por suerte, está abierta.

Pongo la máscara del chacal y la toga en el escritorio

de la señorita Tannenbaum y busco papel y lápiz, pero no encuentro ninguno. Entonces, tomo un marcador lavable y le escribo una nota en letras grandes en la pizarra blanca.

SRTA. T.: DEJO ESTA MÁSCARA AQUÍ
PORQUE ES DEMASIADO GRANDE PARA
METERLA EN MI CASILLERO O PARA CARGARLA
POR AHÍ. ES PARA MICHAEL CLARK.
—MERCI, PERIODO 3

Le doy un último vistazo a la máscara. Michael va a lucir perfecto para el festival de otoño, así que espero que lo haga bien a la hora de pintar y presentar a su dios. Ahora que esto ya está terminado, abuela puede acabar la mía esta noche. Tiene un enorme fondillo de hipopótamo, hecho del relleno del sofá, y mi cabeza de cocodrilo se va a abrir y cerrar mediante unas bisagras, igual que la de Michael.

Solo me quedan dos minutos en el pase. Me echo la mochila al hombro y cierro la puerta detrás de mí.

Estoy parada al lado de mi casillero, cogiendo mis cosas para estudios sociales después del segundo periodo.

—¿David y los demás terminaron de hacer el juego de mesa? —le pregunto a Jamie. Él era quien estaba a cargo de serruchar los huecos en la madera contrachapada y pintarla.

Está parada a mi lado, hablando con Edna. Como no me responde, lo digo más alto.

—Jamie, ¿ya el juego de mesa está terminado?

Pero ella ni siquiera se da la vuelta. Las dos siguen hablando con las demás niñas. Es como si yo fuese un fantasma. Ahí es cuando me doy cuenta de que aquí hay gato encerrado.

—Todo el mundo puede regresar conmigo a casa después del festival de mañana —dice Edna—. Y si no pueden, solo tienen que venir a mi casa antes de las nueve de la noche. A esa hora es que vamos a comenzar a ver la película.

—Pero a mí no me han dado permiso para ver eso —dice Hannah con exasperación. Le da un tirón a su candado, pero no se abre—. ¿Es de categoría R, ¿no es así?

—Tienes que ver películas escalofriantes en Halloween —dice Edna—. Esa es la regla. Además, ¿cómo se va a enterar tu mamá?

—¿Perdón? Ella le va a preguntar a tu mamá —dice Hannah.

—Bueno, mi mamá tampoco lo va a saber. David va a traer el DVD de la colección de películas de horror de su hermano.

Me quedo mirando lentamente dentro de mi casillero, fingiendo que busco algo. Nadie me ha dicho nada en absoluto de una fiesta.

—¿Y los varones también vienen? —dice Rachel—. ¿Michael y los demás? —Los ojos se le salen de las órbitas.

Edna mira más allá de mí.

—Unos cuantos. A nadar y a la hoguera en la playa... y la película. No a quedarse a dormir en la terraza. Obviamente.

—Obviamente —dice Jamie con una risita.

Mis ojos se deslizan hacia Hannah. Me da un vistazo y se pone roja como un tomate.

—Detesto este estúpido candado —murmura y le da un tremendo jalón.

Mi casillero de repente se me hace pequeño y lleno de papeles y libretas de notas. Saco el libro de texto incorrecto y entonces mi carpeta de ciencias se desparrama por todo el suelo. Los vuelvo a meter a la fuerza en ese reguero.

Edna sigue hablando.

—Y no olviden traer una nota si van a venir en mi carro conmigo a casa —dice en voz alta por encima de mi cabeza—. Olvídenlo. Yo voy a crear un grupo de texto para recordarle a todo el mundo. A ti también, Lena.

Lena, a quien nunca la invitan a nada, levanta la cabeza, pero no responde. Cuando las niñas se han ido, se vuelve hacia mí.

—Creo que vi a David que traía los tableros de *cornhole* al bajarse del carro esta mañana —dice en voz baja.

—Oh —digo yo—. Gracias.

Cierro mi casillero de un portazo y camino a mi clase, fingiendo que no me importa. Y a lo mejor es así. ¿Quién quiere ir a la estúpida fiesta de Edna? Yo no.

Pero incluso cuando intento convencerme a mí misma, comienzo a preguntarme si Michael es uno de los muchachos invitados o si ella también está enfadada con él. Y si lo invitara, ¿iría? Cuando me doy cuenta de que la respuesta podría ser que sí, me pongo aun más brava.

Tiro mis cosas a un lado tan pronto llego a estudios sociales. Al menos, Michael ahora va a ver su disfraz de Anubis.

Pero el disfraz de Anubis no está en el escritorio.

Y cuando miro al frente del aula, tampoco lo veo en el escritorio de la señorita Tannenbaum. Ni en el alféizar. Ni en ninguna parte.

Me levanto y camino hacia la señorita Tannenbaum. Cuando estoy cerca, veo un pedazo de cartón que sobresale de un cesto de basura. Un temor me sube por el estómago mientras miro más cuidadosamente. Y, en efecto, cuando lo saco, me doy cuenta de que la máscara del chacal —o lo que queda de ella— ha sido embutida a la fuerza en la basura. Está en dos pedazos ahora, hecha jirones en la quijada. También el cartón ha sido aplastado a pisotones. La toga ha sido garabateada con marcador y está envuelta en un rollo al fondo.

—¿Qué pasó? —le pregunto a la señorita Tannenbaum.
Mi voz debe sonar un poco más alta de lo que hubiese querido porque ella levanta la cabeza y frunce el ceño.

—¿Decías?

—El disfraz de Michael para el festival. —Aguanto los dos pedazos—. ¿Cómo es que está roto? Yo lo dejé en su escritorio esta mañana cuando usted no estaba aquí. ¿No leyó mi nota?

Pero cuando señalo a la pizarra blanca, no hay nada en lo absoluto, ni siquiera un trazo de mi escritura. Alguien ha borrado mi mensaje.

—Yo no recibí una nota —dice la señorita Tannenbaum—. Y esta es la primera vez que veo esto. —Arruga el ceño—. Lo siento mucho, Merci. No tengo idea de cómo esto se dañó.

Suena el timbre, pero casi no se puede oír. A nuestro alrededor, las voces de la gente se alzan en una charla animada sobre el festival de mañana.

—Muy bien, atiendan todos. Cálmense y ocupen sus asientos. ¡TODOS! —La señorita Tannenbaum se vuelve hacia mí, nerviosa—. Luego veremos cómo resolvemos esto —dice—. Ahora hay demasiado escándalo. Pero no te preocupes. Estoy segura de que se puede arreglar.

Pero yo puedo ver que no tiene arreglo. Michael va a tener que empezar de cero. E incluso si fuese un buen artista, jamás tendría tiempo de terminarlo antes de mañana.

—Hola —me dice cuando paso por su escritorio—. ¿Trajiste el disfraz?

Pongo la máscara desbaratada en su escritorio y trago en seco.

—Lo traje, pero se rompió.

—¿Cómo? ¡Pero el festival es mañana!

—Alguien lo destrozó. Yo lo dejé aquí esta mañana.

—Todos a sus asientos, por favor —vuelve a decir la señorita Tannenbaum más alto.

Me dejo caer en la silla y fulmino con la vista a la única persona lo suficientemente horrible para hacer algo así. Edna está ocupada revisando la tarea, del modo que se supone que hagamos al principio de la clase.

Durante toda la hora, no mira en mi dirección.

CAPÍTULO 24

ES LA HORA DEL ALMUERZO, pero he venido al laboratorio de ciencia en lugar de ir a la cafetería, a pesar de que hoy sirven gratis de postre unas magdalenas decoradas con tela de araña. Cuando nos acercamos a Halloween, los cocineros intentan ser creativos. Ayer pusieron aceitunas negras en bolitas de queso blanco para que lucieran como unos espeluznantes ojos que nos miraban desde los tacos. Pero ahora no tengo hambre e incluso si la tuviera, no me que-rría sentar a la mesa con Edna.

A lo mejor Roli me puede decir qué hacer.

Me lo encuentro en una de las mesas del laboratorio con Bilal, encorvado sobre un montón de hojas de respuestas, organizadas por periodo de clase. Tan pronto como Roli me mira, todo se desborda. El ojo se me descontrola, y mi labio inferior comienza a temblar, aunque hago mi mayor esfuerzo por no llorar.

—¿Qué pasó? —dice.

Trago en seco. No puedo hablar.

Bilal se pone de pie.

—Voy a comenzar con estos en el Scantron —dice y toma un montón de exámenes.

Cuando se va, comienzo a llorar mientras le explico la catástrofe del disfraz.

—Creo que fue Edna quien lo destrozó —digo—. Ha sido cruel toda la semana.

—Es probable que tengas razón, ¿pero qué prueba tienes para demostrarlo? —pregunta Roli.

—¿Quién iba a ser si no? Ella es la única que se ha puesto brava porque trabajé con Michael. Se lo voy a decir a la señorita Tannenbaum.

Roli se encoge de hombros y me da un pañuelo de papel.

—Haz lo que quieras, pero a lo mejor la cosa no va a salir como tú quieres si te vas de lengua. En primer lugar, estás sacando conclusiones sin evidencia. Pero lo más importante es que vas a acusar a la hija del doctor Santos. ¿Quién te va a creer a ti, Merci? —dice—. Si no tienes modo de demostrarlo, va a ser tu palabra contra la de ella.

Lo fulmino con la mirada, consciente de que, como es habitual, tiene la razón.

—Mira, tengo que revisar las pruebas de la señorita Wilson antes de que acabe el periodo. —Toma su montón y me acompaña hasta la puerta—. Hablaremos rumbo a casa.

Todavía le quedan diez minutos a mi periodo de almuerzo, pero no tengo ningunas ganas de estar en la misma habitación con Edna. Así que atravieso el patio, que siempre es un lugar tranquilo. Solo hay un par de muchachos aquí afuera, incluyendo a Lena, que lee como de costumbre. Levanta la cabeza en mi dirección y me sonríe. La saludo con la mano, pero no me siento con ella. En vez de eso, encuentro un banco para mí sola en la sombra y me siento a intentar comerme mi sándwich.

Cuando suena el timbre, todos salen de la cafetería. Hago una pelota de mi bolsa del almuerzo y la tiro a la basura.

—¡Oye, Merci!

Me doy la vuelta y veo a Michael que viene a la carrera. Un pedazo de la máscara rota sobresale de su mochila. Nada más de verlo me dan ganas de llorar otra vez.

—¿Qué fue lo que le pasó a esta cosa? —me pregunta.

—Ya te lo dije. Lo dejé en el escritorio de la señorita Tannenbaum esta mañana y estaba bien. Alguien lo destrozó.

Michael frunce el ceño.

—¿A propósito?

Lo miro, intentando mantener la mirada firme. Le podría decir que pienso que fue Edna, pero entonces también tendría que explicar por qué está brava conmigo. ¿Y si estoy equivocada como dice Roli? Podría haber sido alguien más, a lo mejor alguien que quería hacer algo estúpido.

—No estoy segura de quién lo desbarató —le digo—. A lo mejor lo puedes componer con cinta adhesiva o algo por el estilo.

—Voy a intentarlo, pero va a ser difícil —dice y niega con la cabeza—. Está bastante roto. Ahora tampoco tengo un disfraz para la fiesta de Edna.

Pestañeo.

—Vas a poder arreglarlo —digo entre dientes y me alejo de él apurando el paso y preguntándome si lo dijo para ser cruel o si no sabe que no estoy invitada.

Más adelante, Edna y los demás caminan, hembras y varones, juntos. Se ríen y hablan como si todo fuese normal. Seguro que todos están planificando la diversión de mañana por la noche en la casa de ella.

—Oye, ¡espérenme! —dice Michael en voz alta. Me doy la vuelta, pero no es a mí a quien le habla.

Lo veo apurarse a la carrera para alcanzar a los demás.

CAPÍTULO 25

UNA VEZ EDNA ME PROMETIÓ que me llevaría a Coral Cove en su bote.

Fue el año pasado, en mi primera semana, así que no la conocía bien. Caminábamos rumbo a clase ese día y nos habíamos detenido a mirar la vidriera que está al lado del aula de arte. Los estudiantes de cuarto grado habían tomado fotografías de criaturas marinas durante una excursión escolar en la que hicieron *snorkeling* en MacArthur Park. Yo tan solo había visto fotos así en las revistas.

—¿Tú nunca has hecho *snorkeling*?

—No desde un bote. —No mencioné que había sido hacía mucho tiempo, muy cerca de la orilla, cuando yo era una niñita y Lolo nos compró esas máscaras y esas patas de rana baratas en Walmart.

—Un día te voy a llevar —prometió, mostrándome algunas fotos en su teléfono—. Es tan divertido. Podemos ir a Coral Cove.

Yo estaba tan emocionada; le dije a mami que me hacía falta una máscara nueva y todo eso. Bueno. Esperé e incluso en un par de ocasiones se lo dejé caer a Edna como quien no quiere la cosa, pensando que se le había olvidado. Pero la invitación nunca vino. Mami me dijo que no debería volver a mencionarlo. «A veces la gente dice cosas para ser educada», me dijo. «Ella quería ser agradable».

Pensé en eso anoche mientras daba vueltas en la cama. Había sido difícil esperar por algo que nunca vino, pero esto es incluso peor.

Estoy escarbando en mi desayuno cuando abuela viene hacia mí y trae una bolsa con mi disfraz.

—¡Aquí tienes! ¡El mejor disfraz de demonio solo para ti!

—Gracias —digo yo.

—¿Qué pasa? —Me frunce el ceño—. ¿Te está cayendo esa cosa que le dio a tu mamá? —Me pone la mano en la frente—. Luces terrible.

—No estoy enferma —digo.

—Entonces, ¿qué es lo que pasa?

No tengo corazón para decirle a abuela lo que le pasó al disfraz de Michael. Ni siquiera quiero mencionar la fiesta de Edna. Sé qué abuela no entenderá. Solamente va a decir que no es importante ser amiga de alguien que te trata mal. Esto me hace que añore a Lolo incluso más.

—Es que a mí me da miedo escénico delante de la gente —le digo—. Y hoy es cuando tenemos que presentar nuestros informes orales.

Hace un gesto con la mano.

—¡Qué bobería! No tienes que preocuparte por eso. Con *este* disfraz, tú vas ser el demonio con mejor pinta de toda la escuela. Ahora termina de comer. Tu hermano está esperando en el carro.

Así que aquí estoy sentada en estudios sociales, todavía enfadada. Tenemos nuestros disfraces puestos y un subidón por cuenta de los caramelos de Halloween, mientras intentamos quedarnos en nuestras sillas durante las presentaciones hasta que es hora de ir al festival.

—Yo soy Isis, reina de todos los dioses, pero me pueden llamar la Divina.

Es el turno de que Edna presente a la clase su disfraz. Tiene puesta una peluca negra de pelo corto y lacio y con flequillo, brillante y falsa como la de una Barbie. Sus ojos están contorneados con un delineador líquido. Está envuelta en una sábana blanca que le queda bien ajustada y tiene una escuadra de carpintero en la cabeza. Unos brazaletes resplandecientes le decoran los brazos. Luce hermosa, con la hermosura de las muchachas mayores.

«Informe maravilloso, muy detallado», según la señorita Tannenbaum. Y es cierto que Edna lo presenta como si estuviera en una obra de teatro de la escuela. La gente aplaude cuando termina.

Pero yo no.

Hago garabatos en mi libreta de notas, intentando no ponerme nerviosa. Michael es el próximo. Tenía razón; no le fue posible arreglar muy bien la máscara. La cinta adhesiva se ve por todas partes y las quijadas ya no se mueven más. Por suerte para él, la señorita Tannenbaum no está quitando muchos puntos por la calidad del disfraz. Es sobre todo acerca de la calidad del informe. Él tiene muchas cosas interesantes que decir respecto a Anubis en su discurso. Si se pone de suerte, a lo mejor todavía saca la A y va a Disney después de todo.

—¿Lena Cahill? Tú eres la próxima.

Lena se traquea los diez dedos y camina al frente del salón de clase. Entonces se vuelve para darnos la cara a todos. Tiene puesto un *top* azul que combina con su pelo espinoso. Tiene prendidos al cabello unos pañuelos de gasa. Inhala profundamente tres veces antes de conectar su iPhone a una bocina portátil que pone en el escritorio de la señorita Tannenbaum. El sonido de unas flautas llena la habitación. Lena cierra los ojos y se concentra. En unos instantes, comienza a moverse al ritmo de la música rara. Tal parece que ya no puede vernos.

—Soy Nut —comienza.

Unos cuantos niños se ríen por la nariz.

—No me digas —susurra alguien a mis espaldas.

—Madre de Osiris, Isis, Seth y Neftis.

Mueve cada uno de sus brazos y piernas en arcos lentos, con sus ojos que los siguen, como si fuese una bailarina en cámara lenta.

—Estoy en todas partes: norte, sur, este, oeste. Soy el cielo sobre el mundo entero. —Se inclina hacia delante y pone las manos en el suelo. Las caderas sobresalen en lo alto, así que parece una montaña—. En la noche, me trago el sol poniente. Doy a luz a la luz cada mañana.

La música se acaba y ella se levanta de su posición lentamente. Todos nos quedamos sentados ahí, pestañeando mientras ella desconecta y se sienta.

—Lena, eso estuvo fenomenal —dice la señorita Tannenbaum en medio de la quietud que sigue—. Yo no sabía que eras una bailarina.

—Todo el mundo es un bailarín —dice Lena.

—Bueno, has hecho una interpretación absolutamente brillante. ¡Excelente! ¡Gracias!

Por fin, la señorita Tannenbaum revisa su libreta de calificaciones y se vuelve hacia mí.

—Por último, si bien no menos importante, Merci

Suárez. Es tu turno. No va a ser fácil ir después de este acto...

Me pongo la máscara. Al menos evitará que la gente me mire al ojo. Oohs y aahs me siguen mientras camino al frente de la clase en mi disfraz. Es difícil caminar con el fondillo grande de un hipopótamo. Mi trasero tropieza con los escritorios de la gente y tumba sus libros al suelo.

Me doy la vuelta y respiro profundamente. Detrás de esta máscara, deseo ser alguien más, alguien más valiente.

—Mi nombre es Ammut y soy un demonio, devorador de los muertos. —Mi voz hace un eco aquí—. Tengo la cabeza de un cocodrilo, el cuerpo de un león y las grupas de un hipopótamo. Me van a conocer cuando pasen a la ultratumba. Pero no tienen que preocuparse... a no ser que hayan sido crueles. Eso es porque trabajo con mi amiga, la diosa Ma'at. Después de que mueran, sus pecados serán puestos en uno de los lados de una balanza y la pluma de Ma'at será puesta en el otro. —Pongo mis brazos como si fueran un cachumbambé—. Cuidado: si sus acciones malas pesan más que la pluma... —aquí miro directamente a Edna y cierro con fuerza la quijada—, me los comeré. Han sido advertidos.

Regreso a mi escritorio, con los ojos aguados, deseando que en verdad pudiese ser valiente sin un disfraz, deseando que en verdad pudiese desbaratar a Edna a pedacitos.

Me siento en mi pupitre, pero me quedo con la máscara puesta unos minutos más hasta que las lágrimas regresan al sitio al que pertenecen. Cuando por fin me la quito, Lena se da la vuelta y sonríe.

Esa tarde, el patio interior se convierte en una avenida con los kioscos montados por todas las clases. Creo que el nuestro es el que luce mejor. Justo como lo predije, la pintura amarilla es tan chillona que no la puedes ignorar. Y la señorita Tannenbaum trajo tatuajes temporales del Ojo de Horus para usar como premios, así que mucha gente pasa por nuestro kiosco para recibir uno.

Pero el festival no es divertido, al menos no lo es para mí. Estoy demasiado atareada pensando en toda la gente que va a ir a la casa de Edna sin mí.

Deambulo un rato, comiendo palomitas de maíz y jugando algunos juegos en los demás kioscos. Roli me dijo cuánto tenía que adivinar por el aburrido frasco del señor Dixon, así que pongo mi predicción, convencida de que voy a ganarme todo el caramelo de maíz al final del festival. Entonces me acerco a las canchas y veo a los estudiantes de quinto grado jugar su partido de *kickball*. La señorita Miller tiene puestos unos *jeans* y una camiseta a rayas como Waldo y lanza para los dos equipos. Saco una cámara y le tomo una foto mientras juega, aunque algo de esta imagen me estruja el corazón. Ya ella no es mi maestra. Ahora tengo muchos maestros: una colección entera de gente que de algún modo me conoce menos. La señorita Miller siempre dijo que le encantaba tenernos de estudiantes. «¿Acaso quiere a estos niños nuevos tanto como nos quería a nosotros?», me pregunto. Nadie dice cosas así de empalagosas a los estudiantes de sexto grado, ni siquiera la señorita Tannenbaum.

Le doy otro vistazo a Edna. Me odio por ello. Su grupo —que hoy incluye a Michael— parece que se está divirtiendo de lo lindo. Se ríen y juegan todos los juegos del festival, y luego los veo salir y reunirse cerca de las gradas de fútbol americano. Es donde las porristas del equipo del *high school* menean sus pompones durante los partidos de fútbol americano de los viernes por la noche y hacen sus pirámides humanas.

¿Me pregunto qué pasaría si yo le dijera a Michael que pienso que Edna arruinó su disfraz? ¿Me creería? ¿O ella volvería a imponerse con su magia?

—¿Disfrutando las festividades?

La voz de la señorita McDaniels me hace dar un brinco. Casi no la reconozco sin su *blazer* y sus zapatos de tacón.

Lleva puestos *jeans* y tenis y una cinta para la cabeza con unos murciélagos elásticos que se bambolean.

—Sí, señorita.

—¿Y dónde está tu Amigo del Sol? Pienso que esta sería una oportunidad perfecta para que pasaron tiempo juntos. Trago en seco.

—Oh, él anda por ahí, divirtiéndose.

—¿Oh? —Me mira con duda y luego da un vistazo más allá de mí. Sus ojos se achican y me doy cuenta de que está pensando.

Finjo que reviso mi teléfono.

—Me tengo que ir, señorita. Ya casi es mi hora de estar de voluntaria en el kiosco.

Asiente con la cabeza y se saca el *walkie-talkie*.

—Hace falta un padre voluntario para supervisar las gradas, por favor. Ahora voy camino a buscar a unos estudiantes.

Después del festival, mientras espero a Roli en el parqueo, veo a Jamie y a Rachel montarse al miniván de la señora Santos (con chapa: *FUT–Z 2*). No puedo ver quién ya está adentro. Probablemente todo el mundo, apiñados ahí como en uno de esos carros con los payasos. Entonces Michael viene por el camino.

—Oye. ¿Te ganaste los caramelos de maíz?

Extiendo la bolsa y toma un puñado.

—¡Gracias! Mis favoritos —dice y se los empieza a comer. Suena el claxon de un carro. Es Edna, que le hace señas—. Uy. —Se aleja a la carrera—. Nos vemos, Merci —dice—. ¡Cuidado con los zombis!

CAPÍTULO 26

ESTAMOS A UNAS CUADRAS DE nuestra casa, justo frente a la calle del centro comercial en donde se encuentran El Caribe y la tienda grande de Walgreens. Es casi al lado de la parada de autobuses en la que Lolo y yo descansamos después de su caída.

—Tremenda canción —dice Roli y sube el volumen. Nos atracamos de caramelos de maíz y ponemos la música a todo lo que da. El bajo hace que el carro vibre y olvides cualquier cosa que estés pensando excepto el ritmo. En cada semáforo, la gente se nos queda mirando, pero esta vez me da lo mismo.

Reviso mi teléfono por cuarta vez desde que nos montamos en el carro. Pero no aparece la burbuja del mensaje.

Nadie ha intentado contactarme para decir: «Hola, Merci: dónde estás? ¡Tú también estás invitada!» No hay ni siquiera un mensaje burlón. Lo único que hay es un silencio hiriente.

Cierro los ojos y escucho la música. A lo mejor puedo hablar con Lolo de esto por la mañana. Ahí es cuando su mente está más clara. «No te preocupes por la señorita Santos, Merci», probablemente me dirá y me hará olvidarme de todo lo concerniente a la estúpida de Edna. Daremos una caminata o nos tomaremos un batido de frutas. Me contará algún cuento viejo o nos pondremos a batear pelotas en el patio.

Al menos está el *trick-or-treating* para salvar el resto de este día. Voy a recorrer el vecindario con Roli y los mellizos tan pronto se ponga el sol. Esos dos ahora seguro que están echando espuma por la boca. Detestan tener que esperar por nada, mucho menos si se trata de *trick-or-treating*. Tampoco es que yo los culpe por eso. Todo el mundo sabe que al principio es cuando te dan los mejores caramelos. Además, los muchachos mayores salen con los huevos y la crema de afeitar cuando es tarde, así que a tía le gusta que estemos en casa. A lo mejor Lolo puede echarle una mano a tía para tranquilizarlos hasta que sea la hora de irnos. Va a fingir que es un hipnotizador y abrirá bien los ojos y hablará bien bajito del modo que hacía conmigo. Moverá sus largos dedos rítmicamente como las anémonas de mar. Miren profundamente. Nos concentraremos... Van a hacer lo que yo les diga...

Estoy pensando en todo eso mientras miro el tráfico de la hora pico en Military Trail cuando noto algo extraño un poco más adelante. Al principio pienso que es un espejismo, que mis pensamientos solo están confundiendo a mis ojos. Pero no. A través de tres carriles de tráfico que se mueven en cada dirección, veo a Lolo. Está parado en el separador perpendicular al nuestro, y tiene en la mano una bolsa de plástico de Walgreens con lo que parecen ser bolsas de caramelos de Halloween dentro de ella.

¿Pero dónde está abuela?

—Mira —le doy un codazo a Roli y señalo.

Lolo no está cruzando la calle. De hecho, luce confundido, como si no pudiera decidir qué es lo próximo que tiene que hacer en ese tráfico pesado. Es la misma cara que tenía en el muelle y de pronto mi estómago se encoge.

—¿Y él qué hace ahí? —pregunta Roli. Baja la ventanilla—. ¡Lolo! —lo llama con la mano—. ¡Aquí!

Lolo se vuelve hacia nosotros, pero no sonríe ni siquiera parece reconocernos. Sigue ahí, con el ceño fruncido por la preocupación.

—¡Espéranos ahí! —grita Roli—. Vamos a dar la vuelta.

Pero justo en ese momento, cambia la luz y el tráfico comienza a moverse en los carriles cercanos a Lolo. Apenas lo podemos ver mientras camina impacientemente de un lado a otro dentro del separador.

Una conductora que espera turno para doblar en el carril más cercano a Lolo parece que intenta hablar con él, pero tampoco le responde.

—Está en peligro, Roli. —Mi mano va a la puerta.

—Quédate en el carro —me regaña mi hermano. Revisa su retrovisor y los espejos laterales, intentando salir del carril con cuidado. Tendrá que moverse hasta el carril de la derecha para poder dar la vuelta—. Déjenme cruzar —murmura Roli. Las gotas de sudor decoran su labio superior. Los conductores le suenan el claxon y un tipo saca la cabeza por la ventana y nos grita furiosamente.

Mientras tanto, Lolo sigue caminando de un lugar a otro. Estruja el asa de la bolsa en lo que camina hacia adelante y hacia atrás. El bajo en nuestro carro todavía sigue con su *bum, bum, bum, bum.*

Yo mantengo los ojos fijos en Lolo como si fuese una hipnotizadora, imponiéndole con mi mente que se quede quieto.

Me fuerzo a creer que va a funcionar, del mismo modo en que yo solía creer en unicornios y Santa Claus.

«Concéntrate. Espera ahí. No te muevas», digo una y otra vez en mi mente, incluso mientras mi corazón palpita con fuerza.

Pero no sirve de nada.

Todo pasa en un abrir y cerrar de ojos. Lolo sale del separador y Roli nos saca de un bandazo de nuestro carril. Los neumáticos chillan mientras los carros giran para evitarnos. Y entonces una enorme sacudida me manda hacia delante porque nos han chocado por la parte trasera y nuestro carro sale dando vueltas a través de los carriles como si fuese un trompo.

CAPÍTULO 27

EL BAJO DE NUESTRO RADIO siguió con su ruido sordo.

Cada vez que cierro los ojos, escucho el ritmo violento y luego las sirenas de la ambulancia a lo lejos. Oigo el parabrisas hecho añicos crujir bajo mis tenis. Huelo los neumáticos quemados y la gasolina. Veo gente que se nos queda mirando, con las bocas abiertas del modo que lo hace Rachel.

La parte trasera del carro de mami fue comprimida en el asiento trasero. Menos mal que ahí no había nadie sentado. A diferencia del día en que veníamos con Michael.

—Tuviste suerte —me dijo una de las enfermeras mientras me quitaba pedacitos de cristal de mis rizos en la sala de emergencias—. Dios hoy te estaba protegiendo.

Pero no me siento afortunada, en lo absoluto.

Y en lo que respecta a Dios, ¿por qué no estaba protegiendo a Lolo? ¿Por qué lo dejó que se confundiera ahí en el separador? ¿Por qué lo puso en tanto peligro? ¿Por qué casi nos mata a Roli y a mí?

Nuestro cuarto esta noche parece diferente. Escucho a Roli respirar al otro lado de la cortina. Cuando éramos pequeños, yo me podía meter en su cama si tenía miedo. Ahora no, por supuesto. Somos demasiado grandes. Nada es como solía ser, ni con Roli, ni con la escuela, ni con Lolo.

Me levanto de la cama y me paro delante de la ventana. La casa de Lolo y abuela está a oscuras y no hay nadie en la mecedora. Papi se ha quedado a dormir allá en el cuarto de costura para cerciorarse de que Lolo esté bien. Él y tía lo ayudaron a acostarse a dormir. Abuela estaba demasiado disgustada como para hacerlo. Demasiado brava. Demasiado cansada, dijo, llorando. Demasiado todo.

—Pero, ¿cómo? ¿Cómo pudo ocurrir esto? —preguntó una y otra vez—. Fue solo un momento.

Pero nadie tenía una respuesta, o al menos no una respuesta que pudieran decir. Ni siquiera el mismo Lolo pudo explicar cómo se separó de ella en la tienda o por qué. Pero eso es lo que pasó. Habían ido a buscar más bolsas de caramelos de Halloween porque los mellizos ya se habían comido todos los suyos. Antes de que abuela ni se diera cuenta de que él ya no estaba a su lado, Lolo salió rumbo a casa.

La cama de Roli cruje y luego se abre la cortina. Está todo despeinado. Tiene una tremenda cortada encima de la ceja en donde se golpeó con el retrovisor.

—¿Estás bien? —le pregunto.

Asiente mientras sus dedos gravitan hacia los puntos que le dieron en la frente.

—¿Qué le pasa a Lolo? —susurro—. ¿Por qué actúa de este modo?

Roli me mira un largo rato. Por fin, va a su escritorio y me indica que me siente en la silla.

—Ven acá.

Enciende la lámpara de mesa y alcanza su pisapapeles. Es el modelo del cerebro que recibió de regalo de Navidad hace un par de años. En ese momento, le dije que era uno de los regalos más tontos de la historia. Él insistió en que lo quería.

Es de tamaño real, del ancho de dos puños y se desarma como un rompecabezas de 3-D. Lo pone frente a mí ahora, y en la luz tenue veo que ha etiquetado todas las partes con palabras largas que se traban en mi boca cuando intento decirlas.

—Un cerebro humano pesa aproximadamente tres libras y tiene tres partes principales —susurra.

—Roli…

Habla por encima de mí, con sus ojos aguados fijos en el modelo.

—Hay secciones que se ocupan de cómo hablamos, cómo decidimos, cómo recordamos; todos son como pequeños departamentos que nos hacen ser quienes somos.

Lo pone en el escritorio.

—El cerebro de Lolo se ha enfermado —dice—. Cada día se encoge un poco más, y entonces las partes ya no funcionan bien.

Lo miro fijamente.

—¿Se encoge un poco más? —La idea es espeluznante—. Bueno, ¿y cómo hacemos para que se mejore?

Me mira directamente, con la luz de la lámpara reflejada en los lentes de sus espejuelos.

—No se va a mejorar, Merci. Se va a poner peor.

No puede tener razón.

—¿Y eso cómo tú lo sabes, Roli?

—Porque él tiene una cosa que se llama enfermedad de Alzheimer, Merci —dice—. La ha tenido durante años, pero ahora está en un estado avanzado.

La palabra *enfermedad* se queda en el aire entre nosotros. Es una palabra que tiene murciélagos y escarabajos por todas partes. Una palabra que significa enfermedad y mucho más.

—¿Lolo ha tenido una *enfermedad* durante años y tú no me lo dijiste?

Se queda mirando al modelo del cerebro, con la cara todo sonrojada.

—Sí.

Lo empujo, pero no se mueve del lugar. Le doy un empujón más fuerte mientras todo comienza a cobrar sentido. Las caídas de Lolo. Sus preguntas. El modo en que deambula. Su confusión. El día en que casi le pegó a abuela. Durante todo este tiempo ha habido un secreto en la familia Suárez, y nadie me dijo nada.

—Merci —comienza Roli.

—Silencio —digo con una mirada fulminante—. ¿Por qué nadie me lo dijo?

Agarro el modelo del cerebro y furiosamente le arranco etiqueta tras etiqueta, con sus nombres complicados que se me pegan a la lengua en lo que los practico. Roli mira mientras las quito y las pongo, una y otra vez, trastabillando con las palabras hasta que las puedo decir todas perfectamente.

Nos sentamos hasta bien tarde en la noche con ese cerebro de goma. Y cuando por fin comienzo a hacer todas las preguntas que se me ocurren, Roli responde a cada una de ellas. Esta vez no me importa que me dé tantos detalles.

CAPÍTULO 28

MAMI NOS DEJA QUEDARNOS EN casa el lunes.

«¿Tienes mareos? ¿Sientes náusea? ¿Vomitaste?»

Estas son las preguntas que mami nos hace a cada rato durante el fin de semana hasta que Roli se pone los audífonos y cierra las cortinas. La herida encima del ojo poco a poco se ha convertido en un moretón que le cubre toda la cuenca del ojo, como el moretón de Lolo de no hace mucho. Si hoy hubiese querido ser un científico loco, no le habría hecho falta ningún maquillaje.

La nariz de mami todavía está irritada y su cara tiene el color pálido de quien ha estado enfermo recientemente. Pero eso no le ha impedido salir de la cama hoy y encender una vela en la sala. Abuela reza novenas, pero mami, para quien la iglesia nunca ha sido lo suyo, no. Cuando hay algún problema grande —como que los mellizos nacieron muy pequeñitos y no podían respirar por sí mismos— le enciende una vela a nuestra Caridad del Cobre y dice sus rezos en sus propias palabras. «Dios lo oye todo, en todas partes», dice.

La veo en la puerta sin que ella lo sepa. Sus labios se mueven en silencio. Otras veces, cuando he estado enferma, mami me ha dejado meterme en la cama con ella a mirar programas de televisión o a leer. Abuela me ha hecho un caldo. Pero hoy, todavía quiero mantener la distancia. Ella sabía... todos sabían... que Lolo estaba enfermo. Y nadie me lo dijo. Estoy tan brava de que lo hayan mantenido en secreto para que yo no me enterara que casi ni la puedo mirar. Una cosa es no decírselo a los mellizos, que todavía no lo pueden entender. Incluso después de que vinimos del hospital, ellos todavía tenían los ojos rojos y estaban cascarrabias porque nos habíamos perdido Halloween. Tía los dejó que abrieran todas las bolsas de caramelos que nos quedaban para que se tranquilizaran.

Pero yo no tengo cinco años. ¡Tengo once!

Alguien llama a la puerta de tela metálica de la cocina. Los ojos de mami se abren de golpe en medio de sus plegarias.

—Merci —dice, sorprendida de encontrarme mirándola.

Me doy la vuelta sin decir palabra.

Lolo y abuela están al otro lado de la puerta de la cocina. Ellos nunca antes han tocado. Más o menos, todos decimos algo en voz alta y entramos como Pedro por su casa. Pero yo cerré con llave, como si fuese otra frontera más entre nosotros.

Abuela tiene pinta de no haber dormido ni un minuto en días.

—¿Te sientes bien esta mañana? —me pregunta.

—Preciosa —dice Lolo a través de la tela de mosquito.

Los miro fijamente. Siento como si hubiese cargado una casa a mis espaldas. Todo me duele.

Después de un minuto, abro la cerradura y abuela me envuelve en un abrazo que dura demasiado tiempo y que yo no le devuelvo. Cuando se separa de mí, sus ojos están húmedos y verla así tan triste me hace dar un paso atrás, con miedo. No encuentro palabras que decirle. Lo único que da tumbos en mi cabeza es: *mentirosos*. Vivo en una familia de mentirosos.

Voy a paso lento a la sala, en silencio, pasándole por al lado a mami, que ha venido a ver quién está aquí.

—Merci —me llama—. Ven acá.

—Déjala —dice abuela.

No sé cuánto tiempo estoy en la sala, pero un rato después, Lolo viene a mi encuentro. Está duchado y afeitado y su pelo está bien peinado, como le gusta a abuela, pero aún puedo ver que sus ojos también lucen cansados. Sin embargo, no tiene ni un rasguño, nada que indique que casi lo atropella un carro el viernes o que causó un accidente tan serio como para que lo reportaran en las noticias de la noche. Es como si todo esto hubiese sido un sueño, como si él no estuviese cambiando del modo que Roli dice, pero yo sé que es así.

Lolo se sienta al borde del sofá y pone su caja de dominó en la mesa de centro.

—Por si estabas aburrida y querías jugar —dice.

Ninguno de los dos hace ademán de abrir la tapa. En vez de eso, yo miro fijamente la mecha que parpadea junto a la tranquila sonrisa de la Virgen. Por lo general, Lolo y yo nos llevamos suave, como compinches. Pero ahora no. Todo parece engarrotarse dentro de mí de un modo que no me gusta. Todo está contaminado.

Su cerebro se está encogiendo y eso le está haciendo cambiar. Todos lo mantuvieron en secreto para que yo no me enterara.

Es una ira cíclica.

Lolo mira al techo y se aclara la garganta.

—Quiero hablar de algo, preciosa.

Me quedo muy quieta. En la cocina, la cafetera burbujea y el olor del expreso de la tarde serpentea por toda la casa. Roli está en nuestro cuarto, durmiendo. A lo mejor. O espiando. Ya no sabría qué decir.

—Lo siento mucho. No sé qué pasó. Me confundí y me puse nervioso y de repente... —Su voz se apaga un poco.

—Roli me dijo lo que pasó —digo—. Tú *sí* sabes lo que pasó. Ya no me tienes que seguir mintiendo. Tienes Alzheimer.

Lolo se pone las manos en el regazo. Le tiemblan un poco.

—Supongo que eso es verdad —dice después de unos segundos.

—Me lo deberías haber dicho —digo—. Lo mantuviste en secreto y se supone que nosotros no hacemos eso en la familia Suárez.

Lolo suspira.

—Tienes razón —dice.

La voz me tiembla en lo que la ira en mi estómago sube.

—¿Por qué nadie me lo dijo? No es justo que me hayan tratado así. Todos deberían estar castigados para siempre.

—Échame la culpa a mí —dice Lolo—. No a nadie más. Les hice prometerme hace mucho tiempo que no te lo dijeran hasta que no tuviéramos más remedio.

Siento como si me hubiese dado una bofetada. Lolo y

yo siempre nos lo hemos contado todo… o, al menos, eso pensaba yo. Pero ahora veo que fue él quién me dejó fuera a propósito. Los ojos se me aguan.

Lolo se mira a las manos y continúa.

—Quería que disfrutáramos nuestro tiempo juntos del modo en que siempre lo hemos hecho tanto como fuese posible. Lo que viene, vendrá, mi cielo. ¿Por qué pensar en que vamos a ahogarnos antes de llegar al río?

«¿Acaso eso es lo que uno siente al perder la memoria?», me pregunto. ¿Ahogarse? La sola idea me da escalofríos. Lolo está aquí mismo, hablándome, como siempre lo ha hecho, pero está desapareciendo poco a poco. ¿Cómo a un adulto se le puede olvidar cómo se cruza una calle y venir a explicarse a sí mismo el próximo día?

Miro fijamente la caja de dominó, con una ira ciega que de repente me sube desde los dedos de los pies. Las palabras de Roli se agolpan en mi cabeza y me hacen odiar este juego. A Lolo un día se le va a olvidar cómo contar y poner las fichas. Se le van a olvidar todas las reglas. *En los próximos años, Lolo a lo mejor no será capaz de recordarnos, Merci. Ni siquiera se recordará a sí mismo.*

Mi ojo comienza a tirar hacia el borde, pero ni siquiera me molesto en persuadirlo de que regrese a su sitio. No hay cura para lo que tiene Lolo, no hay una píldora que pueda eliminar esto para siempre. Incluso si Roli se convierte en el mejor científico del mundo algún día, no tendrá tiempo para arreglar a Lolo del modo en que él quiere.

Mis pensamientos se disparan más y más rápido, convirtiéndose en un puño iracundo. ¿Quién irá el Día de los Abuelos con los mellizos? ¿O quién los llevará a pasear? ¿O le echará una mano a papi en el trabajo? ¿Quién va a hacer esos chistes sin gracia en El Caribe y quién va a bailar con abuela?

De un manotazo repentino, mando la caja a volar lejos de nosotros. El estrépito de las fichas al derramarse por el suelo suena como unos cristales que se rompen.

Mami y abuela vienen corriendo a la habitación. Cuando mami ve lo que he hecho, se acerca a mí y me agarra el hombro con firmeza.

—Ya basta, Merci —dice—. Quiero que recojas esto ahora mismo.

Lolo da un paso al frente.

—Déjala que se vaya, Ana —dice suavemente.

Me alejo de todos ellos.

—Esto es lo que pasa cuando alguien cambia y te asusta. ¿A que a *ustedes* no les gustó?

Lolo tiene una expresión desolada en la cara. Da unos lentos pasos adelante.

—Estás asustada —dice.

Yo me quedo ahí parada, boquiabierta. Tan pronto lo

dice, sé que es la verdad. Sé que un día me va a mirar y no recordará en lo absoluto quién soy yo. Ya no habrá más Lolo y yo. Seré olvidada con todo lo demás.

Encorvo los hombros y empiezo a sollozar como lo hacía cuanda era cuando era pequeña. Siento que los brazos de Lolo me abrazan, pero no me queda energía para pelear o para escurrirme. Me deja llorar y espera hasta que la última lágrima me haya salido.

Cuando por fin estoy tomando bocanadas de aire, me da un beso en la cabeza.

—Yo también estoy asustado —dice—. Todos lo estamos. Pero nosotros somos la familia Suárez, Merci. Somos lo suficientemente fuertes como para enfrentar esto juntos. —Sus palabras hacen eco en su pecho mientras lo escucho. Ya suena como si estuviese lejos.

CAPÍTULO 29

EDNA ESTÁ CUBIERTA DE PICADAS de piojos de mar.

Tiene los brazos y el cuello llenos de ronchas rojas que casi combinan perfectamente con el color de nuestros *blazers*. Lucen como si fueran acné... del tipo que requiere un doctor para que lo cure. La loción de calamina que tiene embadurnada por todas las piernas tampoco parece que le ayude gran cosa. Se rasca constantemente por debajo de la mesa. Entonces noto que lo mismo les pasa a Jamie, Rachel, Michael y unos cuantos más, que se rascan miserablemente. Debe de haber ocurrido cuando fueron a nadar en su fiesta. Por fin, la sobreprotectora madre de Hannah le ha servido de algo. Cuando la señora Kim vio las banderas azules clavadas en la arena con el reporte de las mareas, mantuvo a Hannah en casa. Y parece que Lena tampoco fue.

La señorita Tannenbaum se detiene en mi escritorio.

—Siento mucho lo de tu accidente en carro —me susurra, arrodillada cerca de mi mesa—. Yo estaba en la oficina cuando tu mamá llamó ayer por la mañana para justificar tu ausencia. Linda McDaniels me dio los detalles. Todos estamos tan contentos de que ustedes estén bien.

De repente siento que los ojos de toda la clase se posan en mí.

—Esto es para ti. —La señorita Tannenbaum me entrega un sobre—. Tus compañeros de clase de tercer periodo querían darte esto.

Es una postal.

«Los accidentes ocurren» está escrito en la cubierta, con la foto de un cachorrito que tiene una bolsa de hielo en la cabeza y un termómetro en la boca. En el interior, pone: «Nos alegramos de que estés bien».

Mi clase entera ha firmado, incluso Edna y Jamie en su caligrafía gemela con espirales.

Me sonrojo y se me hace un nudo en la garganta cuando veo todos esos nombres. Pero no puedo evitar pensar que la señorita McDaniels los hizo que firmaran. Después de todo, ella está más que familiarizada con las notas de disculpas forzadas.

Aun así, meto la postal en el cuaderno para guardarla.

La señorita Tannenbaum baja la voz aún más.

—Y tampoco quiero que vayas a pensar que me he olvidado de lo de tu disfraz. Vamos a intentar llegar al fondo de esto en los próximos días cuando las cosas se hayan calmado.

La miro impasiblemente. No había pensado en el disfraz arruinado ni en la fiesta de Edna desde el viernes en el festival del otoño. Parece que fue hace un millón de años en vez de cuatro días. Es del tipo de cosas que pertenecen a la categoría de los juguetes viejos que he regalado. De hecho, si yo fuese la señorita McDaniels, lo engavetaría en la carpeta de Tonterías Sin Sentido.

—Quiere decir el disfraz de Michael —digo—. En realidad ya no importa.

Asiente y me da una palmada en la mano mientras se endereza.

—Supongo que las perspectivas cambian basadas en los eventos. Lo que es más importante es que espero que esta semana sea mejor.

Le doy un vistazo a Edna, que se retuerce en su asiento. Se ha metido el lápiz por dentro de la parte trasera de su camisa intentando alcanzar un punto entre sus omóplatos.

—Sí, señorita. Creo que lo será.

Aún me sigue cayendo bien la señorita Tannenbaum, pero ya no me siento tan segura con respecto a los estudios sociales.

No quiero hablar de la muerte de nadie, ni tampoco de mi propia experiencia cercana a la muerte de la que todos me preguntan. Ni siquiera tengo ganas de hablar de los egipcios que murieron hace miles de años. Cadáveres, tumbas o tesoros enterrados con gente importante. No importa de qué hablamos, todo siempre regresa al tema de la muerte, lo que me recuerda que Lolo está enfermo y *eso* me pone tan triste que lo único que quiero hacer es mirar por la ventana.

Así que me quedo más callada que de costumbre y respondo las preguntas solo cuando ella me las hace. Además, pido un pase del almuerzo para ir a la biblioteca, para que no me coman a preguntas en nuestra mesa. (¿Roli había bebido? ¿Manejábamos a exceso de velocidad? ¿Dolió? ¿Hubo muertos?). Solo quiero estar por mi cuenta un rato. Me siento en la computadora y busco todo lo que puedo encontrar sobre la enfermedad de Alzheimer. Algunas cosas me hacen sentir mejor, pero otras me hacen sentir peor, especialmente las entrevistas a gente que sabe que cada día está más enferma. No hay lugar en el que busque que diga que exista una cura.

Hoy la señorita Tannenbaum anuncia que por fin vamos a comenzar a construir nuestra Gran Tumba. Dice que la haremos durante las próximas semanas, hasta las vacaciones invernales. El último día, nuestro ferviente público —o sea, el doctor Newman, la escuela entera, nuestros padres e incluso algún reportero del *Palm Beach Post*— vendrá a ver lo que hemos hecho. Así que tiene que ser nuestro mejor trabajo.

Apenas estoy prestando atención, cuando la clase se alborota con el anuncio de quién será la persona a cargo del comité de la momia este año.

—Felicidades, Lena —dice.

Por un instante, hay un silencio absoluto en lo que la noticia cala. Ese es el trabajo más importante. Sin la momia y el sarcófago no hay Proyecto de la Gran Tumba en lo absoluto. Es el puesto más llamativo. El creador de la momia siempre aparece en la foto del periódico junto al doctor Newman y a la señorita Tannenbaum. Como todos los demás, yo había dado por hecho que le iba a tocar a Edna. Ella es quien tiene las calificaciones más altas, y puede hacer que la gente haga lo que ella dice.

Lo que es probablemente el motivo por el que Edna inmediatamente levanta la mano llena de costras.

—¿Y Lena no debería tener al menos una copresidenta, señorita Tannenbaum? —dice—. ¿Alguien que tenga, usted sabe, buenas notas y todo eso? Nuestra tumba entera depende de eso. Sin ánimo de ofender, pero usted no le puede dar ese trabajo a cualquiera.

«A cualquiera». Lena ni se inmuta.

La señorita Tannenbaum respira profundo.

—Tengo toda la confianza en Lena. Pero resulta que ella sí va a tener ayuda porque, tienes razón, crear una momia es una tarea bastante grande. Y en vistas de que Lena será la presidenta del comité, *ella* tendrá la opción de escoger dos asistentes —dice señorita Tannenbaum—. Lena, puedes escoger dos ayudantes.

Edna se vuelve hacia Lena y cruza los brazos, esperando a ser escogida primero. Sin embargo, Lena no cambia su expresión, ni siquiera cuando todos comienzan a susurrar «¡Escógeme!».

—¿Quieres pensártelo un poco? —pregunta la señorita Tannenbaum, porque le está tomando un poco de tiempo.

Lena niega con la cabeza. Cierra los ojos del modo que hizo durante su danza interpretativa para la clase. Las puntas azules de su pelo tiemblan un poco, como las espinas de un puerco espín en alerta.

—Merci. —Mi nombre suena claro como una campana—. Y Hannah también.

—Ay, *Dios* mío —dice Rachel.

CAPÍTULO 30

EL PELO AZUL DE LENA hace que la gente la note ahora, lo que es extraño en alguien que mayormente parece querer estar por su cuenta. De hecho, entre los estudiantes, ella es la única que camina sola a todas partes y nunca parece sentirse sola. A lo mejor es por eso que no hemos sido amigas de verdad. Pero ahora que *estoy* trabajando con ella, noto que es bastante interesante. Dibuja en sus cuadernos y es tan silenciosa que le puedes pasar por al lado y no notar que está ahí. Una vez la vi hacer un estiramiento de yoga cerca de la escultura de Sierpiński, incluso mientras la gente caminaba por ahí. Además, siempre está leyendo algo que tiene buena pinta, como un libro de cómics o una novela gráfica con palabras en otro idioma.

—¿Cómo sabes lo que dicen? —le pregunté.

—Leo las imágenes.

Aun así, yo desearía que no me hubiera escogido. Nuestro trabajo principal es hacer el cadáver y el ataúd. Esto es muerte hasta por los codos.

Hannah también luce incómoda, pero no porque ella no quiera pensar en cosas muertas, como me pasa a mí. Pienso que es porque no está trabajando con Edna y Jamie, quienes han sido asignadas al comité de los escribas. Los ojos de Hannah se le van rumbo a las ventanas de la cafetería para darle un vistazo a nuestra mesa habitual, que supongo es donde ella quiere estar de verdad.

—Hannah —dice Lena—, ¿cuál es tu idea para la momia? —Las tres estamos almorzando en el patio, en el sitio de Lena, para poder hacer planes en paz.

—Lo siento —dice Hannah, por fin mirándonos—. ¿Y si simplemente envolvemos a alguien en papel sanitario?

Lena bebe un sorbo de su caja de jugo.

—Se rompe muy fácilmente —dice—. Además, tendríamos que envolver una momia nueva cada día. ¿Cuál es tu idea, Merci?

Me encojo de hombros. —¿Qué tal si hacemos un modelo con una muñeca o algo por el estilo? —Le doy una mordida a mi sándwich, que está más seco que de costumbre. Yo podría ofrecer a la Boba, pero la idea de convertirla en una momia me da miedo. ¿Y si eso de verdad le da poderes diabólicos?

—Pero una muñeca es algo demasiado pequeño. —Los ojos de Hannah se disparan nuevamente hacia la mesa de Edna—. Y ya a mí no me queda ninguna.

Lena mete una minizanahoria en su humus y le da una ruidosa mordida.

—Yo creo que deberíamos usar un modelo *vivo* —dice—. Podríamos usar yeso de París. El modelo tendría que acostarse sin moverse y estar completamente tranquilo..., pero solo hasta que se seque. No demora mucho. Entonces lo podemos dejar que salga.

—¿Tendría que hacerse el muerto? —pregunta Hannah, con una risita—. Qué espeluznante.

Me muevo en la silla y miro a las nubes. Hoy es un día con brisa y las nubes se mueven por el cielo más rápido de lo habitual. Dragones, payasos, ballenas, la cara de un hombre. Saco mi teléfono y tomo un video.

Lena también levanta la cabeza y contempla unos segundos mientras filmo.

—¡Oh! ¿Filmaste al tipo de la barba? —dice y señala.

Asiento con la cabeza. Entonces dejo de filmar y me vuelvo hacia ella.

—No quiero fingir que estoy muerta —digo en voz baja.

315

Lena me mira mientras mastica.

Hannah se sonroja e intenta cambiar de tema.

—¿Y si trabajamos primero en el sarcófago? Tengo pintura dorada y algunos abalorios. Podemos ponerle gemas y brillantina para hacerlo relucir y...

—Enfócate: momia —dice Lena—. Podemos resolver el problema. ¿Y si pedimos un voluntario en la clase? Alguien va a querer hacerlo. Va a ser inmortalizado en yeso, ¿se acuerdan? Eso lo va a convertir en la estrella de toda la tumba.

Las tres nos volteamos a mirar hacia el comedor. Edna está mostrando lo que queda de su erupción a todo el que quiera verla.

Hannah suelta una sonrisa y comprime su basura hasta formar una pelota.

—Espérenme aquí —dice—. Yo sé exactamente a quién pedírselo.

CAPÍTULO 31

EL EQUIPO DE FÚTBOL DE las niñas tiene un partido en casa hoy después de la escuela, así que las jugadoras tuvieron oportunidad de ponerse las camisetas. Los autobuses de King's Academy entran al parqueo a la hora de la salida, justo en el momento en que mami hace sonar el claxon y me saluda con la mano desde un carro prestado que no reconozco. Por una vez, me alegro de irme con los mellizos con tal de no tener que ver esto.

Estoy muerta del hambre, pero mami lo único que me deja de merienda es una natilla con semillas de chía antes de irse a hacer las gestiones para comprar un carro. Así que me voy a casa de Lolo y abuela a ver si hay algo mejor. Además, tengo que conseguir cuentas y botones para el sarcófago, si abuela se puede desprender de eso.

Tía Inés cuelga las ropas de los mellizos en el patio. Es extraño que esté en casa, especialmente en una fecha tan cercana al Día de Acción de Gracias, cuando comienzan a llover en El Caribe los pedidos de tortas y pasteles especiales.

—¿No vas al trabajo hoy? —digo. Tía por lo general se queda al menos hasta las cuatro, que es el motivo por el que yo tengo que ayudar de niñera todos los días.

—Alguien tenía que recoger a los niños en la escuela.

—Se encoge de hombros—. Irma me cubre el turno hasta que yo regrese.

—¿Dónde están Lolo y abuela?

—Ahora no están en casa. —Engancha un par de overoles a una camisa en la tendedera—. Tu papá los llevó al médico. Le tocaba a él.

La miro e intento no pensar en el doctor, en todas las citas médicas llenas de información que nadie me dio.

Los mellizos ya tienen puestas sus ropas de mataperrear, están descalzos e intentan atrapar lagartijas en un frasco de plástico.

Son terribles cazadores. Hasta Tuerto es mejor. Que yo recuerde, tan solo han podido atrapar una. El nombre que le pusieron a la pobre criatura fue Seymour, y dijeron que era un bebé dragón.

—¿Estás bien? —me pregunta tía—. De nuevo andas alicaída.

Le lanzo una de mis miradas. No tengo energía para contarle lo que ocurre con Edna ni ninguna otra cosa. Lolo era quien siempre me echaba una mano con esas cosas.

—Solo vine a buscar merienda —digo y entro en la cocina de Lolo y abuela.

No he estado por aquí en días, lo que casi nunca antes había pasado. Ahora, aunque todo está en el mismo sitio, siento como si hubiese entrado en una casa desconocida. Con las luces apagadas y sin nadie en casa, esto parece demasiado tranquilo.

Las galleticas Gilda están en el mostrador en una bolsa de plástico. Se supone que no debo comérmelas. Están hechas con manteca, lo que mami dice que es una sentencia de muerte. Pero eso a mí no me importa. Son deliciosas con mantequilla..., incluso más ricas si las metes en el café dulce de abuela. Saco un par de la bolsa y le doy una mordida a una sin untarle nada.

Comienzo a caminar de vuelta por el pasillo hasta la puerta trasera, acomodando algunas fotos enmarcadas a mi paso. A abuela le gusta decir que yo salí a ella porque soy «artística». Ella podría convertir mil retazos de tela en un hermoso vestido en su máquina de coser, pero no hay manera de que tome una foto como lo hago yo. Las paredes están abarrotadas de fotos de descabezados de nuestros primeros días de escuela, nuestras comuniones, nuestras excursiones familiares, la fiesta de fin de curso de Roli. Solo hay un grupo de fotos que es un poco mejor: las que están en su cuarto... porque abuela no las tomó. Hace dos años, recibimos un paquete especial por correo. Yo supe que venía de Cuba de inmediato por el raro sello postal y las palabras en español en la dirección del remitente. *Quemado de Güines, Villa Clara.* Dentro del sobre grande había docenas de fotos sueltas, viejas, en blanco y negro y en colores borrosos. Uno de los primos de abuela, quien todavía vive en su antigua casa, las había encontrado en la parte de atrás de un clóset en donde abuela las había escondido antes de irse. Los insectos les habían hecho huecos a algunas de las caras y las fotos tenían un poco de olor a moho. Pero abuela armó tremendo alboroto y se le aguaron los ojos. Les compró marcos en la tienda de un dólar e hizo que papi las colgara encima de su cama. Así es como tenemos fotos de su mamá en el día de su boda en 1930, de Lolo con su padre, quien vino de las Filipinas, y de una joven y delgada abuela con tía Inés en los brazos.

Me adentro más en su cuarto y me paro frente a mi foto favorita. Es Lolo en bicicleta. No es la bicicleta que tiene aquí. Esta es la que montaba en Cuba, la que usaba todos los días, pues no tenía carro. Tiene el pelo peinado hacia atrás y sonríe, como si alguien le acabara de contar un buen chiste. Noto un buqué de flores en la canasta, lo que hace que me pregunte si eran para abuela o tal vez para alguna otra persona. Luce completamente feliz, con los ojos achicados por el sol.

—Si no fuese una foto tan vieja cualquiera juraría que es Roli, ¿verdad? —La voz de tía Inés me sorprende—. Disculpa —dice.

—No deberías tomar a la gente por sorpresa —digo.

—Te habías demorado un poco, así que vine a chequear antes de irme otra vez al trabajo.

Las voces de los mellizos suben y bajan mientras siguen con sus carreras afuera. Tía da un vistazo por la ventana mientras yo le doy una mordida a mi galletica. Le ofrezco la otra, pero me dice que no con la mano. En vez de eso, se sienta en la cama de Lolo y abuela y alisa la colcha del mismo modo que hace abuela.

—¿Todavía sigues brava con nosotros? —pregunta.

Me encojo de hombros.

Asiente con la cabeza, pensativa.

—No te culpo. Deberíamos habértelo dicho. Para serte sincera, yo también estoy brava.

La miro de reojo.

—¿Y tú por qué estas brava? *A ti* nadie te engañó— puntualizo.

—No. Pero también estoy triste —dice con dureza—. Mi padre está enfermo y me preocupa cómo lo voy a cuidar cuando las cosas empeoren.

No he pensado mucho en cómo esto la afecta a ella o a abuela o a mis padres. Más que nada, he pensado en cómo esto me hace sentir a mí.

—Ya no podemos fingir más. Y muchas cosas están cambiando rápidamente —dice tía.

Me acuesto en la cama y miro al techo.

—Estoy harta de los cambios. Ya nada tiene sentido. Ni Lolo ni la gente en la escuela ni nada.

Me mira y arquea una ceja y comienza a desenredarme un nudo que no me había notado en el pelo.

Desde aquí, tía luce hermosa. Casi no tiene nada de maquillaje y de repente puedo ver a la niña que fue en su cara.

—Quédate quieta. —Saco el teléfono y le tomo una foto.

—Ay, niña —dice—. Estoy hecha un horror. Borra eso.

—No. —Le muestro la pantalla y pone los ojos en blanco.

Afuera, uno de los mellizos comienza a chillar. Tía camina hasta la ventana y se asoma.

—Estos o por fin atraparon algo o se están matando —dice—. Mejor voy por allá a ver cuál de las dos es.

—Se vuelve hacia mí desde la puerta—. De todos modos, solo quería decirte que lo siento, Merci. Todos lo sentimos y esa es la verdad.

—No te vayas todavía. —Camino hasta ella y acomodo mi teléfono—. Párate aquí conmigo.

Sus manos vuelan a su pelo.

—Hazme el favor. ¡No con esta facha!

—¡Sonríe! —digo.

Juntamos las cabezas mientras yo tomo un selfi.

Cuando miramos la foto, se ve a simple vista que ninguna de las dos luce bien. Se me abrió el pasador y tengo migajas de galleta en el mentón. La blusa de tía tiene una mancha cerca del cuello. Abuela probablemente diría que no lucimos decentes. Manipulo el color y lo dejo en blanco y negro. La imagen luce completamente diferente. De pronto notas lo que es importante en la foto. Las patas de gallina en los ojos de tía. La inclinación de mis espejuelos. Nuestras sonrisas son casi iguales, aunque nunca antes lo había notado.

—¿Qué te parece? —pregunto.

La mira y me da un beso en la cabeza.

Más tarde esa noche, todos vienen a nuestra casa. Lolo y abuela. Tía Inés y los mellizos. Se sientan en la sala, los mellizos dormitando, como si fuesen cachorritos, en mi colcha favorita cerca de la tele. Esta vez, no hay susurros en la cocina. Hablan de lo que dijo el doctor cuando yo entro a la cocina a buscar una merienda. No lo entiendo todo.

Pero lo escucho todo mientras me siento en la esquina a sacar fotos con mi teléfono para pasar el tiempo. *Una recaída más rápida. Un ensayo clínico. Acceso a asistencia.* Sonrisas y caras tristes y algunas lágrimas. Lolo cierra los ojos de vez en cuando. Abuela le aguanta las manos.

Hago clic una y otra vez y nos capto tal y como somos en este preciso instante.

CAPÍTULO 32

—¿Y SE PUEDE SABER QUÉ cosa es esto?

Lena, Hannah y yo hemos hecho una enorme pila de cubos, bolsas de basura, cinta adhesiva y paños de tela en la oficina administrativa. La señorita McDaniels está de pie, con los brazos cruzados y cara de pocos amigos.

—Es un asunto oficial, señorita —digo—. Recolectamos materiales para nuestro Proyecto de la Gran Tumba. Nos gustaría guardar nuestras cosas aquí hasta que las necesitemos. Vamos a momificar a alguien esta semana.

El ojo le da un brinco.

—Esto es todo un caos, jovencitas. ¿Qué hay de malo con ponerlo en el aula de la señorita Tannenbaum?

Intercambio miradas con Hannah y Lena. Eso es lo que

ellas sugirieron. Yo fui la que insistió en que guardáramos las cosas en la oficina.

—Queremos que nuestras cosas estén seguras —digo.

Las señorita McDaniels levanta las cejas.

—Discúlpenme. ¿Y por qué sus «cosas» no iban a estar seguras en su salón de clase?

Me apoyo en la otra pierna, insegura de qué decir. No quiero irme de lengua, así que me limito a ser breve.

—Es que la última vez que dejé algo ahí, no funcionó.

—Me mira con reservas—. Eran la máscara y el disfraz para el festival. Lo traje para mi Amigo del Sol y lo dejé en el aula de la señorita Tannenbaum (¿se acuerda, señorita?). Cuando regresé, estaba roto en pedazos.

Su cara se vuelve una piedra.

—Ya veo.

Así es como me entero de que la señorita McDaniels tiene otra cosa que la saca de quicio además de las tardanzas, el hacerle perder valioso tiempo y las tonterías sin sentido.

Busca bajo el mostrador y saca un formulario con pinta de documento oficial. Entonces me da un bolígrafo plástico con forma de margarita.

—Tienes que llenar un informe sobre el incidente —dice.

Le echo un vistazo a las secciones encabezadas con «Declaración de la víctima» y «Valor estimado de la propiedad dañada»

—Oh, no, señorita. Está bien. En realidad, ya no importa —digo.

—Incorrecto —dice y me sostiene la mirada—. Lo que ocurrió se llama destrucción de la propiedad personal. Y es inaceptable en Seaward Pines...

Mete la hoja en un portapapeles y me la entrega.

—Siéntate allí y llena esto. Afinca fuerte el bolígrafo. Está en triplicado.

—No tiene que ser un varón —insiste Edna—. El antiguo Egipto tenía reinas famosas, por si no lo sabían. Obvio, Nefertiti..., quien era preciosa, por cierto.

—¡Es verdad!

Los ojos de la señorita Tannenbaum brillan de placer. Disfruta la discusión de la clase (alias el argumento) acerca de quién va a ser el modelo para nuestra momia. Dice que un buen debate le hace correr la sangre por las venas. En cualquier caso, no esperábamos que más de una persona quisiera ser la momia. Le preguntamos a Edna, pero otra gente también se ofreció de voluntaria. Ahora mismo, los contendientes son nada más y nada menos que Michael Clark y Edna, lo que ha dividido a la clase en varones contra hembras.

—Pero nadie jamás ha encontrado su tumba —dice Michael—. Lo decía el video de la tarea.

Las niñas abuchean.

—Y además el rey Tut es mucho más chévere —dice.

—¿Dice quién? —pregunta Edna—. Él está sobrevalorado.

—Supersobrevalorado —añade Jamie.

—Y la señorita Tannenbaum dice que nunca hemos tenido la tumba de una reina. Es el turno de una niña —dice Rachel. Levanta el puño en señal de poder, pero como nadie se le une, lo baja de nuevo y se sonroja—. Lo siento, Michael.

—La configuración tendría que ser ligeramente distinta para la tumba de una reina, así que el equipo de arqueología va a tener que investigar un poco más —dice la señorita Tannenbaum, lo cual provoca un leve quejido en el fondo del aula.

Lena garabatea en su libreta de notas y escucha. Veo que dibuja la máscara famosa del rey Tut y también el busto de Nefertiti. Casi luce igual a lo que está en nuestros libros.

Edna se cruza de brazos.

—Deberíamos ser prácticos. Admítanlo, yo soy de un tamaño mucho mejor para un modelo. —Le sonríe dulcemente a Michael, quien se alza por encima de todos nosotros—. Y yo tengo entrenamiento de yoga en técnicas de respiración lenta. No voy a mover ni un músculo.

La discusión estalla otra vez, hasta que la señorita Tannenbaum por fin levanta la mano en señal de que hagamos silencio.

—¿Y el comité? —dice, volviéndose hacia nosotras—. ¿Cuál es su decisión?

Lena, Hannah y yo nos levantamos y nos apiñamos en una esquina como hacen los jugadores de fútbol.

—¿Qué hacemos? Edna de veras quiere esta tarea.

—Hannah tal parece que quiere vomitar. Tomar decisiones le causa ese efecto y la mirada de láser que le está dando Jamie no la ayuda para nada.

Lena me mira.

—Según mis cálculos, Michael va a requerir demasiado yeso —dice—. Además, nos hará falta mucha más madera para construir un sarcófago a su alrededor. Por desgracia, pienso que Edna tiene razón.

La miro con expresión adolorida.

Lena asiente pensativamente. Ella no es boba.

—Piensen en esto: así ella tendrá la boca sellada con yeso por al menos media hora —dice—. Ya eso es algo.

Y así es como se decide que Edna va a ser inmortalizada.

Viene a la escuela en su chándal el último día antes del receso de Acción de Gracias. Tuvo que recibir permiso de la señorita McDaniels, por supuesto, ya que estaría vestida fuera «de los parámetros del atuendo escolar», eso sin mencionar el hecho de que todas nos perderíamos la clase de matemáticas hoy en lo que se endurece el molde. Por lo visto, la señorita McDaniels se la comió a preguntas.

—Por Dios. ¡Es tan entrometida! Sin ánimo de ofender, pero ¿por qué tiene que saberlo todo respecto a nuestros proyectos? Ella es la secretaria de la escuela.

—Pone los ojos en blanco y se mete en la bolsa de la basura que sostengo para ella.

Nuestro plan de trabajo es simple. Vamos a envolver a Edna como si fuera un burrito humano con bolsas plásticas, luego la cubriremos con dos capas de tiras de papel. Lena dice que lo más importante es pegar todo con cinta muy cerca de la piel, de lo contrario no veremos la forma del cuerpo.

—Va a lucir como un enorme montón de popó —nos advierte Lena.

Lena pone los paños aislantes sobre los escritorios que hemos acomodado como si fuesen una mesa de operaciones. Mientras tanto, Hannah peina a Edna para la gran ocasión. Tuerce los mechones en una trenza y luego los envuelve en una toalla y luego en una bolsa plástica por encima. Hasta trajo dos lascas de pepino en una bolsita para ponérselas sobre los ojos. Al final, Edna se parece a una de esas señoras de los *spas* que van a que les den masajes faciales.

Los demás comités también trabajan en todas partes en el aula. Jamie y los demás escribas pintan la historia de nuestra reina. Los ingenieros buscan un modo de poner los divisores de cartón dentro de nuestra tumba para crear cámaras. Los artesanos hacen vasijas y estatuas.

—Tengo que mezclar las tiras de yeso —dice Lena—. ¿Le puedes preparar la cara, por favor? —Me da un frasco grande con vaselina. Pero cuando saco un pegote, Edna protesta.

—¡Aguanta un momento! *Eso*... ¿en mi cara? —dice—. Me van a salir granos.

—Bueno, ¿preferirías que te pusiéramos una bolsa plástica sobre la cabeza? —pregunto—. Te vas a asfixiar, por supuesto, pero si insistes...

—No te preocupes, Edna —dice Lena, interrumpiéndome—. Vamos a dejar grandes huecos para tu nariz. Y todo esto se va a secar en menos de cuarenta minutos. Te puedes lavar la cara inmediatamente después. Te lo prometo.

—Está bien. —Edna se acuesta y se pone las lascas de pepino en los párpados—. Mira los sacrificios que tengo que hacer.

Comienzo a embadurnarla, siguiendo el contorno de su mejilla y su barbilla, hasta donde la bolsa plástica le toca el cuello. Trato de que no se me pase nada. Así de cerca, puedo ver que la cara de Edna está llena de bultitos y espinillas, igual que la mía. Si en efecto le salen granos, jamás va a dejar de hablar de eso.

—Ponte las pilas, Merci —dice—. Soy un asco.

La unto abundantemente con lo que puedo y doy por terminada la faena.

—OK —dice Lena, que se cierne sobre Edna como una cirujana—. Vamos a comenzar a ponerte el yeso, así que no te muevas ni hables. No queremos que se cuartee.

—Me voy a la ultratumba —dice Edna dramáticamente. Luego inhala en varias ocasiones para purificarse. Detesto tener que admitirlo, pero no mueve un músculo. Lena pone un cubo de agua sobre un escritorio y lo coloca junto a una pila de tiras de yeso. Mojamos cada una de ellas y las colocamos entrelazadas. Yo trabajo en la cabeza de Edna, mientras que Lena y Hannah trabajan en partes más grandes de su cuerpo. No toma mucho tiempo terminar la primera capa, pero todavía puedes ver a través de ella en algunos sitios.

—¿Estás bien, Edna? —pregunta Lena.

—Mmm-hmm —dice Edna.

Ponemos el ventilador en su dirección y esperamos quince minutos antes de comenzar a poner la segunda capa. Esta es un poco más complicada. Lena nos enseña cómo usar los pulgares para distribuir la sustancia pegajosa en los bordes mientras avanzamos.

—¿Cómo sabes tanto de arte? —le pregunto en lo que trabajamos.

Se encoge de hombros.

—Siempre lo he hecho. Mi abuelo era pintor.

—Oye, el mío también —digo yo—. Sol Painting, Inc.

—Probablemente no del mismo tipo. El mío pintaba retratos, el océano, ese tipo de cosas. Mi papá todavía tiene algunos cuadros colgados en su galería en Delray. —Se encoge de hombros—. Yo no soy tan buena, pero me gusta la tranquilidad cuando pinto. Y los colores.

—A mí también —digo yo—. No es tan diferente pintar habitaciones.

Lena piensa en eso y sonríe.

—Tienes razón.

Trabajamos juntas las tres. Hannah también nos cuenta de su abuelo, quien vive en Miami y está casado con alguien muy joven. Él y la nana de Hannah no se llevan bien.

Nos toma la mayor parte de la clase terminarlo todo. Pero cuando suena el timbre, tenemos un molde bastante bueno de nuestra difunta reina.

La señorita Tannenbaum vuelve a encender el ventilador para secarla más rápido y asiente en señal de aprobación.

—Muy bien hecho, muchachas —dice—. Tú también, Edna —añade en voz alta—. Muy profesional.

Todos se congregan para ver lo que hemos hecho. Aunque todavía esté pegajosa, podemos ver que va a ser perfecta.

Lena chequea el reloj.

—Va a estar completamente lista en quince minutos.

—¡Y ahí se acaba la película! —bromea Hannah y le tiramos pedacitos de yeso.

Entonces nos ocupamos de limpiar los paños empapados y botamos los cubos de agua gris afuera en la hierba.

Edna se queda quieta como una piedra todo el tiempo.

Lena apaga la alarma de su reloj y pasa las yemas de los dedos por la superficie. Está sólida y lisa como una roca.

—Creo que nuestra momia está lista.

La señorita Tannenbaum desconecta el ventilador.

—Muy bien. ¿Qué les parece, chicas, si ustedes quitan el molde mientras yo devuelvo esto al salón del arte de señor Shaw? Regreso en un santiamén.

—A sus posiciones —dice Lena.

Me paro a la cabeza, tal y como lo habíamos planificado. Hannah y Lena se ponen a cada lado del yeso. Tenemos que levantarlo todas al mismo tiempo para que no se rompa.

Lena se inclina y habla cerca del oído de Edna.

—OK, Edna, quiero que muevas los dedos y las piernas y la cara muy delicadamente. No demasiado; solo queremos ablandar el molde un poquito.

Los demás en la clase que aún trabajan dejan lo que están haciendo y vienen a mirar. Es un poco espeluznante ver cómo el yeso comienza a moverse. Es como esas películas de horror sobre los muertos vivos.

—Así basta. —Lena entonces se vuelve hacia nosotras—. Cuando diga *tres*, la levantamos juntas muy despacio. —La clase se queda muy tranquila con la anticipación—. Uno... dos... tres...

Los pies y los lados se aflojan mientras levantamos al unísono. Con facilidad, hago una palanca a los lados de la máscara y la levanto hacia arriba. Pero de repente, escucho un grito de Edna que viene de abajo.

—¡AYYY! ¡Para!

Todos nos quedamos de piedra.

—¿Qué pasa? —pregunto.

—Mi cara está pegada.

—Eso no puede ser —dice Lena.

Pero en efecto, cuando me asomo a mirar por debajo, veo que las cejas de Edna están siendo haladas hacia arriba con el yeso.

—Oh, oh.

—¿Cómo que *Oh, oh*? —dice Edna. Una de las lascas

de pepino se le cae y me mira con tremenda mala cara—. ¿Qué quieres decir con *Oh, oh?*

—Espérate un segundo —le digo. Luego me levanto y le susurro a Lena—. Jefa, aquí abajo tenemos un problemita.

Se agacha y mira y se le agrandan los ojos.

—Aguanta ahí —le dice a Edna. Entonces se vuelve a nosotras como un látigo—. ¿No le pusiste la vaselina?

—Por supuesto que lo hice.

—¿A lo mejor no usaste suficiente? ¿O a lo mejor no se la pusiste lo suficientemente cerca de los ojos?

—Lo hice de prisa —digo, tratando de recordar—. Ella me estaba apurando.

—¡Le pasaste por alto las cejas! —dice Lena.

—Bueno, ¿y ahora qué vamos a hacer? —pregunta Hannah.

—Sáquenme de aquí —nos grita Edna.

—Espérate un segundo —digo. Entonces me vuelvo a Lena y a Hannah—. Vamos a arrancárselo rápido —sugiero—. Mi tía se depila las cejas con cera todo el tiempo. ¿Cuán diferente podría ser esto?

Hannah se queda boquiabierta de horror.

Los varones se empiezan a reír, especialmente Michael.

—¡Ay, *Dios* mío! —dice Rachel, cuando ellos le cuentan lo que les hace tanta gracia—. ¿Edna está atascada en serio?

—Silencio —grito.

—¿Estoy *atascada*? —grita Edna—. ¿Quién dijo eso? ¿Esa fuiste tú, Rachel?

—Intentémoslo una vez más —dice Lena rápidamente. Halamos tan delicadamente como nos es posible, pero la piel bajo las cejas de Edna tan solo se estira hacia arriba hasta que ella chilla de nuevo—. ¡Me están matando!

—Está pegada de verdad —dice Michael—. Me alegro de que no fuese yo. —Y entonces los varones se doblan de la risa.

—¡Auxilio! —dice Edna.

—Te vamos a sacar en un segundo —dice Lena—. Rápido. Ven acá y aguanta esta parte hacia arriba —le dice a Rachel. Entonces mete los dedos en la vaselina—. Quédate quieta, Edna. Voy a tratar de zafarte.

Pero no sirve de nada. Usamos el resto del frasco de vaselina, pero cuando volvemos a halar, Edna nos da un manotazo con su mano libre.

—¡AY!

Lena me mira con seriedad del otro lado del yeso que sostenemos.

—Solo nos queda por hacer una cosa —dice. Camina lentamente hacia el escritorio de la señorita Tannenbaum y toma un par de tijeras de la taza con los lápices. Traga en seco—. Cierra los ojos y no muevas ni un músculo —le dice a Edna.

—Espérate —digo yo—. Yo metí la pata. Yo soy quien la va a sacar.

—¿Estás segura?

Asiento con la cabeza y tomo las tijeras.

—¿Qué vas a hacer? —dice Edna cuando me ve acercármele por encima de los ojos.

—Es el único modo, Edna. Ahora quédate quieta.

Es difícil mantener la vista enfocada, sobre todo porque mi ojo comienza a escurrirse nerviosamente. Me tiemblan las manos en lo que la tijera hace *tris, tris, tris* en las cejas de Edna.

Por fin está desatascada. Levantamos el yeso cuidadosamente y lo ponemos en el suelo. Edna se sienta y se arranca las bolsas de plástico del cuerpo. Tiene la cara brillante por la grasa y la piel alrededor de lo que queda de sus cejas es de un color rosa brillante. Hannah le da un vistazo y se cubre la boca. Los varones vuelven a sus carcajadas. Me dan ganas de caerles a puñetazos.

—Basta —digo.

Michael Clark es el primero que logra recuperar el aliento lo suficiente como para poder hablar.

—Tus cejas se ven raras —dice, mientras sube y baja las suyas.

Edna pone mala cara.

—¡Un espejo! —dice.

Jamie busca en su mochila y le entrega uno compacto con orejas de gato. Edna lo abre. Lo único que oigo después es su grito.

Ahí es cuando la señorita Tannenbaum entra apresuradamente.

—¿A qué se debe este alboroto? ¡Los escuchaba al fondo del pasillo! —dice, frunciendo el ceño—. Los varones: ¡cállense de una vez!

Nadie tiene tiempo de responder. Edna salta de las mesas y se arranca el resto de las bolsas de plástico.

—¡Mire lo que esta idiota les hizo a mis cejas, después de todo lo que las he ayudado! —dice y se señala—. ¡Tan solo mire! ¡Están hechas una ruina!

No se equivoca. Traté de ser cuidadosa, pero tuve que cortar cerca de la piel con esas tijeras grandes para zafarla. Ahora sus cejas están desiguales y torcidas. La mitad de la de la izquierda casi desapareció. Además, los pocos pelitos que le quedan están cubiertos de yeso.

La cara de la señorita Tannenbaum se vuelve sombría.

—Ay, no…, no, no, no, no, no, no, no…

Toma la cara de Edna en sus manos para inspeccionar el daño.

Intento explicarle.

—Pero teníamos que sacarla, señorita. No nos quedó otra opción.

La señorita Tannenbaum cierra los ojos en lo que Edna comienza a soltar un berrinche. Entonces pone la mano sobre el hombro de Edna y la guía hacia la puerta.

—Vamos a ver a la señorita McDaniels. Parece que tendremos que llamar a tu casa.

CAPÍTULO 33

MAMI ME ESPERA EN EL mostrador de la farmacia. Venimos a recoger la nueva medicina de Lolo antes de que cierre la tienda por Acción de Gracias. Esto se supone que sea como un nuevo juego de frenos para su pérdida de memoria. Al menos eso es lo que dice el doctor.

Pongo el lápiz de cejas en el mostrador. Es «marrón de medianoche», el color que tía dijo.

—¿Tienes la postal también? —pregunta mami.

La deslizo en el mostrador y trato de no hacer ningún gesto con la cara. Escogí una con la imagen de una roca que tiene ojos preocupados. *¿Sin rencores?* Por dentro está en blanco, para que me pueda disculpar con Edna en mis propias palabras, del modo que mami dice que debe ser.

Por suerte, la postal es medio pequeña. Si escribo en letras grandes, no tendré que decir mucho.

—¿No se te olvida algo? —Mami extiende la palma de la mano. Para colmo, tengo que pagar por mi error. Literalmente. Diez dólares que desaparecen de mis ahorros para la bici.

—Ni siquiera sé qué escribir —le digo—. Estoy segura de que ella no me habla. ¿Por qué va a leer una nota?

—Trato de no pensar en la cara de Edna, toda roja y gomosa, ni de cómo todos se rieron de ella.

—Vamos a comer a las tres —dice mientras caminamos a casa—. Vas a tener bastante tiempo para saber qué decir para ese entonces. Habla con el corazón.

—*Tun-tun. Tun-tun. Tun-tun* —digo.

—Qué graciosa —dice mami.

Lolo y los mellizos están en el patio recogiendo toronjas mientras yo intento escribir algo.

Papi plantó el árbol el mismo año en que él y mami, Lolo y tía Inés compartieron los gastos para comprar Las Casitas. Ahora es un árbol grande, y aunque nunca ha sido bueno para treparse en él, cuando florece a fines del invierno, las flores blancas hacen que todo el patio tenga una deliciosa fragancia. Esas flores con el tiempo se convierten en frutas con la llegada del otoño. A abuela le gusta que dejemos las frutas en los árboles tanto como sea posible, aunque algunas están listas en octubre. Es el secreto de su dulzura, dice. Dejar que las cosas maduren y no apresurarlas.

Lolo sostiene firmemente la escalera contra el tronco. Lo único que veo son las piernas flacas de Axel. El resto de su cuerpo está oculto bajo la copa del árbol.

—Dale la vuelta al tallo —le dice Lolo desde abajo—. Hazlo hasta que escuches que se desprende.

Una toronja cae con un ruido seco y rueda hasta cerca de mi silla como una sucia pelota de sóftbol. Me saco el teléfono del bolsillo y la enfoco. Voy a añadir esta foto a las que ya he tomado. Abuela en su máquina de coser. Tía Inés poniéndose los rulos. Mami y papi mirando la tele.

—¿Cuándo me toca a mí? —pregunta Tomás. Anda de puntillas alrededor del árbol, intentando sorprender a las lagartijas lo mejor que puede. Hala a Lolo de los pantalones—. ¿Cuándo?

—Cuando yo te diga que te toca, compadre —dice él.

Los miro un rato. Por lo menos, es un buen día para Lolo. A lo mejor la medicina va a funcionar. A lo mejor tendremos a Lolo del modo que se supone que sea por mucho tiempo.

Me vuelvo hacia la postal en mi regazo, pero es difícil concentrarse. Todo el patio huele a naranja y ajo y el estómago me suena una y otra vez. Nosotros no comemos pavo y relleno por Acción de Gracias, como la mayoría de la gente de por aquí. Ni siquiera pastel de calabaza.

En vez de eso, siempre comenzamos Acción de Gracias con una toronja cortada en secciones, con azúcar rociada por encima, como le gusta a Lolo. Abuela hornea cuatro pollos y cocina una enorme cazuela de arroz blanco. Tía hace sus famosos coquitos. Mami insiste en una ensalada, por supuesto. Entonces, como la mayoría de la gente, decimos «gracias, Señor» y comemos hasta que nuestras barrigas están a punto de reventar.

—Lo que importa no es el menú —le gusta decir a mami—. Es el modo en que nos pasamos el día sintiéndonos agradecidos.

—Aunque no por los despiadados colonizadores —le gusta añadir a Roli. Durante años ha cultivado un rencor bien documentado contra Acción de Gracias.

Uf. Ahora mismo no me siento agradecida en lo absoluto... por nada. Cuando regresemos a la escuela el lunes, tendré que reportarme directamente a la señorita McDaniels para una reunión con el director de la escuela. Traducido mal y pronto, eso quiere decir que «estoy metida en un lío». Hannah dice que ella vio a la señora Santos venir a buscar a Edna después de nuestro desastre en estudios sociales y aquello no anduvo bien. Hannah intentó disculparse y explicar lo que había pasado, pero la señora Santos estaba incluso más brava que Edna.

—¡No lo entiendo! Cualquiera puede ver que no lo hicimos a propósito —refunfuñó Hannah.

¿Se le puede poner una demanda a alguien porque te haya arruinado las cejas? Supongo que pronto nos vamos a enterar.

Miro la postal en mi regazo una vez más. Leí en uno de los libros de educación empresarial que nunca debes escribir un correo electrónico o una carta cuando estés enfadado porque entonces vas a hablar de más y decir cosas de las que te vas a arrepentir. Cosas como:

QUERIDA EDNA: LISA Y LLANAMENTE,
RECIBISTE TU MERECIDO POR DESTRUIR MI TRAJE Y
ME ALEGRO. CON ÁNIMO DE OFENDER.
DE MERCI

Pero lo raro es que no puedo escribir eso. Aunque Edna puede ser horrible, yo sé que me equivoqué. Tampoco me divertí como yo habría pensado al ver que los demás se reían de ella. Ella sí había acordado que nos iba a ayudar, y ver a Michael y a los demás burlarse de ella me hizo sentir mal. Así que decido atenerme a los hechos, cosa que Roli dice que nunca le ha fallado a nadie. Le escribo una carta que me parece legítima.

Querida Edna:

Siento que hayamos metido la pata. En verdad fue un accidente. Yo intentaba rescatarte porque una vida atascada dentro de una máscara de yeso sería un bodrio. Espero que te crezcan pronto las cejas. El promedio de crecimiento del pelo para los niños es de aproximadamente 0.14 mm cada día, así que en unas semanas vas a lucir como nueva. Hasta entonces, usa esto.

Merci

Pongo el lápiz de cejas dentro del sobre cuando termino.

Luego camino hasta el árbol, donde Tomás ha cavado un hueco de puro aburrimiento y patea las toronjas en el suelo como si fuesen balones de fútbol.

—Tú sabes que esas son las que nos tenemos que comer —digo.

Vuelve a halarle los pantalones a Lolo.

—¿Ya me toca? —se queja.

Tengo miedo de que Lolo se impaciente. A lo mejor yo debería hacer algo útil.

—Oye —le digo a Tomás—. Tengo una idea. Ven conmigo.

Tomás no es el niño más confiado, especialmente cuando no está con Axel, pero me sigue hasta el garaje. La bicicleta de Lolo está ahí, al lado de la mía.

Agarro mi bici, lo cargo y lo pongo en el manubrio. Es más pesado de lo que recuerdo, y ha perdido un diente, cosa que no puedo creer que yo no haya notado. Abuela guardó el primer diente de Roli y el mío en una vieja lata de caramelos para la tos. Me pregunto si el de Axel también está ahí o si abuela está demasiado ocupada como para notarlo. O a lo mejor soy yo quien no ha estado prestando atención.

—Aguántate bien, ¿OK?

—¡Bruum! —dice él.

Empiezo a pedalear.

Comenzamos a dar una vuelta grande y lenta a Las Casitas, pasando por cada una de nuestras casas. Papi y Roli están en el patio poniendo la mesa y lavando las sillas con la manguera. Mami está en la ventana de la cocina, cortando la lechuga y hablando con sus hermanos por teléfono. Saludo con la mano a tía y a abuela, que escuchan la radio mientras cocinan. El olor de nuestra cena especial llega a todos los rincones del patio en nuestro recorrido.

—No dejes que ese niño se caiga —me advierte abuela. ¿O es a Lolo a quien le habla? No puedo precisar porque me muevo demasiado rápido.

—¡Más rápido! ¡Más rápido! —grita Tomás en lo que pasamos zumbando.

Les doy duro a las piernas y me inclino en las curvas mientras él chilla. Damos vueltas y más vueltas hasta que las piernas me duelen y estoy empapada de sudor. El relleno blanco de mi sillín vuela en todas direcciones y por esta vez no me importa en lo más mínimo.

¿Cuántas vueltas nos dio Lolo a través de los años? No las puedo contar todas. Pero ahora soy yo quien está pedaleando y Tomás confía en mí en cada viraje. Se ríe tan alto que casi no puedo escuchar cuando, por fin, Lolo nos silba para avisarnos que es el turno de Tomás para treparse a la mata.

Lo dejo que se vaya y me siento a horcajadas en mi bicicleta. Sin aliento, tomo una foto mientras él corre de vuelta a Lolo y a nuestro árbol.

CAPÍTULO 34

IR A VER AL DIRECTOR de Seaward Academy mete miedo.
Así que me sorprendo al llegar a la escuela y encontrar
no solo a Edna —que tiene puestas gafas de sol— esperando en un banco, sino a Hannah y a Lena sentadas ahí
también. Les dije que tenía que ir a ver al doctor Newman
cuando me pasaron textos durante el fin de semana para
saber si me había metido en un problema.

—¿Y ustedes qué hacen aquí? —digo.

Lena se levanta.

—Yo sé que dijiste que no viniéramos, pero ya que estábamos juntas en el comité de la momia, quería ayudar a
explicar lo que pasó.

—Una vez más —dice Hannah, enfáticamente.

Se acerca un poco más a Lena. Entonces las dos se vuelven a Edna.

—Lo sentimos mucho, Edna —dice Lena—. Todas nosotras.

Edna la ignora.

—Por favor, Edna, sé razonable —dice Hannah—. ¿Qué otra cosa podemos hacer excepto disculparnos?

Justo entonces, la señorita McDaniels sale por la puerta. Mira a Lena y a Hannah y frunce el ceño.

—Apúrense o van a llegar tarde a clase, muchachas. —Entonces abre de par en par la puerta que da a las oficinas administrativas—. ¿Edna? ¿Merci? Síganme.

Lena me mira con preocupación.

—Gracias por venir —susurro antes de irnos—. No tiene ningún sentido que el relámpago nos caiga a las tres. Luego les cuento qué hay.

Edna y yo seguimos a la señorita McDaniels más allá de las flores pestilentes y a lo largo de oficinas administrativas hasta que llegamos a una gran puerta de madera. Ella la abre.

Dentro está la mesa más larga y brillante que jamás haya visto. El doctor Newman está sentado en un butacón al fondo. Tiene puesta una corbata roja de lacito y chequea su teléfono. Para mi sorpresa, la señorita Tannenbaum también nos está esperando. Verla ahí hace que me colme una ola de alivio.

—Buenos días, jovencitas —dice ella mientras nos sentamos a ambos lados de la mesa.

—Hola —dice Edna, ajustándose las gafas.

—Hola.

Puse atención especial en lucir bien hoy, que fue el consejo de Roli. «Los acusados siempre tienen que lucir lo mejor que puedan», dijo. Así que me lavé la cara tres veces con su jabón y me puse un cintillo recién lavado.

Trato de sentarme recto, pero es difícil en estas sillas con rueditas, así que me agarro al borde de la mesa para estabilizarme. Las paredes están hechas de paneles oscuros y por supuesto que hay retratos de nuestros antiguos directores y de toda la actual junta de directores, con el doctor Santos al final. Hay carteles enmarcados con las campañas publicitarias de nuestra escuela. Cada niño en ellos luce brillante, como si fuese del Club de Amigos del Sol multiplicado por diez. Roli fue el modelo un año. Lo pararon al lado de unos tubos de ensayo en el laboratorio con el texto: SEAWARD PINES: MÁS DE CINCUENTA AÑOS DE EXCELENCIA EN LA EDUCACIÓN INDEPENDIENTE.

La señorita McDaniels se aclara la garganta y el doctor Newman apaga el teléfono.

—Ah. Están aquí. Bueno, jovencitas, espero que hayan tenido un fin de semana sosegado con sus familias por Acción de Gracias —dice. El doctor Newman tiene fama de ser agradable, sobre todo con la gente que da dinero a la escuela para cosas como canchas deportivas o invernaderos.

—Sí, señor —dice Edna—. Fuimos a Sanibel.

—Ah. Qué maravilla. —Entonces me mira a mí y sonríe—. ¿Y qué tal usted, señorita Suárez? ¿Mucho pavo y relleno?

Tengo la boca demasiado seca como para explicar, así que sencillamente digo que sí con la cabeza.

—Pues, tengo entendido que tuvimos un percance recientemente —dice.

Edna cambia de posición en su asiento.

—Sí, señor. Merci me cortó las cejas. A propósito. —Se quita las gafas para demostrarlo.

Lucen aún peor de lo que recuerdo.

—¿Eso es verdad, señorita Suárez? —dice el doctor Newman y se vuelve hacia mí—. ¿Usted le cortó las cejas a su compañera de clase a propósito? Eso me parece un poco raro.

No estoy segura de a dónde va con su pregunta.

—Bueno, sí se las corté a propósito, pero fue solo porque estaba atascada dentro de una máscara de yeso. Era el único modo de quitársela.

—Ya veo. ¿Y no se le ocurrió pedirle ayuda a su maestra?

Tengo la cara ardiendo. Otra pregunta difícil. No estoy segura de si le hubiésemos preguntado qué hacer a la señorita Tannenbaum. A ella le gusta que pensemos por nosotros mismos. Pero no quiero decir que ella no estaba en el salón de clase; se va a meter en problemas.

Sin embargo, antes de que pueda pensar en qué decir, la señorita Tannenbaum viene al rescate.

—De hecho, doctor Newman, eso no habría sido posible. Las niñas trabajaban en nuestro Proyecto de la Gran Tumba, que espero que usted venga a visitar en un par de semanas. Yo había salido del aula un momento para devolver algunos materiales —dice—. Es culpa mía que estuviesen sin supervisión. Fue una tontería de mi parte.

El doctor Newman frunce el ceño y se aclara la garganta.

—Eso lo tenemos que hablar más tarde.

—Sí, señor.

Se vuelve a Edna y junta las manos en forma de campanario.

—Hablé con sus padres, y ellos están, por supuesto, enfadados. Pero me pregunto ¿por qué piensa que esto fue hecho con intenciones maliciosas, señorita Santos? —Hace una pausa para dejar que sus palabras surtan efecto—. ¿Usted sabe lo que significa esa palabra?

Edna lo mira con frialdad.

—Artes del lenguaje es mi mejor asignatura —dice, lo que es verdad. Mira por encima de mí—. Merci hace cosas como esas todo el tiempo, continúa—. Le dio un pelotazo a un estudiante no hace mucho y de veras que le hizo daño.

La señorita McDaniels asiente cuando el doctor Newman la mira para confirmar.

Mi ojo comienza a deambular. Las palabras de Edna son muy formales y basadas en los hechos, aunque son mortales.

—El pelotazo fue un accidente —digo—. Le di a Michael Clark sin querer.

La señorita McDaniels achica los ojos y me mira como si fuese un gato.

—Y…

—Y, bueno, porque no recordé seguir las reglas.

Miro alrededor de la mesa y de repente recuerdo lo que me dijo papi. El doctor Newman puede decidir que soy demasiado problemática para quedarme aquí, sobre todo con mi historial. Así que saco mi sobre y lo deslizo sobre la mesa hacia Edna tan lejos como me alcanza el brazo.

—¿Y esto qué es?

—Algo para tus cejas —susurro.

Edna hace un puchero, pero no lo toma. Al otro lado de la mesa, el doctor Newman y la señorita McDaniels intercambian miradas. La señorita McDaniels abre una de sus carpetas y comienza a hablar mientras busca entre los papeles que están dentro.

—Es lamentable que dos de nuestras más carismáticas estudiantes han decidido que son incompatibles. Es una pena. Pero por ahora, creo que hay otro asunto importante que tenemos que discutir. Doctor Newman, si usted me lo permite.

Él asiente y entonces ella saca una hoja de registro y la pone delante de mí. Tiene fecha del 30 de octubre.

—¿Esta es tu firma electrónica en el registro de tardanzas? —me pregunta.

Bajo la vista y veo mi escritura.

—Sí, señorita. Eso es del día que llegué tarde. Pero fue culpa de mi hermano.

Ella asiente, abre una segunda carpeta y me entrega un pase impreso que dice DUPLICADO en la parte de abajo.

—¿Y me puedes decir qué es esto?

Leo cuidadosamente la fecha y el nombre.

—Es una copia del pase que usted me dio para ir a clase —digo.

—¿A cuál clase?

—Primer periodo —digo—. Que para mí es la clase de lengua.

—¿Y la hora en el pase?

—Usted escribió 8:12, ¿lo ve? Yo le pedí que añadiera

unos minutos para que yo pudiera dejar algo en el salón de clase de la señorita Tannenbaum.

—Eso también es precisamente lo que yo recuerdo —dice—. De hecho, traías un disfraz de casa, si mal no recuerdo. ¿No es cierto?

—Sí, señorita.

—¿Y qué paso después de que salieras de la oficina?

Tan pronto pregunta, siento que me corre un cubo de agua helada por la columna. Edna mira fijamente hacia delante. Siento que estoy completamente atrapada. Miro a la señorita Tannenbaum, que ahora luce particularmente sombría.

Me indica que sí con la cabeza.

—Habla con libertad —dice.

Mi corazón de repente se dispara. Roli dijo que no debería acusar a alguien sin pruebas, así que me atengo a los hechos.

—Dejé el disfraz en el aula de la señorita Tannenbaum y fui a mi clase —digo.

—¿Y estaba ahí cuando regresaste?

Pestañeo fuertemente e intento no mirar a Edna.

—Sí, pero estaba destrozado y metido en la basura.

—Sí. Y tú has llenado un informe de destrucción de propiedad personal, que tengo aquí.

La señorita McDaniels se vuelve a Edna y abre una segunda carpeta.

—¿Esta es tu firma electrónica en el registro de tardanzas de ese mismo día, Edna?

Edna mira fijamente la hoja. Sus labios están bien cerrados.

—No escucho una respuesta.

—Sí.

—Es también del treinta de octubre. Noto que la hora es exactamente veinte minutos después de que Merci documentara su llegada a la escuela.

Edna se encoge de hombros.

—No la vi esa mañana.

—Y mis notas aquí dicen que tú dijiste que habías tenido problemas con tu bicicleta esa mañana.

Edna asiente.

—Así fue. Se me zafó la cadena.

—Qué pena. —Le muestra otro pase duplicado—. ¿Y esto es un duplicado del pase que te escribí?

Edna vuelve a asentir.

—Dice que ibas rumbo a tu clase de taller. ¿Es correcto eso?

—Sí.

—Ya veo.

La señorita McDaniels coge el control remoto al lado de la carpeta y empuja la tecla de *play*.

La pantalla plana detrás de la cabeza del doctor Newman parpadea y todos nos damos vuelta a mirarla.

Es una foto fija del pasillo fuera del aula de estudios sociales… y no está granulada, como algún nebuloso clip de una cámara de seguridad de los que ves en las noticias y te hacen pensar que tu vecino podría ser un ladrón de bancos. Esta imagen es superclara.

No hay sonido, pero un cronómetro en la parte baja de la pantalla marca el día y la hora. En la parte superior, me veo a mí misma en blanco y negro venir por el pasillo con mi bolsa. La máscara de abuela sobresale por la parte de arriba. Toco a la puerta, luego chequeo el picaporte y digo algo en voz alta. Luego, entro. Dos minutos más tarde, salgo sin la bolsa con el disfraz.

La señorita McDaniels adelanta un poco la cinta. Nos volvemos a detener en el mismo pasillo vacío. Por fin, vuelven a aparecer dos personas en la imagen. Es Edna, con Jamie al retortero. Parece que vienen hablando y riéndose. Se asoman a la puerta y susurran. Entonces entran. Cuatro minutos después salen del aula corriendo y desaparecen por la puerta que conduce al exterior.

La cinta sigue durante dos minutos más que nos parecen interminables. Nadie más visita el aula hasta que la señorita Tannenbaum regresa, con un enorme bulto de libros y una manzana encima de ellos.

Hay un silencio absoluto en el salón de conferencias cuando la señorita McDaniels pausa la cinta y suelta el control remoto.

Edna mira a la señorita Tannenbaum, pone la cabeza sobre la mesa y comienza a llorar.

CAPÍTULO 35

QUÉ LÍO.

Vale, Edna recibió su merecido por destruir el disfraz de Michael. Eso no me da ninguna lástima; es justo. Pero para la hora del almuerzo, todos andaban cuchicheando sobre los problemas de Edna y Jamie: una semana de detenciones y expulsadas de Amigos del Sol. La gente parecía alegrarse. Y entonces Michael le dijo a Chase, que vino a decirle a Rachel en alta voz que no, que a Michael de ninguna manera le gustaba Edna Santos. En lo absoluto. De hecho, dijo que era fea y cruel.

¿Cómo es posible que los mismos niños que seguían a Edna a todas partes todo el tiempo parezcan alegrarse de verla metida en problemas? ¿Cómo alguien tan popular puede hacer a tanta gente feliz al verla estrellarse? *A lo mejor me gusta* es difícil de entender, pero *popular* es incluso más extraño. Resulta que *popular* no es para nada lo mismo que tener amigos.

Papi nos espera en el parqueo de mantenimiento el viernes, como le dije. Lena, Hannah y yo arrastramos nuestros cartones hasta allá después del último timbre. Tenemos que terminar nuestro sarcófago. Estamos atrasadas, así que la señorita Tannenbaum pensó que podría ser buena idea que lo continuáramos en casa. Solo nos quedan unos cuantos días para terminarlo.

—Te puedes sentar en el asiento delantero, Lena. Tiene cinturón de seguridad —digo—. Y, eh, un asiento.

Me doy la vuelta y saludo a Hannah, que nos va a seguir en el carro de su mamá. Parece que se va a morir de la vergüenza. Su mamá insistió en llevarla en su carro y conocer a nuestra familia antes de que Hannah pueda quedarse.

Me subo al carro de papi y me equilibro sobre el cubo de pintura, como es habitual.

—¿Listas para salir pintando? —pregunta. Es un chiste privado un chiste privado que decimos cuando vamos rumbo a tal o más cual proyecto. (Es que vamos a salir *pintando* en vez de salir *pitando*).

—Listas —digo, aunque, en verdad, no estoy segura. Ayer, Lena puso las direcciones de nuestras casas en el teléfono para ver cuál era la más conveniente... y *bingo*. Las Casitas están en el medio. Al principio, me opuse diciendo que a mí no me gusta trabajar en mi casa. La verdad es que estaba preocupada por Lolo. ¿Y si tenía un mal día? ¿Y si le gritaba a abuela en presencia de ellas?

Pero Lena insistió.

—Además —dijo—, nadie tiene un carro lo suficientemente largo como para meter todo el cartón. Una furgoneta es perfecta.

—Yo voy a traer la pintura dorada —dijo Hannah antes de que me pudiera escapar—. Y brillantina. Y las piedras preciosas.

Estaba decidido.

Así que aquí estoy, con los dedos de las manos y los pies cruzados y la esperanza de que las cosas estén tranquilas en casa.

La furgoneta chirría mientras papi sale del parqueo.

—Oye, ¡suena como si tu furgoneta estuviese cantando! —Lena sonríe, pero luego se pasa la mano por el trasero. Ese fastidioso muelle se ha salido otra vez.

—Toma. Siéntate sobre esto —digo y le entrego una de mis carpetas—. Esto ayuda.

Tan pronto llegamos, echo un vistazo cauteloso al patio.

Lolo está en su cantero de flores con los mellizos. Se da la vuelta para saludar, pero gracias al cielo no viene hacia nosotros. Estoy casi segura de que está arrancando las flores que abuela plantó hace solo unos días, pero no puedo preocuparme por eso ahora.

—¿Y tú vives en las tres casas? —pregunta la mamá de Hannah mientras les echa un vistazo a Las Casitas.

—Más o menos. Duermo en esta —digo y señalo—, pero lo demás es bastante flexible.

Lena se agacha para acariciar a Tuerto detrás de la oreja. «Miau», dice en forma de saludo, como si fuese la cosa más normal del mundo hablar en «gato».

—¿Tienen hambre? —pregunto.

—Estoy muerta de hambre —dice Lena.

—Igual que yo —dice Hannah. Se vuelve hacia su mamá—. Entonces, ¿me puedo quedar?

Supongo que hemos pasado la inspección porque le da un beso a Hannah en la mejilla.

—Mándame un texto cuando estés lista para venir a casa —le dice.

—Vamos a buscar en el refrigerador de tía —digo—. Ella tiene lo mejor. —Tuerto nos sigue durante todo el trayecto.

Trabajamos toda la tarde, hasta la hora de la cena. Papi nos supervisa de vez en cuando para cerciorarse de que no nos serruchemos los dedos mientras le damos forma al cartón. Luego nos ponemos las máscaras y usamos los espráis para pintarlo todo de dorado. Taladramos con sus herramientas eléctricas y ponemos los lados sosteniéndolos con tornillos de plástico.

—Hay que admitir que esto es una obra maestra —Hannah pega el último abalorio—. ¡Mira cómo brilla! Yo me quiero quedar con esto cuando la Gran Tumba haya terminado.

—Tiene tremenda pinta —digo, lo que se queda corto. No hay casi ni una pulgada cuadrada de espacio que esté sin decorar. También hay tremendo reguero a nuestros pies, producto de todo el trabajo que hicimos.

Tuerto juega con los abalorios que sobraron y que están desperdigados entre las herramientas y los retazos en el piso.

Acabamos de comenzar a limpiar cuando los mellizos se aparecen.

—¿Y eso qué es? —Tomás y Axel están casi encima de mí y contemplan el panorama.

—Un ataúd —dice Lena—. Para las momias.

—Todavía está húmedo —les digo. Pero Tomás tan solo me saca la lengua. Estoy a punto de llamar a papi para que venga a llevárselo cuando Hannah se hace cargo de la situación.

—¿Quieren un poco de polvo mágico? —les pregunta—. Me queda un poquito.

Se vuelven hacia ella y la miran fijamente.

—Pongan las manos así —dice Hannah. Entonces echa lo que queda de la brillantina de su tubo de ensayo en las manos sucias de los mellizos—. Solo les puedo dar un poquito —dice—. Es muy fuerte, sobre todo los pedacitos azules, así que tengan cuidado.

—El pelo de esa niña es azul —susurra Tomás mientras mira a Lena.

—Como los arándanos —añade Axel—. Y es puntiagudo.

—Sip. ¿Y cómo piensan ustedes que logré que fuese tan fabuloso? —dice Lena y se pasa la mano por sus espinas. Se agacha y deja que le toquen el pelo—. Es el polvo mágico de Hannah.

Los mellizos le tocan el pelo a Lena con sumo cuidado. Se miran entre sí y luego, sin advertencia de ningún tipo, salen como bólidos al otro extremo del patio, llevando en alto las manos en forma de cuenco.

—Muy bien pensado. ¿Cómo sabías que te ibas a deshacer de ellos tan fácilmente? —pregunto—. A mí siempre me dan mucha lucha.

Hannah se encoge de hombros.

—Está en el manual de niñeros. Lección cuatro, creo.

—¿Polvo mágico para entretener a los revoltosos? —digo.

—Distracción —dice ella—. Todo el mundo gana.

Justo en ese momento, los faros de un carro nos enfocan. Nos damos la vuelta y vemos a mami que llega con su carro alquilado y lo parquea en la entrada. Noto que Roli está en el asiento del pasajero... otra vez. Sacudo la cabeza. Él no ha regresado al volante desde el choque. Es demasiado joven para manejar el carro alquilado y mami y papi no han encontrado un carro nuevo que podamos costear.

Roli revisa el buzón de correo, nos saluda con la mano y entra a la casa.

—Guau —dice mami cuando sale del carro. Camina en puntillas alrededor de las herramientas—. Impresionante.

—Tenemos que dejarlo secar un rato antes de ponerlo de vuelta en la furgoneta de papi —digo—. Íbamos a empezar a recoger las cosas.

—Preciosa. —La voz de Lolo hace que nos demos la vuelta. Todavía tiene puesta su ropa de jardinería, con las rodillas embarradas y las manos arenosas. Me quedo de una pieza, mientras estudio su cara para sacar alguna pista de su estado de ánimo—. Preciosa —me dice de nuevo—. Dice abuela que ya casi es la hora de comer.

—Voy ahora mismo, Lolo —digo rápidamente—. Hannah, ¿puedes alcanzarme esa escoba?

Mami se le acerca y lo besa en la mejilla.

—Por lo visto, hoy has estado en el jardín, ¿no es así?

Lolo sonríe.

—Me puse a desyerbar. Siempre hay yerbas malas. —Mira hacia la casa, con expresión pensativa. Y es en ese instante en que comienzo a preocuparme. Entonces se vuelve hacia mí otra vez—. Es la hora de comer —repite. Extiende la mano hacia mí—. Vamos.

—Solo tengo que recoger aquí, Lolo. Ve tú —digo—. Yo voy en un minuto. «Por favor, vete», pienso. «Por favor».

Pero él no se mueve. Ni tampoco Hannah ni Lena. Siento sus preguntas en el aire. Miro a mami, pidiéndole ayuda con mis ojos, pero ella no parece notarlo.

—Merci, ¿ya presentaste a tus amigas? —pregunta.

—Ellas son Lena y Hannah —digo entre dientes—. Están a punto de llamar a sus mamás para irse a casa.

Pero mami mira el reloj.

—¿Y por qué no se quedan a cenar? —les dice—. Estoy segura de que hay suficiente. Abuela siempre hace bastante. Merci, ¿puedes recoger y echarle una mano a Lolo para que se asee mientras yo le digo a abuela?

Trato de no fulminarla con la mirada. ¿A cenar? ¿Con toda nuestra familia?

Pero antes de que pueda pensar en qué decir, Lena olfatea el aire y saca su teléfono.

—Sí que huele rico. Y mi estómago ha estado gruñendo.

—Arroz con picadillo —dice Lolo—. Mi plato favorito.

—Mi madre detesta cocinar. —Hannah busca su teléfono en su cartera. Lena ya le está pasando un texto a la suya.

Me vuelvo hacia mami tan pronto ellas se comunican con sus mamás, pero ya ha desaparecido dentro de la casa, dejándome aquí con Lolo. Nunca antes me he sentido avergonzada de mi abuelo. Y no quiero que él sepa cómo me siento.

Tengo la cara ardiendo cuando me vuelvo hacia él. Lolo está al lado del grifo, pero parece que no puede encontrar la boquilla en la manguera. Está enredada, como de costumbre.

—Espérate. —Comienzo a arreglarla mientras me imagino el desastre que se avecina en la cena. A lo mejor Hannah y Lena piensan que él es raro. A lo mejor se ríen de él a mis espaldas. A lo mejor se lo dicen a la gente en la escuela.

—Pon las manos así para que pueda lavarte los codos —digo. ¿Lolo escucha los cuchillos en mi voz? Pero no lo puedo evitar. Ahora mismo no tengo paciencia con él. Detesto estar parada aquí, lavándolo como si él fuese uno de los mellizos.

Hannah se aparece a mi lado.

—Me quedo a pegar la gorra —dice—. Mi mamá me viene a recoger a las ocho.

Comienza a barrer la brillantina, pero siento que sus ojos me miran mientras restriego el resto del fango de los codos y las manos de Lolo. Estoy avergonzada de cómo él está ahí parado, dejándome que lo limpie, pero si Hannah piensa que esto es raro, no lo dice. Cuando termino, ella solo se me acerca y me da una toalla de papel del rollo que está en la repisa. Para ese entonces, Lena también se nos ha unido. Está a punto de cerrar las latas de pintura cuando nota algo en los hombros de Lolo.

—Oh-oh. Parece que los mellizos le dieron, señor —dice.

Ahí es cuando noto la brillantina azul en el pelo de Lolo. Lolo le sonríe a Lena y se sacude los hombros.

—Los compadres —dice con esa cara abierta y dulce.

En ese preciso instante, papi sale por la puerta de tela metálica. Está recién duchado y trae en las manos una enorme fuente con la ensalada. Tiene dos botellas de agua bajo el brazo.

—Necesito que me echen una mano con esto —dice, y le entrega la fuente a Lolo.

—Es hora de comer, Fico —dice Lolo.

Papi casi ni se inmuta.

—Y yo me muero del hambre —dice—. Vamos, papá. —Se vuelve hacia mí y señala la repisa vacía en la caseta—. Puedes poner esas latas allí —dice—. El aguarrás está al fondo, al lado de las linternas, por si lo necesitan.

Entonces él y Lolo se dirigen al patio de abuela.

Trago en seco mientras empiezo a recoger la manguera

y pienso en cómo explicar a Lolo o si tal vez no deba decir nada. Son detalles menores. A lo mejor mis amigas no los notan.

Mantengo la vista en el piso mientras trabajo, pero empiezo a pensar en el problema de los secretos y cómo luego se convierten en mentiras.

—Solo quiero que sepan —digo— que Lolo tiene Alzheimer.

Es la primera vez que le he dicho esa palabra a alguien que no sea de nuestra familia.

Hannah levanta la vista del latón de basura.

—¿Y eso qué es exactamente?

Siento que la lengua me pesa mientras intento encontrar las palabras para explicarlo.

—Ya no está muy bien. Es como una enfermedad del cerebro que te hace olvidar. —Respiro profundamente—. ¿No se sorprendan con él, OK? A veces actúa como si no fuese él mismo.

«Como el Lolo de verdad. Como el Lolo que él solía ser», tengo ganas de añadir, pero no lo hago.

Por un instante nos quedamos todas calladas. Lo único que escucho es la escoba de Hannah y los golpecitos del martillo de goma de Lena mientras cierra las tapas de las latas de pintura.

—Mi abuelo estuvo enfermo durante mucho tiempo

—dice Lena—. Tenía cáncer. —Carga un envase y lo pone en la repisa—. Lo echo de menos.

—Algunos días yo también echo de menos a Lolo —digo—, aunque todavía está vivo. Qué extraño, ¿no?

Hay otra pausa.

—Pero lo extraño puede ser bueno —dice Lena por fin.

—De todos modos, no es aburrido —añade Hannah—. Y yo detesto el aburrimiento.

Terminamos de recoger nuestras cosas en silencio hasta que escuchamos unas risas nerviosas. Son los mellizos que nos espían desde la parte trasera de la marquesina.

—¿Ves a alguien? —dice Hannah en voz alta.

—Nones —dice Lena. —¡Juuu! —Tomás pega un brinco.

—Oye —digo—. ¿Por qué le tiraste brillantina a Lolo? Eso no estuvo nada bien.

Tomás pone los ojos en blanco.

—No a Lolo. Le hicimos un hechizo a su *jardín* —anuncia.

—Va a darnos dragones voladores —dice Axel—. Ya verás mañana. —Bate las alas para mostrarnos.

Miro al otro lado del patio al cantero de flores vacío. Más allá, Lolo y papi ponen la mesa en el porche cubierto.

—¿Cuántos dragones plantaste? —pregunto.

—Un *cere-millar*, bo-ba —dice Axel.

—Bueno, les tomaré fotos cuando salgan del cascarón —les digo.

Comenzamos a caminar cuando de repente Lena se detiene.

—Tengo una idea. Vamos a cerrar los ojos y enlazar los brazos —dice—. Ustedes también —les dice a los mellizos—. Vamos a ser raros y ver si podemos correr de espaldas hasta la casa.

Hacemos nuestra cadena humana y cerramos los ojos.

—¿Listos? —dice Lena—. ¡Fuera!

Todos vamos dando tumbos lo mejor que podemos, cada uno con un paso diferente, halándonos y tropezando todo el trayecto hasta que por fin nos caemos en medio de las risas en un montículo cerca de la puerta de tela metálica.

Abuela sale con una bandeja de carne humeante para la mesa.

—Se van a dar cabezazos y les van a salir unos chichones que los van a dejar turulatos de por vida —advierte—. ¿Y entonces qué?

Eso nos hace reír más fuerte.

Y entonces, como notamos que Lolo no sabe bien cómo abrir las sillas plegables, Lena, Hannah y yo nos levantamos de prisa y vamos a ayudarlo con el resto. Pongo a mis amigas bien cerca de mí en la mesa mientras comemos.

CAPÍTULO 36

HAY UNA PERIODISTA Y UNA fotógrafa que vienen a ver nuestro Proyecto de la Gran Tumba. Caminan por las salas, tomando fotos en el trayecto. Hasta ahora, solo hemos tenido un problema. La pared trasera está un poco floja, así que Michael Clark y Rachel tienen que simular que son guardias reales para sostenerla con sus espaldas. Los ojos de Rachel están permanentemente del tamaño de pelotas de golf mientras se para al lado de Michael. Del modo medio bobalicón en que se comportan, pienso que hay algo entre ellos dos. No hay nada de *a lo mejor me gusta* en sus ojos.

—¿Cuándo vienen? —pregunta Lena—. Este atuendo es incómodo. —Se levanta la sábana por debajo de las axilas otra vez.

A nuestros padres todavía no los han soltado del auditorio. Están atrapados en el salón Frackas con el doctor Newman, quien les recuerda acerca de la campaña anual de generosidad con su termómetro gigantesco que mide las donaciones.

Mami, papi y abuela están ahí, y Roli, por supuesto. Incluso trajeron a los mellizos porque ellos también querían ver a Hannah y a Lena. Tía se ofreció de voluntaria para quedarse con Lolo, quien no estaba de ánimo para salir esta noche.

Veo a la fotógrafa con el rabillo del ojo. Va haciendo clic con la cámara y chequeando las fotos. Debe ser agradable tener aparatos como ese y no solo tu teléfono. Se detiene a tomar unos primeros planos de los jeroglíficos que Edna —quien es la escriba principal— le explica. Trato de no prestar atención. Las cosas han estado más espinosas con Edna desde que se metió en problemas, pero hago lo posible por ignorarla y seguir mi camino. Quiero seguir el consejo de papi y no tener a nadie de enemigo, pero aun así es difícil estar en la misma habitación con ella.

Por fin, la periodista se detiene ante nuestra momia y el sarcófago.

—El plato fuerte —dice con una sonrisa. Lena, Hannah y yo nos apiñamos—. Esto es toda una creación. —Camina a su alrededor y levanta la cámara. Se oye una serie de clics rápidos—. ¿Fueron ustedes quienes hicieron esto?

—Sí —dice Lena—. Nosotras tres.

—Tuvimos ayuda —añado yo—. Edna Santos fue nuestra modelo. —No mencionamos el desastre de las cejas, pero señalo a Edna, que está al otro lado de la habitación.

Entonces deletreamos nuestros nombres y respondemos a sus preguntas acerca de cómo lo construimos.

—Una foto más —dice la fotógrafa y se nos acerca. Nos pone a posar con Edna.

—Digan «tobillo» —nos susurra Lena. Lo hacemos y creo que por esta vez mi ojo se queda en su sitio.

—Bueno, atiendan todos. Pónganse en sus lugares —nos interrumpe la señorita Tannenbaum—. ¡Sus padres vienen para hacer sus *tours*!

Tomamos nuestras tarjetas con nuestros discursos y estamos listas.

La señorita Tannenbaum trae meriendas y una presentación de PowerPoint que nos muestra a todos nosotros trabajando, para que la gente no se aburra en el pasillo mientras espera su turno de tomar el *tour*. Lo veo todo desde donde estoy parada. Qué curioso, no recuerdo que ella haya tomado estas fotos, pero me alegra que lo haya hecho. Nadie posa, así que lucimos naturales. Ahí estamos, fuera de nuestros asientos, mientras hablamos, poniendo cosas con tachuelas. Hay incluso una foto de Lena, Hannah y yo mientras le pegamos las bolsas de plástico a Edna.

Roli llega con los mellizos, quienes naturalmente agarran un puñado de galletitas Goldfish y se las meten a montones en la boca como si fuesen ardillas mientras esperan. La cola parece interminable y después de un rato, nos cansamos un poco de repetir lo mismo sobre las momias. Pero, por fin, los últimos visitantes se van y terminamos.

La señorita Tannenbaum cierra nuestro salón de clase y nos indica que nos acerquemos a su escritorio.

Rachel y Michael se separan de la pared y todas la vemos irse abajo con un *bumbatá*, tal como habíamos temido toda la noche que iba a ocurrir. Todos estamos sudados y la mayoría tenemos ojos de mapache por cuenta del delineador que se nos ha corrido.

Por su enorme sonrisa, se ve que la señorita Tannenbaum está contenta.

—Pongan las manos —dice y todos amontonamos nuestras palmas en el centro. Lena y Hannah se apiñan a mi lado.

—Tienen que estar muy orgullosos, tercer periodo. Quiero que sepan que un proyecto como este requiere mucha planificación, investigación, trabajo en equipo y la capacidad de resolver problemas. No todo fue coser y cantar, pero ustedes no dejaron que eso los detuviera.

Miro a Michael, que está junto a Rachel. Edna tiene la vista fija en sus zapatos.

—Entonces, vamos a descansar todos durante las vacaciones de invierno y pensar en lo que hemos aprendido sobre nosotros mismos y sobre los demás este primer semestre. Todos empezamos con borrón y cuenta nueva en enero. Todos levantamos las manos y damos vivas a toda voz. Por fin llega el receso de invierno.

—¡Merci!

Casi llegamos a la furgoneta cuando escucho que alguien grita mi nombre. Abuela, mami y papi se detienen y se dan la vuelta.

Cuando me vuelvo a mirar, me encuentro a Edna, que espera por mí. Está parada con sus padres a cada lado.

Mami me pone la mano en el hombro. Siento que papi también se me acerca un poco más.

—Estaremos aquí mismo —dice papi.

—Ten cuidado —dice abuela—. No te puedes confiar de gente que quiere desquitarse.

Edna y yo nos acercamos. El delineador de cejas ha funcionado de maravilla, pero decido reservarme esa observación.

Edna busca dentro de su bolsa y saca un sobre con el sello oficial de Seaward Pines Academy. Mi nombre está escrito al frente en letras elegantes.

—La señorita McDaniels te hizo que escribieras una nota también, ¿no es así? —pregunto—. ¿Cuántos borradores hiciste?

—Tres —admite.

De cerca, veo que Edna luce un poco cansada, pero no sé si es solo el agotamiento después de todo el trabajo de esta noche o si es algo más. Ser la jefa del universo no debe ser cosa fácil. Y que la gente hable a tus espaldas es lo peor.

—Siento lo de tu disfraz. Bueno, en términos generales.

—¿En términos generales? —digo.

Indica con la barbilla en la dirección de Michael y Rachel, que caminan juntos al parqueo antes de que él se vaya a Disney como le prometió su mamá si recibía A en todas las clases. Ellos ni siquiera notan que los miramos boquiabiertas. Edna pone los ojos en blanco.

—No puedo creer que me haya gustado este imbécil.

—Michael no es un imbécil —digo—. A él le gusta Rachel, eso es todo. No puedes obligar a la gente a que le gustes o le caigas bien, Edna —digo y me encojo de hombros—. Si lo sabré yo.

Edna se cruza de brazos.

—Tú le caes bien a la gente, Merci. Ya basta de sentir lástima por ti misma. Tampoco es que yo te caiga tan bien, vaya.

—Bueno —digo—, *sin ánimo de ofender*, pero es difícil que te caiga bien alguien que siempre dice cosas crueles de ti. De mi ojo. De mi pelo. En realidad, de todo.

Espero que me responda con una de sus pullas, pero en esta ocasión se queda callada.

La verdad es que siempre he querido caerle bien a Edna, al menos un poquito. Es la niña más inteligente de nuestro grado, y es cómica. Además, ella sabe hacer las cosas. Pero es la parte cruel la que estorba. Eso hace que sea como un *brownie* con helado de vainilla ... y sardinas. Esas tres cosas juntas no pegan. Dos de las tres sabrían mucho mejor, por seguro.

—De todos modos, no tengo tiempo para pensar en Michael Clark —dice—. Mañana salimos temprano en nuestro bote a República Dominicana, para pasar las vacaciones de invierno y todavía no he empacado.

Por ahí viene. A alardear de nuevo. Me toma toda la energía que tengo no poner los ojos en blanco.

—Bueno, pues que disfrutes tus vacaciones— digo y comienzo a darme la vuelta.

—Mi papá va a trabajar de voluntario en una clínica para gente con lepra —continúa—. Mi mamá y yo vamos a echarle una mano.

La miro fijamente por un segundo.

—Guau —le suelto—. ¿Tú?

Se echa los hombros hacia atrás y me mira con una mirada glacial.

—¿Y ahora quién es *cruel*? —dice.

OK, a lo mejor hasta tiene razón.

—Lo siento —digo. Aun así, me pregunto cuánto le va a gustar trabajar con gente muy enferma y pobre, como he visto en algunos de los programas de Roli. ¿Va a caminar por ahí sintiéndose superior a ellos? ¿Se va a quejar de no tener televisión? Es fácil quejarse, por supuesto, incluso cuando las cosas te van bastante bien. Mira todo lo que he dicho yo respecto a cuidar a los mellizos o ayudar a Lolo.

—Es bueno de tu parte que los ayudes —le digo.

Edna me mira con cautela.

—¿Y qué vas a hacer *tú* durante el receso?

Les doy un vistazo a mis padres y a Roli, que fingen que no están mirando cada uno de nuestros movimientos. Abuela admira las palmas que tienen colgadas lucecitas blancas para las fiestas. Un poco más allá, veo a Hannah y a Lena que, con las togas puestas, juegan a las atrapadas con los mellizos.

Por una vez, no estoy tentada de mentirle a Edna. Hoy durante el almuerzo, planificamos nuestro tiempo libre. Hannah le va a cuidar los mellizos a tía durante el receso, para que abuela no tenga que hacerlo sola. Si la cosa funciona, a lo mejor lo hará en la primavera para que yo pueda hacer las pruebas para entrar al equipo de sóftbol. Lena prometió que vendrá con sus acuarelas para que pintemos con Lolo. Vamos a trabajar en nuestro plan de negocios para el club de voluntarios que queremos empezar cuando termine el Club de Amigos del Sol. Se me ocurrió que los estudiantes podrían visitar la residencia Lourdes Killington para pasar tiempo con los ancianos que no ven a sus familias lo suficiente. A lo mejor en el Día de los Abuelos, podrían venir como los invitados especiales en los grados menores. De todos modos, nuestra reunión con la señorita McDaniels es el primer día que regresemos de las vacaciones. A las siete y cuarenta y cinco en punto.

—Lo mismo de siempre —digo—. Voy a pasar tiempo con mis amigos y mi familia. Que la pases bien en tu viaje.

Entonces, justo antes de darme la vuelta e irme, añado:

—*De verdad*, lo siento mucho por haberte cortado las cejas.

CAPÍTULO 37

FALTAN EXACTAMENTE CUATRO DÍAS PARA Nochebuena y no tengo mucho tiempo para terminar mis regalos. Por lo general, mami me lleva de compras una sola vez y yo me ocupo de todo lo que me hace falta en esa salida.

Pero este año, estoy haciendo un regalo y, como es un poquito más difícil que el marco de fotos con macarrones crudos que todos recibimos de los mellizos, me hace falta otro tipo de suministros… y alguien que me lleve en carro a la tienda para ir a buscarlos.

Nadie está en casa hoy excepto Roli y yo. Mami y papi fueron a inspeccionar un carro usado que vieron en un anuncio en el periódico. Abuela y Lolo llevaron a los mellizos a comprar paletas de helado. Y tía está en el turno de la mañana en la panadería.

Encuentro a Roli descansando en la hamaca detrás de nuestra casa y le pido que me lleve.

—¿No ves que estoy ocupado? —Tiene los ojos cerrados y la piel le huele a coco.

—¿Te estás dorando al sol? Vamos, Roli, es demasiado lejos para que vaya en mi deplorable bicicleta. —Le tiro las llaves de repuesto del carro de tía Inés—. Tía ya se fue en carro al trabajo, pero podemos ir en bici hasta El Caribe y tomar prestado su carro del parqueo. Lo llevamos de vuelta antes de que ella tenga que venir a casa.

Roli aparta las llaves con la mano.

—No, Merci. Pídele a mami que te lleve cuando regresen.

—Pero es que no quiero que ella sepa lo que estoy haciendo —digo.

—¿Acaso estás creando un arma?

—Muy cómico.

Roli me ignora.

—¿Tienes miedo de volver a manejar? —digo en voz baja.

Hay una pausa larga. Cuando no me muevo, me dice:

—Por favor, Merci. Vete ya.

—Yo sé que nuestro choque fue aterrador, pero en serio

no podemos ir a pie a todas partes de ahora en adelante, como tú sabrás. —Empujo la hamaca con el pie.

Roli abre los ojos y me mira fijamente un largo rato, así que sé que va a jugar al duro. Entonces mete la mano debajo de su espalda y me lanza un sobre.

Bajo la vista y veo que es de una universidad en Carolina del Norte a la que él ha querido asistir por sobre todas las cosas. Mami encendió una vela para eso y todo.

—Vino en el correo —dice—. Me aceptaron en Chapel Hill y viene con bastante ayuda financiera.

Por un minuto, no sé qué decir. Esto es una buena noticia; de hecho, es una noticia fenomenal. Pero Carolina del Norte está tres estados al norte y de repente es imposible imaginar que Roli no va a estar aquí en el otoño. ¿Qué será de Las Casitas sin él? ¿Quién va a estar aquí cuando Lolo empeore de verdad?

Ahora es mi turno de quedarme callada.

—Vas a tener el cuarto para ti sola —dice después de un rato.

—Sip, ya es hora —digo yo—. Y tú vas a estar con otra gente que quiera aprender de trasplantes faciales y esas cosas. —El ojo empieza a moverse, así que pestañeo para reajustarlo.

—Y de los cerebros —dice.

Se sienta y me deslizo a su lado en la hamaca.

—¿Cuándo se lo vas a decir a mami y a papi?

—Supongo que esta noche. Cuando estemos todos juntos.

—Se van a poner muy contentos. —Siento que se me seca la garganta mientras lo digo.

No decimos nada en un largo rato.

—Yo siempre pensé que sería fenomenal irme… —dice por fin. Se contempla las manos y no termina la oración.

Miro a Roli largo y tendido. Ha querido ir a la universidad desde que estaba en el círculo infantil, cuando arrastraba a todas partes su kit plástico de doctor. Eso también es lo que mami y papi han soñado toda la vida para él. Así que trago en seco y digo:

—Todavía puedes sentirte feliz de ir, bobo. Acuérdate de que te tienes que apurar e inventar cosas para ayudar a Lolo. No quieres que Ahana Patel te vaya a ganar, ¿no es así?

Me da un empujoncito y sonríe.

—Me mandas textos y me cuentas lo que pasa por acá, ¿está bien? —dice—. Y yo vendré para las fiestas.

Me lo pienso un poco, intentado apartar de mi mente cómo será cuando no esté al otro lado del cuarto cada día. Al menos no me tendré que cambiar en el baño, ni mantener mi reguero en un solo lado.

—Ya que estamos… todavía necesito que me lleves a la tienda —digo—. Es la última cosa que me hace falta para Nochebuena.

Roli suspira.

—Tú eres incansable. ¿Qué es tan importante que no puedes esperar a mami, Merci?

Me cruzo de brazos.

—Tienes que jurar que no se lo vas a decir a nadie.

Escucha mientras le cuento mi plan. Cuando termino, Roli suspira profundamente y me extiende la palma de la mano para que le dé las llaves.

—Vamos —dice—. Y más te vale dejar tu casco con tu bicicleta.

CAPÍTULO 38

PASA CADA AÑO. LAS CASITAS se transforman en Noche-buena. Y este año, a causa de las buenas noticias de Roli, todos están especialmente felices.

Papi y Lolo han colgado en el patio lucecitas rojas y verdes con forma de ajíes picantes.

Mami pone música navideña a todo volumen… y no me refiero a las canciones estilo *"I'm-dreaming-of-a-white-Christmas"*. Merengue y salsa con una sección de metales y bongós y cantantes que canturrean sobre la estrellita de Belén. El sonido hace que tía mueva las caderas como cuando va a Tango Palace, mientras parlotea con abuela sobre las recetas.

Intento seguirles el paso a Tomás y Axel, quienes se

han pasado la mayor parte del día causando problemas con las *vuvuzelas*, que por lo general reservamos para ir a ver los partidos de fútbol de papi.

Se escurren por toda la casa y el patio y suenan las trompetas cerca de la gente para asustarla.

Pero al atardecer, todos estamos duchados y vestidos como si fuésemos a una boda, aunque solo nos vamos a sentar en nuestro propio patio. Tengo puesto el vestido de flores del año pasado (con unos *shorts* debajo).

Cuando me miro en el espejo, noto que es un poco corto para mi gusto y que ahora me queda un poco apretado en el pecho. Supongo que pronto será hora de ir a comprar ropa. A lo mejor Lena y Hannah pueden acompañarme para que me echen una mano.

Cuando suena el timbre, corro a abrir la puerta, pensando que es el carnicero que viene a traer el puerco asado envuelto en papel metálico.

Pero cuando la abro, me encuentro a Simón y a un muchacho de más o menos la edad de Roli. Están parados uno al lado del otro, con camisas de cuello alto y tienen una caja larga y pesada en las manos.

—¡Feliz Navidad, Merci! —me dice Simón—. ¿Nos vas a invitar a entrar o quieres que Vicente y yo nos comamos el lechón por nuestra cuenta?

—¡Bienvenidos! ¡Adelante! —dice tía—. ¡Muchas gracias por ir a recoger nuestro pedido! —Los ojos le brillan mientras me aparta con gentileza de la puerta. Tiene puesto un vestido ceñido y lleva el pelo rizado a la perfección.

—El olor a lechón nos estaba volviendo locos —anuncia Simón cuando entran.

Le sonríe a tía de una manera que me dice que a lo mejor otra cosa también lo está volviendo loco.

—Bueno, me alegro de que pudieran venir. —Se vuelve al muchacho y le sonríe—. ¿Así que este es tu hermanito?

Simón le devuelve la sonrisa y le da una palmada en la espalda a su acompañante.

—Vicente es el más joven de mis hermanos. Y el mejor regalo que he recibido en todo el año —dice—. Llegó la semana pasada.

Vicente se parece muchísimo a Simón, pero con los ojos más claros y el pelo más largo. No puedo evitar mirarlo fijamente. Si se dejara crecer el pelo un poquito más y lo trenzara, luciría igualito a . . . Jake Rodrigo.

Justo en ese instante, papi viene a la puerta a saludar y en unos segundos se los lleva de vuelta a la cocina donde mami y abuela hacen lo suyo.

—¿Tú crees que tía alguna vez se va a volver a enamorar? —le susurro a Roli. Está mirando en la tele una de esas películas viejas de Navidades.

—No vamos a hablar de amor, Merci.

Nos divertimos mucho toda la noche. Resulta que Vicente no habla mucho inglés, así que nos hablamos en español. Me entero de que también es muy buen jugador de fútbol. Toma una de las pelotas de fútbol y se la pasa con maña de un pie al otro. Luego hace dominios con el balón con un ritmo estable, muy similar a como yo lo hago. Incluso comienza a enseñarme cómo sostener la pelota en el hombro y también en la frente, como los leones marinos que hacen trucos en el acuario. Lolo y los mellizos nos miran practicar. Los mellizos se vuelven locos y soplan las *vuvuzelas* hasta que todo el patio suena como si estuviese lleno de abejas.

Después, nos comemos todos los refrigerios y lanzamos los fuegos artificiales en el patio y los mellizos corren por todas partes en la oscuridad con las bengalas que les trajo Simón.

Por último, a las once de la noche, es hora de cenar. Es tarde, pero estoy demasiado emocionada como para sentir cansancio.

Lolo se para en la cabecera de la mesa y levanta su vaso plástico con vino.

—A la mejor familia —dice y nos mira a todos. Abuela se para a su lado y da gracias a Dios de que todos estemos aquí juntos otro año más.

Papi hace un brindis por mi foto en el periódico y otro porque aceptaron a Roli en la universidad, lo que hace llorar a mami. Simón también hace un brindis para decir que está agradecido por este país y por tener un buen empleador como papi y, más que nada, porque su hermano haya llegado viajar aquí sano y salvo. Tía Inés está a punto de decir algo también cuando Tomás abre la boca para interrumpirla.

—¿Podemos empezar a comer *ahora*?

Eso nos hace reír a todos.

—Tienes razón —dice tía—. ¡Buen provecho!

Como siempre, todo está delicioso. El puerco sabe a naranja y ajo, los moros tienen los pedacitos crujientes de tocino que tanto me gustan.

Finalmente, luego de que nos comemos los turrones y abuela corta el flan, es medianoche. Por fin, es hora del café y los regalos.

El olor del café recién colado llena el patio, mientras abuela y mami caminan por todas partes con bandejas, ofreciendo tacitas de café. Los adultos se sientan por todo el patio para mirarnos a los muchachos intercambiar regalos.

A los mellizos les toca un enorme castillo con caballeros y dos dragones, un juego de *T-ball* y unas escopetas de globos de agua idénticas de parte de Roli. Ya puedo ver que tendré que andar con una toalla para protegerme.

A Roli le toca la lámpara de noche en forma de luna que él quería, imprimida en 3-D, un pulóver azul claro que dice *UNC* y tarjetas de regalo para que se pueda comprar las cosas para su dormitorio universitario el año que viene. Simón sorprende a Vicente con un buen par de zapatos de fútbol.

—Es posible que por fin tengamos un buen portero en nuestro equipo —dice papi mientras aplaude.

Entonces me toca a mí. Mami y papi me regalan *shorts* y pulóveres aprobados por el reglamento escolar, así como una medias de Iguanador con mucha onda. Los burbujeantes productos para el baño y las hebillas del pelo son de tía. Roli me regala un nuevo casco de bicicleta... ja, ja.

Estoy a punto de sentarme cuando papi dice:

—Oh, espera un momento. Falta una cosa más.

Va hasta el lado de la casa y trae una bicicleta nueva de paquete. Tampoco se trata de una bicicleta para niños, sino de una bicicleta de playa de veintiséis pulgadas, de un azul oscuro, casi como el pelo de Lena.

—La guardamos en casa de Simón —me dice papi.

Me quedo ahí, contemplando la perfección y preguntándome si se trata de un espejismo. El corazón me late a toda prisa mientras lo reviso todo de cerca. La cesta, la botella de agua, el soporte para poner el teléfono, el foco delantero y el timbre. Le tomo una foto y se la envío a Lena y a Hannah antes de recordar que a lo mejor ellas no están despiertas.

—¿Qué te parece? —dice mami.

—¡Es preciosa! ¡Gracias!

Lolo camina despacio hasta mi bicicleta. Sonríe mientras le pasa la mano por el manubrio. Suena el timbre, enciende el foco que lanza un rayo de luz a través del patio. ¿Estará pensando en los paseos en bicicleta que ya no damos los domingos?

—Espérame aquí, Lolo —le digo—. Yo también tengo algo para ti. Bueno, en verdad es para todos nosotros.

Voy a nuestro árbol navideño y regreso con un paquete grande y cuadrado al que no le puse ningún nombre. Entonces me siento al lado de Lolo y abuela y se lo pongo en el regazo.

—Lo puedes abrir por nosotros —le digo a Lolo.

Le pasa la mano por la superficie, inseguro, así que abuela comienza por una esquina para echarle una mano. Y entonces como no pueden esperar por nada, los mellizos gritan:

—¡Nosotros ayudamos! —Y también comienzan a desbaratar el papel de regalo.

Dentro hay un álbum de recortes que Roli y yo compramos hace unos días. Es de cuero con páginas blancas adentro. Escribí *La familia Suárez* con un marcador metálico en la portada. Adentro están las páginas llenas con las fotos que he estado tomando de todos nosotros. Tía Inés y yo todo mugrientas. Tomás y Axel recogiendo toronjas y combatiendo con espadas. Roli inmerso en un libro. La bicicleta de Lolo en blanco y negro. Las manos de abuela enhebrando el carrete en su máquina de coser. Papi y mami desempacando los mandados de la furgoneta. Y debajo de cada foto, he escrito nuestros nombres con mi mejor caligrafía.

—Dejé muchas páginas en blanco al final —le digo—, para que podamos añadir más este año. Es para ayudarte a que recuerdes cuando te sea más difícil.

Lolo se sienta con el libro en el regazo.

—Preciosa —dice en voz baja.

No ha dicho mi nombre en varias semanas, y echo de menos escucharlo. Pero estoy segura de que él todavía sabe que soy yo, Merci, y que le gusta este libro.

Abuela y Lolo pasan las páginas y les muestran a todos cada foto. Entonces hago que se reúnan todos en un grupo —Simón y Vicente también— y tomo una foto de nuestra fiesta de Nochebuena, para que la podamos añadir al resto.

Luego, después de guardar la comida y recoger, después de que todos se han dado las buenas noches con besos y han pedido sus deseos para el año entrante, me acuesto en la cama y me quedo completamente despierta. Por lo general, cuando no puedo dormir, hablo con Roli hasta que me quedo rendida. Pero ya él está roncando, así que me las tengo que arreglar yo sola.

Atravieso la cocina en puntillas y salgo descalza al patio. Son casi las dos de la mañana.

El cielo está oscuro y solo las estrellas están afuera. Sé que a mami no le gustaría que yo estuviese afuera a esta hora y que abuela diría que me podría atacar un gato montés de la Florida. Pero solo será unos minutos.

Me siento a horcajadas en el sillín de mi nueva bicicleta en el garaje. Entonces enciendo el foco y el camino delante de mí se llena de insectos que evaden el rayo de luz. Me siento alta e importante en este sillín. Aunque estoy descalza, decido dar una vuelta lenta alrededor de Las Casitas en mi nuevo cohete, solo para ponerlo a prueba.

No hay chillidos de los pedales y la cadena no se zafa. Es como si me estuviese deslizando por las nubes. Cambio de velocidades y siento el impulso fuerte de inmediato. Me agarro con los dedos de los pies y, con cada pedalazo fuerte, me muevo más rápido y más lejos que antes, hasta que bien pronto he dado dos vueltas más alrededor del patio. Me pongo de pie y aprieto las piernas, con un sudor que me empapa la parte de atrás de las rodillas. Es difícil, pero lo puedo hacer. Doy vueltas y más vueltas hasta que las piernas me tiemblan y el corazón va a mil y no tengo otra opción que detenerme.

Esta es exactamente la bici que yo quería. Es el regalo perfecto.

Pero también hay otras cosas que había deseado con mucha más fuerza que esta bicicleta y sé que no las voy recibir, pase lo que pase. Cosas importantes, como desear que Lolo no estuviese enfermo y que todo siguiera igual.

Pero entonces si todo se quedara igual eso significaría que tía Inés no podría tener la oportunidad de amar a Simón. Eso significaría que Roli no iría a la universidad y no se volvería incluso más inteligente. Eso significaría que yo no crecería nada en lo absoluto. Si todo siguiera igual podría ser tan triste como que Lolo haya cambiado.

No sé qué va a pasar el año que viene; nadie lo sabe. Pero no importa.

Decido que me las voy a arreglar. Es solo una velocidad más difícil, y estoy lista. Lo único que tengo que hacer es respirar profundo y darle a los pedales.

UNA NOTA DE LA AUTORA

Mis abuelos fueron una parte importante de mi vida de niña. Lo que recuerdo más que nada es que mi familia siempre vivió cerca y que estábamos involucrados en nuestras vidas, lo que a veces era un sufrimiento, desde mi perspectiva.

Por desgracia, mis dos abuelos murieron antes de que en verdad los pudiera recordar bien, pero mis abuelas gozaron de largas vidas. Mi abuela Fefa, por mi lado paterno, una vez fue costurera y me cosía ropas todos los años. Abuela Bena, por mi lado materno, era mi niñera, mi cuentacuentos y la que más se preocupaba por todo en nuestra familia.

Al escribir este libro, quería celebrar a los abuelos y a las familias de varias generaciones que viven juntas, del modo que suele ocurrir en las familias latinas. Pero también quería escribir un libro sobre el cambio en las familias. Todos cambiamos, especialmente cuando crecemos, pero los adultos también cambian. Y como sabemos, no todos los cambios son buenos.

En esta historia, el abuelo de Merci, Lolo, cambia, producto de una enfermedad. Sufre los efectos de la enfermedad de Alzheimer, que ataca el cerebro. Los pacientes de Alzheimer de cualquier edad pierden suficiente memoria como para hacer que su vida diaria sea más difícil. Se les pueden olvidar sus seres queridos y los eventos importantes de sus propias vidas. Con el tiempo, pierden la memoria de cómo hablar, caminar, comer e incluso respirar.

El Alzheimer es difícil y aterrador para la persona que está enferma, pero también es bastante duro para las personas que la cuidan, sobre todo cuando la enfermedad avanza. Si tienes un pariente con Alzheimer, quizás sientas tristeza o frustración; es posible que sientas vergüenza por el comportamiento de tu ser querido y tal vez pienses que eres la única persona que se tiene que enfrentar a este desafío. Pero lo cierto es que miles de jóvenes en todo el mundo lidian con la misma situación. Aquí tienes unos datos: la enfermedad de Alzheimer es la sexta causa de muerte en los Estados Unidos. Cinco millones de personas viven con esta enfermedad y muchos más son los familiares y amigos que cuidan a sus seres queridos.

Aunque los científicos trabajan muy duro, a la hora de escribir esto, no se conoce una cura o una prevención para el Alzheimer. Sin embargo, hay terapias prometedoras y muchas maneras en las que puedes ayudar mediante la recaudación de fondos o propagando información. Y hay modos de *recibir* ayuda y apoyo al reunirte y hablar con otra gente joven que tiene a un ser querido con la enfermedad de Alzheimer.

Para más información, visita la Asociación de Alzheimer en www.alz.org.

AGRADECIMIENTOS

Los libros vienen a mi vida como resultado del tiempo, el talento y el amor de tanta gente.

Le estoy muy agradecida a mi editora, Kate Fletcher, por su continua dedicación a mi obra. Ella ofreció su buen ojo, sus preguntas consideradas y una abundancia de paciencia mientras lidiábamos con mi calendario particularmente complicado de este año pasado. Este libro —y todo lo que he escrito para ella— es mejor de lo que podría haberlo hecho yo sola.

Bendecidos sean los correctores de estilo, pues evitan que hagamos errores ridículos en público. Y por tanto aquí va un reconocimiento a mis salvadoras: Emily Quill, Maggie Deslaurier, K. B. Mello y Maya Myers, quienes tuvieron que navegar a través de mis dificultades con las comas, las rayas y esos fastidiosos marcadores de tiempo, y a Teresa Mlawer, que se asegura de que mi español sea siempre correcto.

Cada libro es también un artefacto físico. Gracias a Pam Consolazio por el encantador diseño interior y unas gracias enormes a mi amigo Joe Cepeda, que es responsable de la evocadora portada. Ha sido un sueño colaborar con

Joe, cuya obra ha adornado algunos de los más icónicos libros de literatura infantil. Espero que este sea el primero de muchos proyectos más para nosotros.

Estoy endeudada con el equipo entero de Candlewick: los encargados de las bibliotecas, relaciones públicas y *marketing* por su entusiasmo en hacer que *Merci Súarez se pone las pilas* viniera al mundo y por todas las maneras en las que me han apoyado a lo largo de los años en que hemos trabajado juntos. Un saludo especial a Karen Lotz, Liz Bicknell, Phoebe Kosman, Jamie Tan, Anne Irza-Leggat, Hilary Van Dusen, Jennifer Roberts, Melanie Cordova, Raquel Stecher: ustedes son tremendo equipo.

Muchos abrazos a mi agente, Jen Rofé de Andrea Brown Agency, quien ha abogado incansablemente por mí desde el primer día, cuando una autora principiante y una agente principiante decidieron arriesgarse la una por la otra.

Mis lectores beta esta vez fueron Lamar Giles y Brendan Kiely. Ustedes saben (porque se lo he dicho) lo mucho que valoro sus opiniones. Muchas gracias por tomarse el tiempo de echarme una mano y por hacer todas las preguntas apropiadas. Qué afortunada me siento de poder llamarlos mis amigos.

Y, por último, quiero expresarle mi infinito amor y gratitud a mi familia: a mis hijos Cristina, Sandra y Alex

Menéndez, pero sobre todo a mi esposo, Javier Menéndez, que se vale de ese amor, tan sólido como una roca, para eliminar todos los obstáculos y estimularme. Ellos son la razón por la que conozco la alegría.

MM